Die eigene Kindheit wurde ihr geraubt. Jetzt steht Kommissarin Schlichthorn auf einer Erfurter Baustelle vor dem Skelett eines Kindes, das vor 25 Jahren brutal ermordet wurde. Wer ist der Tote: Kevin, der spurlos aus der Altstadt verschwand? Marcel, der seinen inhaftierten Eltern weggenommen und in ein Heim gebracht wurde? Oder Peter, den seine Eltern bei der Flucht zurückließen? Ausgerechnet Katjas eigener Vater ist als Detektiv auf denselben Fall angesetzt. Um ihn zu lösen, muss die Kommissarin nicht nur in die deutsch-deutsche, sondern auch tief in die eigene, verdrängte Familiengeschichte eintauchen.

Tessa Korber (*1966 in Grünstadt/Pfalz) und *Christian Klier* (*1970 in Nürnberg) leben in Franken. Von ihnen stammen zahlreiche Krimis und historische Romane, darunter die Serie um die Bestatterfamilie Anders (Korber) und die Kommissar-Klotz-Reihe (Klier). Mehr zu den Autoren unter www.tessa-korber.de und www.christian-klier.de.

CHRISTIAN KLIER
TESSA KORBER

KNOCHEN JOB

Kriminalroman

Berlin Verlag Taschenbuch

Mehr über unsere Bücher und Autoren:
www.berlinverlag.de

FSC
www.fsc.org
MIX
Papier aus verantwortungsvollen Quellen
FSC® C083411

ISBN 978-3-8333-1030-0
März 2016

Umschlaggestaltung: ZERO Werbeagentur, München
Umschlagabbildung: Jarno Saren/arcangel
Gesetzt aus der Dante MT durch psb, Berlin
Druck und Bindung: CPI books GmbH, Leck
Printed in Germany

PROLOG

Ein Zweig schlug in sein Gesicht, doch er spürte keinen Schmerz. Schneller! Er musste laufen, so schnell er konnte. Das Rascheln des Laubs unter den Füßen, die schwarzen Stämme links und rechts, der Abhang, auf dem er nicht fallen durfte. Zurück blieb sein Freund. Sein bester Freund.

Nur nicht umdrehen. Der Mann war immer noch hinter ihm. Nur nicht umdrehen. Blick nach vorne, zum Ende des Wäldchens, zu der Lichtung, auf die der Mond sein kaltes Licht legte. Das Licht, das zwischen den langen schwarzen Linien der Stämme strahlte wie eine Verheißung. Ein Versprechen, das bedeuten würde: Wenn du mich erreichst, wenn du das Licht erreichst, dann ist alles vorbei. Endlich vorbei. Die Angst wird verschwinden. Diese unbändige Angst, die in dir lebt, die in deiner Kinderseele schon begonnen hat, auszuschlagen, die sich wie eine Pflanze um dich schlingt, dir über den Hals wächst und dich schließlich erwürgt – sie wird endlich verschwinden. Flieh! Lauf! Renn! Jetzt!

Er war nicht weit gekommen, da strauchelte er. Eine Wurzel, die er nicht gesehen, die sein Instinkt nicht wahrgenommen hatte. Dieser Instinkt, der für sein Überleben zuständig war. Er rutschte den Abhang zurück. Blieb liegen. Drehte sich um. Flüsterte: »Wo bist du?« Wartete vergeblich auf Antwort.

Er wusste, er musste jetzt aufstehen, doch er rührte sich nicht. Irgendetwas hatte ihn gelähmt. Er würde der Angst nicht entkommen, niemals. Er würde für immer gefangen bleiben. Die Schläge, der Hass. Die Geheimnisse im Wald. Das war die Wirklichkeit, in der sie lebten. Die Wirklichkeit, die sie verdient hatten. Sie waren böse Kinder ohne irgendeinen Wert. Nicht gut genug, um leben zu dürfen, nicht schlecht genug für den Tod. Er hätte nicht herkommen dürfen. Warum hatte er sehen wollen, was im Wald geschah? Es wussten doch alle, dass das ein böses, böses Märchen war. Jetzt kam der Wolf, um ihn zu fressen.

Als der Schatten des Mannes seinen Freund packte, kroch er hinter einen Stamm. Er konnte seinen Freund hören, der aufschrie, der sich wehrte mit all seiner Kraft. Einer Kraft, die für den großen Mann nichts anderes war als ein lauer Windstoß. Die ringenden Körper, die Flüche, die Angst. Er konnte sie spüren. Sie war immer noch da und sie war jetzt so groß, größer als jemals zuvor.

Irgendwann hörte sein Freund auf zu schreien. Ein leises Winseln nur. Ein Flehen. »Nein, bitte nicht! Ich bin brav.«

Dann hörte er das laute Knacken. Er schloss die Augen. Doch er konnte den großen Mann riechen. Den säuerlichen Dunst, der ihn umgab. Die Aura seiner Gier und seiner Wut. Er hielt sich die Nase zu und ließ seine Gedanken fortwandern in eine weite, weite Ferne.

KAPITEL 1

Günther Schlichthorn saß an dem großen Esstisch in seiner Schrebergartenlaube und blickte durch ein Fenster in den wolkenlosen Spätsommerhimmel.

Es klingelte.

Draußen summten Insekten. Der Wind bewegte die Blätter eines Haselnussstrauchs. Schlichthorn fuhr sich über den ungepflegten Vollbart, schaute über den Zaun, über Hecken und Bäume hinweg in eine unbestimmte Ferne. Er hörte das Brummen einer Propellermaschine vom nahegelegenen Flughafen herüberwehen.

Er dachte nach. Über das, was bald kommen würde. Über die nächtliche Kälte, die in absehbarer Zeit auch tagsüber herrschen würde. Über die Nässe, die stetig zunahm, den Wind, der schneidender werden würde, über den Herbst, über Bäume, die ihre Blätter verloren.

Es klingelte wieder.

Schlichthorn griff nach dem ungeöffneten Brief, der zwischen aufgeschlagenen Aktenordnern auf dem Tisch lag. Bei dem Absender handelte es sich um seinen Anwalt, Doktor Menz. Seit über zehn Jahren kämpften sie jetzt schon um seine Rehabilitation. Die Rechnungen, die das Verfahren verursachte, hatten ihn das Haus gekostet. Vor drei Jahren hatte er es verkauft. Als Wohnung und Büro diente ihm seither seine Gartenlaube. Ob es diesmal gute Nachrichten geben würde? Ob endlich seine verschollene Stasi-Akte aufgetaucht war? Günther Schlichthorn drehte das Kuvert um und starrte einen Moment lang auf den Klebefalz. War es überhaupt gut, noch daran zu glauben? Hoffnung konnte eine Krankheit sein. Er legte den Brief zurück auf den Tisch.

Günther Schlichthorn war sechsundsechzig Jahre alt. Als er im Frühjahr 1989 fristlos aus dem Polizeidienst entlassen worden war, war sein jetzt graues, schulterlanges Haar noch kurz und blond gewesen, von einem Bart weit und breit keine Spur. Mit seinem Beruf hatte er auch seine Würde verloren. Die Stasi hatte damals ganze Arbeit geleistet. Er hatte Kontakte zu DDR-Bürgerrechtlern gehabt; deshalb war er geschasst worden. Ohne die Stasi-Akte gab es keinen Beweis für einen Zusammenhang zwischen seiner Entlassung und seinem Engagement in der Bürgerrechtsbewegung. Und somit auch keinen Anspruch auf Rehabilitation. Ohne die Aussagen der damals Verantwortlichen galten Schlichthorns Anschuldigungen als haltlos. Und die Verantwortlichen schwiegen. Die wenigen Aussagen, die es gab, wurden von den Gerichten als nicht ausreichend eingestuft. Er führte einen aussichtslosen Kampf, das wusste er. Aber man durfte nicht aufhören zu kämpfen. Sonst war man tot.

Es klingelte zum dritten Mal. Erstaunlich; er hatte gedacht, die Leitung zwischen dem Knopf draußen an der halb verfallenen Pforte und der Klingel hier drinnen wäre schon lange verrottet. Genauso wie das Schild: *Schlichthorn. Private Ermittlungen.*

Er sah auf die Aktenordner. Vielleicht hätte er sich das nicht antun sollen. Diese Dossiers wieder und wieder zu wälzen. Warum hatte er sich nicht mehr mit dem Hier und Jetzt beschäftigt, sondern war hinabgestiegen in eine Vergangenheit, die ihn nicht losließ und der er nicht verzeihen konnte? Dann wäre er jetzt nicht so müde. Er hätte ein Leben. Eine Arbeit. Etwas, das ihn dazu zwang, diese aussichtslose Nabelschau aus Gram, Wut und Trauer hinter sich zu lassen.

Zum ersten Mal bekam das Klingeln eine gewisse Dringlichkeit. Schlichthorn stemmte sich hoch. Sein Blick fiel auf den alten Heliographen auf dem Bücherbord. Ein Erinnerungsstück aus einer Zeit weit vor der Wende. Ende der Sechziger hatte er als junger Mann im Rahmen eines Kulturaustauschprogramms die Sowjetunion bereist. Am Polarmeer, in der Nähe der Stadt Murmansk, besuchte er eine Wetterstation, wo man neben einer maroden Telefonanlage Sonnenspiegel als Kommunikationsmittel zur Verfügung hatte. Er war so begeistert von diesem einfachen, aber wirkungsvollen Instrument gewesen, dass ihm der Leiter der Station solch einen Heliographen schenkte. Damals hatte er noch an ihn geglaubt, an den Sozialismus. An das Gute und Schöne im Menschen, und dass alle auf der Welt einmal zu Brüdern und Schwestern würden.

Ein leichtes Lächeln zeichnete sich auf seinen Lippen ab, während er den Kopf schüttelte. Dann endlich ging er zur Tür. Als er die Hand auf die Klinke legte, klopfte es. Offenbar hatte er sich das Klingeln nicht bloß eingebildet. Da wollte tatsächlich jemand zu ihm.

Die beiden mochten gut und gern zehn bis fünfzehn Jahre jünger sein als er selbst. Der Mann hatte rotblondes Haar, das an den Seiten graumeliert war. Die tiefen Narben auf seinen Wangen erinnerten an eine heftige Pubertätsakne. Den Kontrast dazu bildeten sein eleganter Anzug und die Aktentasche. Die Frau hatte schwarzes Haar und große grüne Augen, in denen ein gütiger Ausdruck lag. Sie lächelte ihn an. Dabei wurde der Ansatz ihres Zahnfleischs sichtbar. Sie trug ein ärmelloses, mit Blumenmuster verziertes Sommerkleid. Schlichthorn hatte das Gefühl, dass er die Leute irgendwo schon einmal gesehen hatte. Kein gutes Gefühl, wenn man in seiner Lage war.

»Martina Degenhardt.«

Die Frau streckte ihm ihre Hand entgegen. Der Mann stellte sich ihm als Gerhard Degenhardt vor. Jetzt fiel Schlichthorn auch wieder ein, woher er das Ehepaar kannte.

»Sie sind diese Anwälte, richtig? Die mit den Kinderheimen.«

Der Mann nickte.

»Ich hab den Artikel gelesen, in der Zeitung. Sie wollen misshandelten Heimkindern zu ihrem Recht verhelfen, das finde ich gut. Sind Sie deshalb hier?«

Die Frau machte eine abwehrende Geste.

»Nein. Es geht nicht um unsere Arbeit.«

Schlichthorn wandte sich um. Seine Laube war alles andere als präsentabel. Vollgestopft mit seinen Möbeln aus dem Haus, die vom Familienleben mit zwei Kindern abgeschabt waren. Viel zu schmutzig. Es sah beim besten Willen nicht so aus, als würde hier jemand wohnen. Hausen traf es eher. Zum ersten Mal fiel ihm auf, dass keine der Topfpflanzen mehr lebte.

»Nehmen Sie doch Platz.« Er deutete auf die Stühle rings um den Esstisch. Nicht einer, der nicht wackelig gewesen wäre. Schnell räumte er wenigstens die Akten beiseite. »Kann ich Ihnen etwas anbieten? Möchten Sie etwas trinken? Einen Tee vielleicht?« Vage dachte er daran, dass irgendwo noch ein paar Beutel sein mussten. Oder sollte er bei *Heidi's Imbiss* an der Ecke ein paar Limonaden holen?

Seine Gäste verneinten. Schlichthorn holte sich ein Bier aus dem Kühlschrank. Er setzte sich, nahm einen tiefen Schluck und sah die beiden fragend an.

»Es geht um unseren Sohn, Marcel«, begann die Frau.

Schlichthorn unterdrückte ein Rülpsen.

»Gut. Was ist los mit ihm?«

»Er ist … verschwunden.«

»Und warum gehen Sie damit nicht zur Polizei?«

Herr Degenhardt lächelte verlegen.

»Der Fall ist nicht so aktuell, wie Sie vielleicht denken. Meine Frau und ich kamen 1985 in Haft, da wir mit der Politik der DDR nicht einverstanden waren und dies dummerweise auch öffentlich geäußert haben. Als verurteilte Staatsfeinde brachte man uns nach Bautzen. Marcel, der damals gerade mal zwei Jahre alt war, wurde uns weggenommen. Wir haben trotz intensiver Nachforschungen bis heute nicht herausfinden können, ob Marcel überhaupt noch lebt. Wir möchten endlich ein Ende der Ungewissheit.«

Schlichthorn nahm einen Schluck von seinem Bier. Dann sah er die beiden ruhig an.

»1985, das ist dreißig Jahre her.«

»Als wir im Herbst 1989 freikamen, sagte man uns, dass Marcel in einem Heim in Obhut sei, in Aschersleben. Wir fuhren sofort dorthin, wollten unseren Sohn in Empfang nehmen. Doch Marcel war nicht da, und zu unserem Erstaunen wusste die aktuelle Heimleitung von nichts. Wir stellten Nachforschungen an. Aschersleben hatte als Aufnahmeeinrichtung gedient. Von dort wurden die Kinder weiterverteilt. Und manche auch mehrfach weitergereicht, von einem Ort zum nächsten.«

»Wir begannen eine Schnitzeljagd«, warf Frau Degenhardt ein.

Ihr Mann nahm ihre Hand und sprach weiter: »Das Heim, in dem Marcel zuletzt gemeldet gewesen war, noch im Frühjahr 1989, befand sich in Erfurt. Wir fuhren hin. Voller Vorfreude, Marcel endlich gefunden zu haben. Doch auch dort war der Junge nicht.«

»Die Leitung der Anstalt zeigte uns ein Schreiben«, schob Frau Degenhardt hinterher. »Ein offizieller Überstellungsbescheid für das Heim in Aschersleben.« Sie schlug mit der flachen Hand auf den Tisch.

»Soll das heißen, Ihr Sohn ist aus dem Erfurter Heim entlassen und nach Aschersleben geschickt worden?«

»Das ist die große Frage.« Herr Degenhardt wischte sich über die Stirn. »Es existiert ein offizieller Entlassungsschein aus dem Heim *Waldfrieden* hier in Erfurt vom 17. März 1989.«

Er öffnete seine Aktentasche und holte eine dicke Mappe heraus. Seine Frau nahm die Unterlagen an sich. Schnell hatte sie gefunden, was sie suchte, und schob es Schlichthorn über den Tisch zu.

»In Aschersleben ist Marcel allerdings nie angekommen«, fuhr ihr Mann derweil fort. »Die Heimleitung gab an, offiziell von einer Verlegung Marcels in ihre Einrichtung nichts gewusst zu haben. Die Direktion der Erfurter Anstalt behauptet das Gegenteil. Möglicherweise gab es Kommunikationsprobleme.«

»Schwer zu glauben in einem Staat, der seine Bürger zu einer maximalen Bespitzelung antrieb.« Schlichthorn nahm einen Schluck von seinem Bier. Er bemerkte, dass Frau Schlichthorn ihn aufmerksam ansah.

Herr Degenhardt nickte. »Oder der gewohnheitsmäßig seine Bürger belügt.«

Schlichthorn zeigte mit seiner Bierflasche auf ihn. »Das ist vermutlich die Haltung, die Sie nach Bautzen gebracht hat.« Die Männer schenkten einander ein bitteres Grinsen.

»Wir haben die Hoffnung, dass Marcel in einem günstigen Moment die Flucht ergriffen hat«, sagte die Frau plötzlich. Obwohl es ein kurzer Satz war, wirkte sie atemlos. Herr Degenhardt legte ihr eine Hand auf den Unterarm. »Das ist nur eine von vielen Theorien. Es kann auch anders gelaufen sein. Nach den neuesten …«

Sie sah ihn an, mit großen, ausdrucksstarken Augen, und er schwieg.

»Ich nehme an, ich bin nicht der erste Detektiv, den Sie mit dieser Sache beauftragen.«

Herr Degenhardt nickte.

»Fast ein halbes Dutzend haben wir bereits konsultiert.«

»Und zu mir kommen Sie, weil …« Schlichthorn führte den Satz nicht aus. Seine ganze Erscheinung, seine Wohnung, schien ihm die Antwort zu geben. Alles um ihn herum schrie: letzte Wahl. Mit einem Mal erschien ihm alles sehr sinnlos.

»Keine der Nachforschungen hat bisher zu irgendeinem verwertbaren Ergebnis geführt«, sagte Herr Degenhardt. »Ab einem bestimmten Punkt kamen die Ermittler einfach nicht weiter.« Er neigte sich vor. »Manchmal hatten wir auch den Verdacht: Es *sollte* nicht weitergehen, verstehen Sie? Es ist schwer, vertrauenswürdige Leute zu finden. Man weiß nie, wer wem was in der Vergangenheit geschuldet hat. Und es noch tut.« Er zögerte. »Bei Ihnen wissen wir, dass Sie auf der richtigen Seite standen.«

Schlichthorn lachte trocken auf.

»Die Gerichte sehen das leider anders.«

Frau Degenhardt sagte, mehr zu sich selbst: »Es ist so schwer, sich das vorzustellen: Da ist ein Junge, lebendig und real, und auf einmal ist er fort, ohne jede Spur. Und je tiefer Sie graben und je genauer Sie hinsehen, desto vager und verschwommener wird alles. Bis einfach alles versickert ist.« Sie hob die Arme.

»Kenne ich«, sagte Schlichthorn und dachte an seinen eigenen verfahrenen Prozess.

»Sehen Sie«, sagte sie leise.

Schlichthorn ließ ein wenig Zeit verstreichen, ehe er antwortete. Ein Ja, ein Nein, ein Handschlag, eine Abweisung? Ein ›Ich werde es mir überlegen‹? Er spürte die fröstelnde Kühle in seiner Laube. Bald war es Herbst.

»Aber haben Sie vielleicht wenigstens irgendwelche Unterlagen über das, was sich feststellen ließ?«

Herr Degenhardt atmete scharf ein. Rasch griff er nach dem Packen Unterlagen aus seiner Tasche. »Hier«, sagte er, während er ein Dossier hervorzog. »Das sind die gesammelten Ermittlungsberichte. Bitte wundern Sie sich nicht. Der letzte stammt aus dem Jahr 1995.«

Schlichthorn nahm die in Transparentfolie gesteckten Papiere entgegen und legte den Packen vor sich auf den Tisch. 1995 – das war der Punkt, der ihn stutzig werden ließ.

»Nun, Herr und Frau Degenhardt. Falls ich diesen Auftrag tatsächlich annehme, müssen Sie mir vorher noch eine Frage beantworten.«

»Ja?« Die Frau schaute ihn bittend an. Sie versuchte ein Lächeln.

»Warum gerade jetzt?«

KAPITEL 2

»Scheiße, Kinder!« Hatte sie das laut gesagt? Kriminalhauptkommissarin Katja Schlichthorn sprach sich eine stumme Rüge aus. Zum Glück saßen sie noch im Auto. In der Tagesstätte, vor der die Ankunft ihres Einsatzwagens gerade Aufsehen erregte, konnte keiner etwas gehört haben.

Sie stieg aus. Rein äußerlich glich sie den jungen Müttern, die hier am Nachmittag ankommen würden, um ihre Sprösslinge abzuholen: Sie trug einen Pferdeschwanz, vernünftige Kleidung und besaß ein bodenständiges Gesicht, dem das ausgeprägte Kinn Energie, aber auch eine Spur von Trotz verlieh. Patent, zupackend, sportlich den Spagat zwischen Beruf und Familie problemlos meisternd, so sah sie aus. Aber Katja Schlichthorn war nicht mehr jung. Trotz ihres Äußeren war sie in dem Alter, in dem der Zug, wie man sagte, langsam abgefahren war. Sie hatte kein Kind, keinen Mann, keinen Freund. Das Wort *Familie* war ein rotes Tuch für sie, eines von den Wörtern, die sie abends auf ihr Trimmrad trieben.

Sie hatte nichts gegen Kinder, im Gegenteil. Kinder waren toll. Kinder bauten Dämme an Bachläufen und kletterten auf Bäume und träumten sich aus dem verdreckten Grasstreifen zwischen zwei Plattenbauten eine ganze Welt zusammen. Sie zumindest hatte das getan. Bis sie zwölf Jahre alt wurde. Dann war ihre Mutter gestorben und die Kindheit abrupt zu Ende. Sie hatte die Pflichten einer Erwachsenen übernommen, hatte den Haushalt für Vater und Bruder geführt, die Schule mit Bestnoten beendet und nie gejammert, weil man das nicht machte. Selbst dann nicht, wenn man hoffnungslos überfordert war. Und als sie einmal, ein einziges Mal etwas wirklich gewollt hatte, mit siebzehn, im Grunde immer noch ein Kind, da war alles um sie herum zusammengebrochen. Ablehnung, Ausgrenzung. Sie hatte die Höchststrafe erhalten, so sah sie es. Erwachsensein war kein Spaß. Aber Katja Schlichthorn hatte auf die harte Tour gelernt, dass es keine Alternativen dazu gab.

»Jetzt hör schon auf, herumzuspielen, Thorsten.«

Ihr Assistent, Kommissaranwärter Thorsten Belau, zarte zweiundzwanzig, stellte das Blaulicht wieder aus, mit dem er gerade begonnen hatte, eine begeisterte Zuschauerschaft von Drei- bis Fünfjährigen zu unterhalten, die sich am Zaun drängten. Auf seinem Gesicht lag ein Lächeln, als er ausstieg.

»Wir hätten auch gleich oben parken können«, meinte sie und drehte den jubelnden Kindern den Rücken zu, um den steilen Anstieg zum Neubauviertel zu mustern.

»Die Straße wird oben zu Lehm und Matsch, und die Kriminaltechniker parken alles zu.« Thorsten ließ sich die

Ruhe nicht nehmen. »Außerdem wollte ich dir das hier zeigen.« Auch er wandte sich nun von der Tagesstätte ab und wies auf das gegenüberliegende Hanggrundstück. Es war ein ungepflegtes Waldstück mit Blick auf die Gleise und Industriegebiete am Südrand Erfurts, durch die sie ihren Weg hierhergefunden hatten. Hinter geduckten Stämmen verborgen konnte Katja einige alte Bauwerke erkennen, flache, barackenartige Häuser, die aus den fünfziger Jahren zu sein schienen. »Das war mal ein Kinderheim.«

Katja nickte. Er brauchte nicht weiterzusprechen. Die Knochen, die oben im Neubauviertel gefunden worden waren, stammten von einem Kind und sie waren alt. Gut möglich, dass sie von einem der Heimkinder waren. Von irgendeinem misshandelten, vergessenen Wesen. Sie warfen einander einen kurzen Blick zu. Hinter ihnen riefen die Kleinen ungebrochen fröhlich. »Noch mal, noch mal!«

»Und da heißt es immer, die Deutschen sterben aus.«

Thorsten blies sich auf die kalten Finger.

»Mit der Klimaerwärmung wird es ja auch nix«, stellte er fest.

Sie machten sich an den Aufstieg. Es war eine Vorstadtsiedlungsstraße wie Hunderte andere. Sie führte steil bergauf ins Nirgendwo, dahinter folgte nur noch Landschaft. An ihrem Ende lag das »letzte Haus«, so neu, dass es noch nach Farbe roch, genau wie all die anderen Häuser auf der linken Seite. Sie standen zurückgesetzt hinter einem Grünstreifen, der die Aufschrift »Bauland« nicht extra zu tragen brauchte. Alles war neu, viereckig und ein wenig zu bunt. Nackt und ungeschützt standen Schaukeln und Klettergerüste in den Vorgärten. Es würde noch gut zehn Jahre dauern, bis die neugepflanzten Thujahecken all das verdecken würden. Weit und breit kein Baum zum Klettern.

Katja blieb stehen, als ein Geräusch ertönte.

»Was ist das?«

»Die Straßenbahn.« Thorsten kam neben ihr zum Stehen. »Sie fährt hinter der Häuserreihe vorbei. Oben auf dem Berg ist dann die Wendeschleife, mitten auf der Wiese. Alles ganz neu.«

»Kaum zu glauben.«

Katja versuchte, sich vorzustellen, wie das Ganze damals ausgesehen haben mochte. Was hatte Nguyen, die Gerichtsmedizinerin, gesagt? Zwanzig Jahre lagen die Knochen schon in der Erde, vielleicht auch dreißig. Zu der Zeit hatte es hier vermutlich nur Brachland gegeben. Keine Häuser hier oben, dafür Büsche, ein paar Bäume, die Reste eines Kiefernwaldes. Sie zog die Karte aus der Tasche, die sie sich vom Bebauungsamt besorgt hatte. Das große Milchwerk unten, hatte das schon gestanden? War die Schrebergartensiedlung schon da gewesen, die sich gegenüber von den Neubauten hangabwärts zog? Wie hatte es ausgesehen? War es öde gewesen? Oder wildromantisch? Kinderland vielleicht für diejenigen, die mal der Aufsicht des Heimes entkommen wollten, um für sich zu sein und Abenteuer zu erleben? Hatte das Gelände Blickschutz geboten für heimlich spielende Kinder? Und was war mit dem Mörder? Hatte er seinem Opfer im Heim aufgelauert oder es an diese Stelle gelockt? Konnte er die Tat hier oben ungesehen begangen haben? Oder hatte er nur die Leiche an diesem Ort verscharrt? Auf Bäume klettern und Staudämme bauen, dachte Katja. Das hätte dieses Kind tun sollen. Wie war es hierhergeraten?

Es gab so viele Fragen. Und die glatten, seelenlosen, ganz und gar geschichtslosen Fassaden der heutigen Siedlung boten ihr keine Antworten. Auch nicht die frisch vom Bagger zusammengeschobene Grasnarbe im Vordergrund. Oder das rote Erdreich darunter. Eine Baustelle im Anfangsstadium.

Das Zelt, das die Spurensicherung über der Grube aufgerichtet hatte, war nicht zu übersehen. Der gelbe Bagger überragte es zudem, als wollte er darauf hinweisen, dass er das alles jederzeit noch fressen könnte. Bald würde er auch die Reste des Grünstreifens in eine Baustelle verwandeln, aber für die nächsten Tage gehörte das Gelände ihnen. Dafür würde ein kleines Bündel Knochen sorgen, das heute auf den Tisch der Gerichtsmedizinerin kam. Ein Wunder, dass sie es überhaupt bemerkt hatten.

Sie betrat das Zelt und nickte den Leuten von der Spurensicherung zu. Das kleine Skelett war bereits vollständig geborgen worden. Jetzt ging es um die Frage, ob man noch Reste von Kleidern fand, von Besitztümern, Spuren, die halfen, die Identität der blanken Gebeine zu ermitteln. Alles wurde gründlich durchsiebt.

»Nichts«, fasste eine der Gestalten im weißen Schutzanzug die bisherigen Ergebnisse für Katja zusammen. »Nicht mal eine Gürtelschnalle.«

»Und, Wuttke, was meinen Sie, von welcher Zeitspanne reden wir? Wie alt sind die Knochen?«, fragte die Kommissarin.

Harald Wuttke, ein Fünfziger mit rot geäderten Apfelbacken, war schwer in Ordnung. Katja kannte ihn, solange sie denken konnte. Seine Frau Ina regierte auf dem Revier das Sekretariat. Beide galten als Urgestein.

»Bin ich Geologe?« Er zuckte mit den Schultern. »Wir graben hier kein bronzezeitliches Gräberfeld aus, Mädchen.«

Katja ließ ihm das »Mädchen« durchgehen.

»Na, wollen wir doch nicht hoffen, dass sich das zu einem Gräber-*Feld* entwickelt, oder?« Sie runzelte die Stirn. Im Moment sah es nicht danach aus: Nicht mal der üble Geruch herrschte, der sie an so vielen Tatorten erwartete. Es war wirklich schwer, hier einen Eindruck von der Art des Verbrechens, von Verbrechen überhaupt zu erhalten. Das Innere des Zelts schien so geschichtslos wie die gesamte Umgebung. »Darf ich?« Sie zeigte auf eine geblümte Thermoskanne.

»Darf man hier rauchen?«, fragte Thorsten zur selben Zeit.

Wuttke wies mit dem Finger auf den Zeltausgang.

»Mist, du Idiot«, herrschte Katja Thorsten an, als sie draußen waren. »Er war kurz davor, mir einen Kaffee anzubieten. Sicher hat er auch Kekse.«

»Ina Wuttkes Kekse?« Thorsten klang enttäuscht.

Kindergeschrei unterbrach sie. Aus einem der oberen

Häuser kamen drei Jungs gestürmt, warm angezogen, Drachen in den Händen. Sie veranstalteten einen Lärm, als ginge es in den Krieg.

»Absolute Windstille, das wird nix«, stellte Thorsten fest.

Nein, das würde nichts werden. In der Tat.

»Darauf kommt's manchmal nicht an«, sagte sie.

Auf dem Balkon des letzten Hauses in der Neubaureihe stand eine Frau und schaute ihnen zu. Sie wirkte missmutig. Vielleicht lag es an den Aktivitäten, die zu ihren Füßen stattfanden. Die minderten möglicherweise den Immobilienwert ihres Hauses.

Katja Schlichthorn wandte ihr den Rücken zu. »Nguyen hat gestern schon gesagt, dass die Knochen alt sind. Nicht eben Bronzezeit, aber alt.«

Thorsten zündete sich eine Kippe an. »Das Kinderheim wurde 1990 geschlossen.«

»Zusammen mit diesem Staat«, stellte sie fest. »Wie so vieles. Sobald wir ein Todesdatum haben, gehen wir die Vermisstenfälle des entsprechenden Jahres durch.«

»Soll ich schon mal mit der Befragung der Schrebergartenleute anfangen? Da wohnen einige sicher schon länger hier.«

Ihr Handy vibrierte. Das Display zeigte eine Nachricht der Gerichtsmedizinerin Minh Nguyen.

»Wir haben Glück, die Todesfee will uns sprechen.« Sie winkte Thorsten zurück zum Auto. »Erst der Todeszeitpunkt. Danach alles andere.«

KAPITEL 3

Dr. Dr. Minh Nguyen war, was ihr Name erwarten ließ: eine zarte Asiatin mit zurückhaltenden Bewegungen. Von hinten hätte man sie für ein Kind halten können, von der Seite für ein junges Mädchen. Wer ihr Gesicht genauer studierte, kam zu dem Schluss, dass sie um die vierzig sein musste. Nicht dass sie Falten gehabt hätte. Es lag an der Beherrschtheit und Zurückhaltung ihrer Miene. An den wenigen grauen Strähnen in ihrem Scheitel. Und an einer leichten Traurigkeit, die ihre ganze Gestalt noch transparenter wirken ließ, als sie ohnehin schon war. Der weiße Kittel passte perfekt zu ihr.

Dr. Nguyen arbeitete normalerweise an der Universität Jena. Zusätzlich stand sie in Erfurt einer gerichtsmedizinischen Arbeitsgruppe vor. Sie selbst nahm nicht viel Raum ein, aber die Liste ihrer Veröffentlichungen war lang und ihr Ruf hervorragend, und das europaweit. Dr. Nguyen galt als Koryphäe. Es gab Kollegen, die sich wunderten, dass sie nicht an eine berühmtere Universität abwanderte. Damit sie es nicht tat, erhielt sie in Erfurt beinahe so etwas wie ein privates Leichenhaus, in dem sie ihren Forschungsanliegen weit freier nachgehen durfte als im üblichen Universitätsbetrieb. Dazu bekam sie die Fälle der hiesigen Kripo direkt auf den Tisch ihres Labors. Ihr Reich lag in einem Altbau der Helios-Klinik an der Nordhäuser Straße. Das vernachlässigte Gelände ringsum, die hohen Bäume und schmiedeeisernen Zäune verliehen dem Ort von außen das Flair einer verlassenen Villa. Im sterilen Inneren war davon nichts zu spüren.

Katja starrte auf die braun verfärbten Knochen auf dem Aluminiumtisch und war dankbar, dass auch hier nichts stank. Das erleichterte die Situation, die Überreste eines Kindes vor sich zu haben und eine Gerichtsmedizinerin daneben, die Sätze sagte wie: »Und hier können Sie sehen, dass das Becken durch erhebliche Gewalteinwirkung gebrochen wurde.«

»Wir sind sicher, dass das nicht der Bagger war?«, fragte Thorsten.

Nguyen schaute ihn an. Er hob die Hände.

»Schon gut, nur eine Frage.«

Sie ignorierte seinen Satz und fuhr fort zu erklären, woran man die alten Bruchstellen von frischen unterscheiden konnte.

»Als sich diese Brüche ereigneten, hat das Kind eindeutig noch gelebt.«

Etwas an ihrer Stimme war nervig, fand Katja. Nguyen hatte keinerlei Akzent. Sie hatte schon in der DDR studiert und das Land nie verlassen. Dennoch wirkte ihre Satzmelodie auf Katja eintönig, ein wenig leiernd. Sie versuchte, sich darauf zu konzentrieren, *was* die Frau zu sagen hatte und nicht, wie sie es tat. Katja betrachtete den kleinen Schädel. So zierlich, dass er noch fast in die hohle Hand passte. Sechs, sieben Jahre, war ihr erklärt worden. Ein großartiges Alter. Die Kinder waren noch ganz Kind. Und doch schon weise auf ihre Art, für vieles offen, kleine Philosophen. Es war die goldene Zeit der Kindheit. Für sie war es auf jeden Fall die schönste Zeit gewesen. Damals hatte Mama noch gelebt.

»Deshalb und wegen der Lage des Körpers gehe ich davon aus, dass der Fundort auch der Tatort war«, beendete Nguyen ihre Ausführungen. Einen Moment lang war es still.

»Todesursache ist also der Beckenbruch?«, suchte Katja sich das Geschehen vorzustellen. »Eingefangen, gefesselt, missbraucht, liegengelassen zum Sterben?« Sie hörte sich reden wie eine Fremde.

»Außerdem liegt ein zerbrochenes Zungenbein vor. Die Fragmente sind sehr klein, und ich bin nicht sicher, wann sie entstanden. Aber der Junge könnte gewürgt worden sein. Auch eine Verletzung der Nackenwirbel kommt in Frage. Sehen Sie die kleinen Spuren hier, und hier?« Die Pathologin zeigte mit der Pinzette auf minimale Splitterungen an Wirbelkörpern, die selbst schon furchtbar zart und klein waren. »Ich muss mir das unter dem Elektronenmikroskop ansehen. Ein Genickbruch wäre denkbar. Eine mögliche Folge des Würgens. Wir befinden uns da im Moment aber noch im Bereich der Spekulation.«

»Also Mord?«

»Mord oder Körperverletzung mit Todesfolge. Angesichts der Tatsache allerdings, dass der Kleine gefesselt war und offenbar unversorgt liegengelassen wurde: wiederum Mord, ja.«

»Und die Zeit?«, erkundigte sich Thorsten mit seltsamer Stimme. Er hielt die Liste in den Händen, auf denen die ungelösten Vermisstenfälle der letzten dreißig Jahre aufgeführt waren. Er hielt sie so fest, dass er sie beinahe zerknitterte. »Von welchem Zeitraum sprechen wir in etwa?«

»Wiederholen Sie das noch einmal«, sagte Katja derweil. »Was Sie gesagt haben. Das davor.«

»Nun ja«, begann Nguyen. »Die Leiche lag auf dem Bauch, die Hände gefesselt, nehme ich an, jedenfalls gibt es Reste von etwas, was eine Wäscheleine gewesen sein könnte. Das Becken ist gebrochen, durch eine Gewalteinwirkung von jemandem, der hinter dem Jungen stand oder lag. Einen Schlag oder schweren Druck von oben muss ich aufgrund der Bruchverläufe ausschließen. Welche Schlüsse würden *Sie* ziehen?«

Katja schloss die Augen, was nicht gegen das Bild half, das in ihrem Inneren entstand. »Aber dass das Becken bricht. Ich meine ... Kann eine Vergewaltigung so brutal sein?«

Nguyen antwortete nicht. Sie schaute die Kommissarin nur an.

»Also ein Junge«, nahm ihr Assistent den Faden mit dem Mut der Verzweiflung wieder auf. Er musste sich räuspern und wiederholte: »Ein Junge.« Vorsichtig legte er das Blatt mit der Aufstellung der vermissten Mädchen beiseite und wartete.

Nguyen sagte, ohne ihn anzusehen: »Gehen Sie von etwa fünfundzwanzig Jahren aus. Plus/minus eins.«

»Also 1989 bis 1991. Das macht ...« Thorsten rechnete und kreiste einige Zeilen mit dem Stift ein. »Ja genau, das macht drei mögliche Fälle: Marcel Degenhardt, Kevin Jacobi, Peter Lorenz.« Er hob den Kopf. »Das sind die drei gemeldeten Vermissten, die im entsprechenden Zeitraum verschwanden. Sie passen auch vom Alter her.« Er prüfte noch einmal seine Aufstellung. »Davor war lange nichts. Danach ... mmh, da gibt es auch noch zwei etwas ältere Jungen. Aber ich meine, wir sollten mit diesen Kandidaten als den wahrscheinlichsten beginnen. Einverstanden, Katja? ... Katja?«

Peter, wiederholte Katja für sich. Kevin, Marcel. Die Hände gefesselt, mit dem Gesicht im Schmutz. Sechs Jahre alt.

»Natürlich ist es auch möglich, dass einfach schwer gegen das Becken geschlagen wurde«, sagte Minh Nguyen. »Aber angesichts der kleinen Defekte am Steißbein und der Bruchverläufe würde ich das ausschließen.«

Katja hob die Hand. Im ersten Moment sagte sie nichts. »Also Degenhardt, Jacobi, Lorenz.« Sie räusperte sich. »Das ist ein guter Ansatz. Danke an alle.«

Sie wandte sich bereits zum Gehen, als ihr einfiel, dass sie sich noch erkundigen wollte, ob die Untersuchung der Zähne schon etwas ergeben hatte. Fünfundzwanzig Jahre, das war nicht zu lange für die Dokumentation in manchen Zahnarztpraxen. Sie selbst ging immer noch zu Doktor Avenarius, der ihr auch die ersten Plomben gemacht hatte. Damals hatte er allerdings während der Behandlung Pfeife geraucht. Heute trug er Mundschutz. Ehe sie sich wieder umdrehen konnte, ging die Tür auf und ihr Vater stand vor ihr.

»Herr Schlichthorn«, sagte Frau Nguyen. »Was tun Sie denn hier?«

»Gute Frage«, fiel Katja sofort ein. »Was hast du hier zu suchen?« Sie stellte sich zwischen ihren Vater und den Knochenfund.

»Ich habe Klienten …«, begann der Alte.

»Die Degenhardts, da wette ich.« Sie hätte es wissen müssen. »Die waren ja gestern schon auf dem Revier und wollten DNA für einen Abgleich abgeben. Keine drei Stunden, nachdem wir die Leiche gefunden hatten! *Drei!*«

Sie warf Thorsten Belau einen Blick zu. Aber er war zu jung. Er konnte nicht der Informant gewesen sein, der Details über laufende Ermittlungen an Außenstehende weitergab. Die Degenhardts mussten jemanden auf dem Revier von früher kennen. Sie würde schon noch herausfinden, wen.

»Ja? Und?« Schlichthorn wandte seinen suchenden Blick von einem zum anderen. »Wie sieht es aus?«

»Wie es aussieht? Wie lange dauert so eine DNA-Analyse? Denk mal nach, Papa, du warst schließlich auch mal Polizist.« Sein selbstverständliches Auftreten ärgerte sie. Er war nicht mehr im Dienst, er durfte gar nicht hier sein. Und sie schuldete ihm nichts. Also hatte er auch kein Entgegenkommen von ihr zu erwarten. Er sollte das wissen, dachte sie. Es war *ihr* Fall, *ihr* Job, *ihre* Autorität, die er nicht in Frage zu stellen hatte.

»Bei Knochen dieses Alters«, warf Nguyen unerwartet ein, »dauert es etwas länger, bis man verwertbare DNA für einen Vergleich extrahiert hat.«

»Ja, aber: das Geschlecht, Alter, Todeszeitpunkt?« Schlichthorn ließ nicht locker.

Katja hob drei Finger: »Geht dich nichts an. Geht dich nichts an. Geht dich nichts an.« Zu jedem Satz knickte sie einen Finger ab.

Schlichthorn gab sich unbeeindruckt. »Ihr könnt doch sicher schon irgendetwas sagen. Das sind die Eltern, lieber Himmel. Wenn sie sich völlig umsonst Hoffnungen machen, dann will ich ihnen das so schnell wie möglich sagen. Das kann man doch verstehen.«

Katja holte eben tief Luft für eine angemessene Antwort, da sah sie aus den Augenwinkeln, wie Nguyen ihrem Vater zunickte. Im selben Moment nahm die Medizinerin ein Tuch und zog es über das Skelett, als wollte sie ihre indiskrete Geste ungeschehen machen. Das kannst du dir jetzt auch sparen, dachte Katja. Sie war verärgert. Ihr Vater wusste, was er wissen wollte; die Degenhardts würden ihr in Zukunft vermutlich noch mehr auf die Nerven gehen. Sie mochte diese Leute nicht. Sie waren wie ihr Vater. Ignorierten ihre Autorität. Kritisierten sie überheblich und grundlos. Diese ganze selbstgerechte Generation von Besserwissern.

Der alte Schlichthorn entspannte sich.

»Meine Mandanten wollen eben auf Nummer sicher

gehen«, sagte er. Er war schon auf dem Rückzug. »Sie haben keine guten Erfahrungen mit den Behörden.«

»Sie trauen uns wohl nicht.« Kaum war der Satz heraus, mit Bitterkeit getränkt bis zum letzten Laut, da ärgerte Katja Schlichthorn sich auch schon. Wie oft hatte sie sich bereits vorgenommen, sich nicht mehr von ihrem Vater provozieren zu lassen? Besonders nicht von ihm. Er hatte ihr schon lange nichts mehr zu sagen. Herumschreien konnte er vielleicht noch. Befehlen nicht mehr. Sie hätte sich ohrfeigen können, als er sich jetzt umdrehte und sie ansah.

»Und?«, fragte er. »Kann man euch denn trauen?«

KAPITEL 4

Es war das letzte Haus in der Großen Arche, das noch nicht adrett renoviert war, was innerhalb der Touristenmeile zwischen Dom und Krämerbrücke schon fast eine Leistung darstellte. Graffiti schmückten die bröckelnde Fassade, die Fenster im ersten Stock waren verrammelt. Auf dem Schild über der Klingel stand handgeschrieben: *Interessengemeinschaft ehemaliger Insassen von DDR-Kinderheimen.* Die Visitenkarte der Degenhardts klemmte daneben.

Gerne war Katja Schlichthorn nicht gekommen. Aber ihre Ermittlungen kamen nicht so voran, wie sie sich das erhoffte. Fünfundzwanzig Jahre lag die Sache zurück. Und nicht nur Erfurt hatte sich seither verändert. Sie klingelte und wartete auf das Summen. Frau Degenhardt persönlich öffnete ihr die Tür.

»Kommen Sie herein«, sagte sie nur, als Katja ihren Ausweis vorzeigen wollte.

Sie folgte der Frau in ein Büro, dessen Wände übersät waren mit Zeitungsausschnitten und Fotos. Viele davon zeigten Menschen mittleren Alters, Männer wie Frauen, mit schlichten, traurigen Gesichtern, die vor verlassenen Gebäuden posierten. Katja erkannte den berüchtigten *Jugendwerkhof Torgau*. Andere Fassaden waren ihr unbekannt. Überschriften sprangen ihr ins Auge: *Ich höre noch die Schreie, Verlorene Kindheit, Peinigen und Brechen.*

Heulsusen, dachte Katja und presste die Lippen aufeinander. Sie hatte auch niemanden um Hilfe gebeten. Nicht einmal, als ihr einsamer Aufbruch in den Westen 1989 scheiterte und sie monatelang in dieser Münchner Absteige festhing. Nur Heulsusen baten um Hilfe.

»Frau Degenhardt, ich bin hier, weil ich von Ihnen gerne noch einige Informationen hätte. Wie Sie bereits wissen, handelt es sich bei der Kinderleiche auf dem Ringelberg nicht um Ihren Sohn. Wir haben Ihnen das schriftlich mitgeteilt *und* Sie angerufen, sobald der negative DNA-Abgleich vorlag.«

»Sie waren sehr zuvorkommend.«

Katja nickte.

»Ich hoffe aber, Sie können mir trotzdem weiterhelfen – eine von mehreren möglichen Spuren deutet auf ein ehemaliges Kinderheim hin.«

»Das, in das unser Sohn gesteckt wurde, als Gerhard und ich damals ins Gefängnis kamen?«

Frau Degenhardt blieb völlig ruhig bei diesem Satz. Ihr Lächeln verlor keinen Moment seine Verbindlichkeit.

»Genau das.« Katja rang sich ebenfalls ein Lächeln ab.

Frau Degenhardt rührte sich nicht. Erst als Katja eine ganze Weile reglos verharrte, zog sie eine Schublade auf und holte einen dünnen Schnellhefter heraus.

»Ich habe das hier für Sie vorbereitet.«

Katja nahm den Hefter und überflog das erste Blatt. Es war eine Aufstellung der Erfurter Kinderheime.

»Heim *Dr. Theodor Neubauer*«, las sie murmelnd. »Am Nonnenholz 13. Heim *Geschwister Scholl*, Goethestraße 60, Gustav-Freytag-Straße, Andersen-Nexö-Straße, Annaberger Weg.«

»Sie haben das in der Reichartzstraße vergessen.« Frau Degenhardt saß noch immer unbewegt da. »Die folgenden Seiten enthalten die wichtigsten Auszüge aus den Expertisen, die der Bundestag hat anfertigen lassen.«

Katja blätterte im Schnelldurchlauf. Das meiste davon hatte Thorsten ihr bereits aus dem Internet zusammengestellt. Das letzte Blatt war ein Antragsformular für Leistungen aus dem *Fonds Heimerziehung in der DDR*, der 2012 gebildet worden war.

»Soll das ein Witz sein?«, fragte Katja. »Ich habe nicht vor, Leistungen zu beantragen.«

»Das ginge auch nicht«, gab Frau Degenhardt zurück. »Die Gelder sind bereits ausgeschöpft. Es gab zu viele Interessenten.«

»Mein Vater hat mir seinerzeit auch immer gründlich den Arsch versohlt, das ist doch ganz normal«, rutschte es ihr heraus.

»Ja, aber hat er Sie auch gezwungen, die ganze Nacht über in der Kälte zu stehen? Wo Sie sich eingenässt haben, weil Sie sich nicht mal bewegen durften, um auf die Toilette zu gehen?«

»Das ist doch pervers!«

»Dann sind wir uns ja einig.« Frau Degenhardt lehnte sich zurück und verschränkte die Arme. »Wenn ich sonst noch etwas für Sie tun kann?«

»Sie könnten aufhören mit Ihren Horrorgeschichten über irgendwelche Einzelfälle und mir erzählen, was in dem Heim am Ringelberg so ablief. Dazu muss es doch Unterlagen geben.«

»Bedaure. Die sind vertraulich.«

»Na schön, gehen wir mal davon aus, dass ein paar der Leute, die sich bei Ihnen melden, tatsächlich traumatisiert sind.« Katja versuchte, sich zusammenzureißen. Sie konnte einfach kein Mitgefühl aufbringen für Menschen, die sich hinstellten und klagten. Sie selbst hatte das nicht ein einziges Mal getan. Nur einen Wunsch geäußert. Und schon der hatte sie alles gekostet. Warum also durften andere sich hinstellen und fordern und wurden dafür noch gehätschelt?

»Die Annahme, dass es sich um Traumatisierte handelt, ist die Basis unserer Arbeit hier.« Frau Degenhardt hatte sich vorgeneigt. »Und ich werde nicht zulassen, dass diese verwundeten Menschen, die Jahre, teilweise Jahrzehnte gebraucht haben, um sich ihren Erinnerungen zu stellen und über das zu sprechen, was sie erlebt haben, von einer Rotzgöre wie Ihnen in den Dreck gezogen werden. Habe ich mich da klar ausgedrückt?«

»Rotzgöre?«

»Wir wissen beide, dass der Tatbestand der Beamtenbeleidigung eine Erfindung von Fernsehkrimis ist, Frau Schlichthorn.«

»Der Tatbestand der Beleidigung existiert allerdings.« Katja spürte die heiße Röte der Wut auf ihren Wangen.

»Verklagen Sie mich. Ich habe einen guten Anwalt.«

Da war es wieder, dieses Lächeln. Mit dem sie vermutlich auf jedem Wohltätigkeitsfest herumstand und ihren Sekt warm werden ließ. Geadelt durch ihr Leiden. Katja hätte kotzen können. Sie stand auf. »Danke für Ihre Mühe«, sagte sie. Und ließ den Hefter liegen. »Ich finde selber hinaus.«

Ihr Handy klingelte. »Ja«, meldete sie sich knapp. »Was habt ihr? Die Eltern?« Sie wusste, dass die Anwältin jedes Wort mithörte. Sollte sie grübeln. »Ich komme sofort.« Ohne weiteren Gruß ging die Kommissarin hinaus.

»Hey!« Der Mann, in den sie beinahe hineinrannte, war ihr Vater. Er fing sie mit ausgebreiteten Armen ab, ließ sie aber sofort wieder los und trat einen Schritt zurück.

»Was machst du denn hier?«, fragte sie. Manchmal sah sie ihn wochenlang nicht, wenn er sich in seiner Schrebergartenhütte verkroch, und jetzt lief er ihr gleich zweimal hintereinander am falschen Ort über den Weg. Der alte Schlichthorn wies auf das Café nebenan, aus dem er eben gekommen war. »Da drin darf man noch rauchen.«

Katja runzelte die Stirn. Es stimmte, an der Tür stand *Raucher und Nichtraucher* und durch das Fenster sah man an den vielen eng gestellten Bistrotischen zahlreiche Menschen mit Zigaretten. Trotzdem war der Laden mit seinen vielen Bildern an den Wänden und dem stilvollen Nostalgieflair so gar nicht typisch für ihren Vater. Der hockte sich lieber in die gekachelte Bierbude in seiner Gartenanlage, zu Currywurst und wortkarger Unterhaltung.

»Du gehst zu den Degenhardts?«

Ihr Vater hob die Hände in einer bedauernden Geste.

»Sie sind meine Klienten.«

Katja begriff, dass er selbst dort weit bessere Aufnahme finden würde. Und auch, dass er wusste, wie sie selbst dort behandelt worden war, und deshalb so etwas wie Mitleid mit ihr empfand. Sie steckte die Hände in die Taschen und ballte die Fäuste. Sie war nicht angewiesen auf sein Mitgefühl. Thorsten hatte ihr eben am Telefon erklärt, dass er die Eltern von Peter Lorenz ausfindig gemacht hatte. Sie würden hinfahren, sich die DNA holen und den Fall abschließen. Ganz ohne die Hilfe dieser hochnäsigen Leute.

»Ciao«, sagte sie nur. Sie gab ihm keine Gelegenheit, den Gruß zu erwidern.

Frau Degenhardt musste ihn durchs Fenster gesehen haben, denn sie öffnete, noch ehe er klingeln konnte. Aus dem Büro drang der Geruch von frisch gebrühtem Kaffee. Sie bat ihn herein und wies auf den Stuhl vor ihrem Schreibtisch.

»Ihre Tochter?«, fragte sie mit einem Blick auf seine düstere Miene.

»Sie war schon immer ein störrisches Wesen. Sehr dickköpfig.«

»Kinder«, sagte Frau Degenhardt. Dann verstummte sie abrupt.

»Entschuldigen Sie.« Schlichthorn hob den Kopf. »Es tut mir leid, das war gedankenlos.«

»Nein, nein. Gedankenlos war das von mir. Ich sage tatsächlich manchmal solche Sachen. Sätze, wie alle Mütter sie sagen. So als wäre auch ich eine ganz normale Mutter mit einem Kind daheim und der Erfahrung, wie es ist, dieses Kind aufwachsen zu sehen. Und erst danach merke ich, dass ich mir eben selber weh getan habe. Es ist so dumm.« Sie seufzte. »Kaffee?«

Schlichthorn bat um Zucker und Milch und ließ sie werkeln, bis sie sich wieder gefangen hatte. »Das Haus am Ringelberg, dieses Heim *Waldfrieden*«, begann er dann, »aus dem ihr Sohn seinerzeit verschwunden ist.«

Sie seufzte erneut. Stellte Schlichthorn seinen Kaffee hin. Setzte sich. Rührte in ihrer eigenen Tasse.

»Es war eines von den Spezialkinderheimen. Die Aufzeichnungen über Marcel enden 1989. Wir haben nie die volle Akteneinsicht bekommen. Wie es scheint, ist da vieles verschwunden.« Sie nahm einen Schluck.

»Geschreddert«, sagte er und nickte.

»Wie auch immer. Er war bis '89 dort. Danach fehlen Vermerke über Taschengeld für ihn, Arztbesuche, Kleiderzuteilungen oder Strafen. Niemand von den Erziehern, die wir noch aufspüren konnten, kann oder will sich erinnern oder die Lücken füllen. Angeblich soll es eine Verlegung in ein Heim nach Aschersleben gegeben haben, darauf berufen sich alle, so, wie es in den Akten steht. Dass Marcel dort nie ankam, das wissen Sie ja schon.«

»Aber an die Verlegung glauben Sie nicht«, stellte er fest.

Sie gab zunächst keine Antwort.

»Es gibt da ein oder zwei Aussagen von Erziehern – Sie können sich das alles daheim durchlesen –, die zeigen, dass die Leute selber an der Verlegungstheorie zweifeln. Einer deutet an, Marcel könnte auch weggelaufen sein. Und dass die Heimleitung das vertuscht hätte, indem sie diesen Verlegungsbescheid ausstellte. Festlegen will er sich natürlich nicht. Und um Himmels willen nicht die Heimleitung kritisieren. Nicht mal nach all der Zeit.«

»Aber wenn Marcel weggelaufen wäre, hätte man das nicht einfach gemeldet und die Polizei eingeschaltet?« Günther Schlichthorn zweifelte an dieser Version.

Frau Degenhardt blickte starr aus dem Fenster.

»Wenn man es nicht tat, muss man Gründe dafür gehabt haben. Anlass, etwas zu vertuschen, einen eigenen Fehler, eine Schuld. Etwas, was die Polizei nicht zu sehen oder zu hören bekommen sollte.«

Schlichthorn wollte schon sagen, dass ihm das weit hergeholt erscheine. Dann bemerkte er ihre Angespanntheit und schwieg. Er wollte nicht an ihrer Stelle sein, sich nicht vorstellen müssen, was für Anlässe das wohl gewesen sein könnten, die es nötig machten, ihren kleinen Sohn vor der Polizei zu verbergen und es lieber zu riskieren, dass er in der Weltgeschichte herumirrte. Oder, fiel es ihm plötzlich ein: ihn verschwinden zu lassen. Ob Frau Degenhardt auch daran schon gedacht hatte? Nein, sie hätte ihn sonst kaum engagiert. Sie besaß Hoffnung, inmitten all dieser düsteren Spekulationen, sonst hätte sie sich nicht an ihn gewandt. Er räusperte sich: »Das ist eine gewagte Hypothese, Frau Degenhardt. Bisher spricht nichts dafür, dass die Heimleitung etwas verschleiert. Also haben wir auch keinen Grund anzunehmen, dass sie Ihrem Sohn etwas angetan hat.«

Sie schnaubte, beließ es aber dabei.

»Ich weiß«, sagte er, »Ihre Arbeit gibt Ihnen bestimmt Grund genug für Misstrauen den Heimen gegenüber.«

»Da sagen Sie etwas Wahres. Aber ich verstehe, was Sie meinen. Also.« Sie setzte sich wieder aufrechter hin. Offenbar hatte die bloße Erwähnung ihres Berufes ihre professionellen Verhaltensweisen wieder aktiviert.

»Das Kinderheim auf dem Ringelberg war ein Spezialkinderheim?«, fragte Schlichthorn. »Hat man Ihren Sohn dorthin geschickt, weil Sie und Ihr Mann Politische waren?«

»Dorthin kamen bevorzugt die sogenannten Schwererziehbaren.« Man hörte Frau Degenhardts Stimme an, dass sie sich auf vertrautem Terrain befand. Dies war ihr Thema, ihre tägliche Arbeit. Diesen oder einen ähnlichen Vortrag hatte sie sicher schon oft gehalten. Und sie wusste, wovon sie sprach. »Wobei man außerdem wissen muss, dass als schwer erziehbar galt, wer eine, ich zitiere, *individuelle Gerichtetheit* in seinem *psychologischen Kern* besaß. Individualitätsstreben sah man ja als kapitalistisch an. Somit wurden auch Kinder, die mit Punks abhingen, die falsche Musik hörten, die falschen Klamotten trugen und keine Lust auf die Pioniere oder andere Gruppenaktivitäten hatten, zu Systemfeinden. Sie wurden aus ihren Familien genommen und ins Heim gesteckt. In Marcels Fall genügte der systemfeindliche Einfluss, den seine Eltern auf ihn hatten. Natürlich erwischte es auch Kinder mit echten psychischen Problemen.« Sie hielt inne, als müsste sie sich von einem Schlag erholen. »Die Grenzen zwischen Psychologie und Ideologie waren fließend. Alles und jeder wurde umerzogen.«

»Arme Teufel.« Schlichthorn griff nach den Fotos, die sie ihm hinhielt. Sie zeigten Gruppen junger Menschen, die in die Kamera lächelten. Die Sonne schien, was die traurige Fassade hinter ihnen beinahe freundlich aussehen ließ. Im Hintergrund waren Obstbäume sichtbar. »Wie Bilder lügen können«, stellte er fest. »Sieht aus wie ein Sommeridyll.«

»Ich will nicht ausschließen, dass es für einige Kinder nicht die Hölle war, zu der es für andere wurde«, sagte sie. »Allerdings war das ganze Heimsystem ein Unrechtssystem. Die Kinder erhielten bis auf wenige Ausnahmefälle keine Schulbildung über die achte Klasse hinaus. Außerdem wurden sie zu Schwerarbeit angehalten und ungenügend ausgebildet. Für ihren Unterhalt war immer zu wenig Geld da. Sie wurden nicht wie normale Kinder gekleidet, ernährt oder gar gefördert. Die ärztliche Versorgung blieb hinter den staatlichen Anforderungen zurück, das ist dokumentiert. Darüber hinaus war Korruption bei der Auszahlung der Arbeitsentgelte und der Taschengelder an der Tagesordnung. Diese Kinder waren definitiv Zweitplatzierte.«

Schlichthorn nickte. Er war zu einer Reihe von Einzelporträts übergegangen, die Menschen in seinem Alter zeigten. Er versuchte, in ihren Augen etwas über das zu lesen, was sie erlebt hatten. Es war schwierig.

»Das ist Walther«, sagte Frau Degenhardt, die seinen Blick bemerkte. »Er kam mit sieben Jahren in ein Heim und wurde dort von den Älteren in seiner Gruppe vergewaltigt. Er hat sich daraufhin aus dem Dachbodenfenster gestürzt. Der Selbstmord misslang, aber seine Wirbelsäule ist geschädigt. Er möchte eine Beihilfe für seine Gehhilfen.«

»Für ein paar Krücken?« Schlichthorn dachte an seinen Sohn, Marco, der ihn wahrlich oft genug zur Weißglut brachte. Marco mit sieben, verletzt, einsam, der sich nicht mehr zu helfen wusste. Unauffällig schaute er die Anwältin von der Seite an und fragte sich, wie sie es schaffte, sich immer wieder mit solchen Geschichten zu konfrontieren. Wo doch die Möglichkeit, dass es ihrem Sohn ebenso ergangen war, nicht wie bei ihm reines Gedankenspiel war.

»Viele der Hilfen haben eher symbolischen Charakter«, erklärte Frau Degenhardt. »Die Mittel des Entschädigungsfonds sind wahrhaftig nicht üppig. Aber auch nur wenig zu bekommen ist schon so etwas wie eine Anerkennung. Es ist eine Art Entschuldigung. Das kann viel bewirken.«

Schlichthorn hob das Bild von Walther in die Luft. »War der hier im Ringelbergheim?«

Sie schüttelte den Kopf. »Das ist ein anderer Fall. Aber wir haben Klienten in unserem Hilfsverein, die dort waren. Ich habe nur niemanden gefunden, der mit Ihnen sprechen möchte. Gerade bei sexuellem Missbrauch und besonders, wenn Jungs betroffen sind, fällt das in dieser Generation vielen schwer.«

»Aber …«, wollte Schlichthorn gerade ansetzen.

»Aber ich habe die Erlaubnis der Betroffenen, mit Ihnen die Informationen durchzugehen, die sich aus den Protokollen unserer Gespräche entnehmen lassen, ohne dass ihre Namen genannt werden.« Sie hatte mehrere dicke Aktenordner herausgesucht und an Stellen aufgeschlagen, die mit Textmarker versehen waren.

»Es ging also um Gewalt *zwischen* den Jugendlichen?«, fragte Schlichthorn.

»Das ist etwas, das in allen Heimen vorkam, ja. Sexuell motivierte Übergriffe. Oder Formen von Gruppenbestrafung. Die Kinder sollten keine eigenständigen Freundschaften bilden, sie waren in Gruppen mit Anführern und Unterführern eingeteilt. Und sie wurden ermutigt, Abweichler und Unliebsame selbst zu bestrafen und zu demütigen. Teilweise geschah das ganz offiziell, in Gruppensitzungen, bei denen Vergehen öffentlich aufgezählt und die Strafe ebenso öffentlich ausgeteilt wurde. Teilweise reden wir aber auch von inoffizieller Vergeltung, von Überfällen auf dem Klo also, von Dresche in dunklen Ecken oder verwüsteten Betten. Und sexueller Missbrauch war auch immer ein Thema. So etwas gibt es in allen Gruppenunterkünften. Von der Volksarmee, pardon, Bundeswehr bis zum Nobelinternat.«

Na danke, dachte Schlichthorn. Der Mensch war eben doch ein Tier. Mehr denn je freute er sich der einsamen

Existenz, die er in seiner Laube führte. »Alltag also«, murmelte er.

»Vom Heim *Waldfrieden* aber wissen wir, dass es dort sexuelle Übergriffe auch von Seiten der Erzieher gegeben hat.«

Schlichthorn versuchte, seine Aufregung über ihre Worte zu verbergen. Er war am Vortag zeitig genug in Nguyens Labor gewesen, um mitzubekommen, was die Rechtsmedizinerin über die Knochen gesagt hatte. Im Vorraum war ihre Stimme gut zu vernehmen gewesen. Mit den Degenhardts hatte er nicht darüber gesprochen. Da es nicht um ihren Sohn ging, wollte er ihnen die Details ersparen.

»Hier«, sagte Frau Degenhardt. Sie fuhr mit dem Finger über die Aussage. »Heiner Brinkmann. Er war Erzieher auf dem Ringelberg von 1973 bis zum Schluss. Zwei unserer Klienten haben angegeben, von ihm vergewaltigt worden zu sein.«

»Was ist mit dem Mann passiert?«

»Passiert? Er ist in Pension. Nichts ist passiert. Die nachweisbaren Taten sind längst verjährt.« Schlichthorn kam nicht dazu, etwas zu sagen.

»Und dann der Direktor der Einrichtung. Theodor Born. Einer meiner Klienten sagte aus, er hätte Brinkmanns Tat bei ihm angezeigt.«

»Und?« Schlichthorns Hals war trocken. Das ganze Thema ging ihm ganz schön an die Nieren.

»Mein Klient erhielt drei Tage Dunkelarrest, eine Tracht Prügel und wurde wieder in seinen Schlafsaal geschickt. Ab da hielt Brinkmann sich verstärkt an ihn bei der Befriedigung seiner Bedürfnisse, weil er wusste, dass der Junge nichts mehr gegen ihn unternehmen würde.«

»Das ist …«

»… ungerecht?«, fragte Frau Degenhardt.

»Mir lag ein weniger zivilisiertes Wort auf der Zunge.«

»Sie dürfen sich da nicht so reinziehen lassen«, sagte die Anwältin und legte den Kopf schräg. »Sonst können Sie diese Arbeit nicht machen.«

»Und Sie machen sie?«, konnte Schlichthorn sich nicht verkneifen zu fragen.

»Sie muss gemacht werden, Herr Schlichthorn. Wenn ich sie für diese Menschen leiste, dann hilft vielleicht irgendjemand auch Marcel.« Sie hielt inne. Dann stand sie auf. »Ich hole Ihnen noch einen Kaffee.«

Er war dankbar für die Pause, während derer sie ihm den Rücken zuwandte und beschäftigt war. Die Arbeit muss gemacht werden. So hatte er seine Kinder auch erzogen. Pflicht und Arbeit. Dazu gab es keine Alternativen. Trotzdem war die Frau ihm ein wenig unheimlich. Die nächste Frage allerdings musste er stellen: »War einer dieser Klienten mit Ihrem Sohn zusammen in diesem Heim?«

»Nein. Der erste war in den siebziger Jahren dort und kam danach in den *Jugendwerkhof Torgau*. Der andere wurde achtzehn und entlassen, zwei Jahre nachdem …«, sie musste eine Pause machen. »Nachdem Marcel dorthin kam. Aber er kann sich nicht an ihn erinnern. Wenn Sie wissen wollen, ob Marcel zu Brinkmanns und Borns Zeit dort war – ja, das war er.« Sie kam zurück. »Milch und Zucker, richtig?«

Schlichthorn dachte an ihren Satz, dass die Heime nicht immer und nicht für alle Kinder die Hölle gewesen waren. Und er fragte sich, wie sehr sie wohl hoffte, dass es Marcel dort gutgehabt hatte.

»Und? Ist dieser Herr Born auch in Pension?«, fragte er stattdessen und dankte für die Tasse, die sie ihm reichte. Ihm stand der Sinn nicht nach Koffein; sein Herz klopfte ohnehin schon wie wild. Ein Bier wäre eher das Richtige gewesen. Unauffällig stellte er die Tasse weg.

Frau Degenhardt ließ sich in ihren Drehstuhl fallen und tippte etwas in den Computer. »Witzig, dass Sie das fragen«, sagte sie dann. »Herr Doktor Born wird morgen in den Ruhestand verabschiedet. Der Festakt wird im Rathaus stattfinden.« Sie schaute auf. »Ich kann Ihnen eine Einladung besorgen, wenn Sie wollen.«

»Das wäre gut. Was hat der Mann beruflich gemacht in den letzten Jahren?«

Sie lachte hart.

»Das glauben Sie nicht.«

KAPITEL 5

»… und deswegen wird es kaum wundernehmen, dass Herr Dr. Theodor Born sich zu Beginn seiner Tätigkeit im Ministerium für Bildung, Jugend und Sport ganz besonders für den Ausbau der Abteilung Kindertageseinrichtungen und Kindertagespflege einsetzte. Neben all der Energie, die er – und das kann man ohne Übertreibung sagen – weit über das übliche Maß hinaus in sein Amt investierte, rekurrierte er als Gastdozent der Universität Erfurt immer wieder auf seine Erfahrungen aus der Praxis und vermittelte sein Fachwissen mit großem Engagement an seine Studenten. Wenn wir uns heute hier eingefunden haben, um Herrn Dr. Born zu verabschieden, dann tun wir das auch im Namen derer …«

Günther Schlichthorn stand auf dem Treppenabsatz und lauschte der Laudatio durch die halb geöffnete Flügeltür, die in den großen Rathaussaal führte. Über seinem Kopf ein neogotisches Gewölbe aus dem 19. Jahrhundert. Zu seinen Seiten, auf den Wänden zwischen den Gewölbepfeilern befanden sich Wandmalereien, die die Geschichte eines Ritters zeigten. Schlichthorn ging zur Tür. Als die versammelte Zuhörerschaft applaudierte, betrat er den Saal. Suchend sah er über die klatschende Menge hinweg. In den hinteren Reihen gab es noch freie Plätze. Schlichthorn begab sich dorthin.

Nachdem der leitende Ministerialrat seine Rede beendet hatte, betrat der Direktor einer lokalen Bank die Bühne und begann seine Laudatio. Schlichthorn fühlte sich unwohl, was nicht nur an den langweiligen Reden lag, die hier geschwungen wurden. Er gehörte einfach nicht hierher. Er war kein Teil des gehobenen Bürgertums der Stadt. Mit seinem Bart, dem Holzfällerhemd, der Jeans und seinen Wildlederschuhen sah er aus wie ein Fremdkörper. Er fühlte sich wie ein Arbeiter, ein ausgestoßener Proletarier unter all diesen Anzug- und Schlipsträgern mit ihren dienstfertigen Gesichtern. Doch Schlichthorn hatte einen Auftrag angenommen. Er würde sich diesen Dr. Born ansehen, wenigstens das. Aus den schönen Reden würde er nichts über Borns Tätigkeit als Heimleiter von *Waldfrieden* erfahren, da war er sich sicher. Aber vielleicht gäbe es im Anschluss an den Festakt die Möglichkeit, mit dem ehemaligen Direktor zu reden. Schlichthorn beschloss, den Mann direkt auf den Überstellungsbescheid von Marcel Degenhardt anzusprechen. Schließlich hatte Born das Schreiben aufgesetzt und unterschrieben. Man würde sehen, wie der ehrenvolle Dr. Theodor Born reagierte. Vermutlich gar nicht, dachte Schlichthorn resigniert. Der Vorgang war mehr als fünfundzwanzig Jahre her. Aber wenn die Sache faul war, wenn dieser Born irgendetwas mit Marcel Degenhardts Verwinden zu tun hätte, dann würde er das an der Art von Borns Reaktion bemerken. Vielleicht. Hoffentlich.

»... am Ende seiner Dienstzeit in den wohlverdienten Ruhestand entlassen«, leierte der Bankdirektor weiter seine Rede herunter. »Das war's von meiner Seite. Ich bitte nun den Geehrten selbst auf die Bühne.«

Die Leute klatschten, in der ersten Reihe erhob sich ein Mann. Während Dr. Born über ein Treppchen nach oben stieg, hatte Schlichthorn die Gelegenheit, ihn näher in Augenschein zu nehmen. Herr Dr. Theodor Born hatte eine Halbglatze und trug einen Schnauzer im runden Gesicht. Seine Figur war untersetzt, man konnte seine Erscheinung durchaus mit der eines Arbeiters vergleichen, wäre da nicht die Kleidung gewesen. Auf den ersten Blick war Schlichthorn der Mann durchaus sympathisch. Trotz einer violetten Fliege, die einen weißen Hemdkragen schloss und seinem Auftreten ein wenig Lockerheit verleihen sollte, strahlte Born keinerlei Leichtigkeit aus. Ganz im Gegenteil, sein Wesen wirkte erdig und schwer.

»Sehr verehrte Damen und Herren, liebe Gäste. Ich danke meinen Vorrednern und Laudatoren für ihre anerkennenden Worte. Ich darf nun ...«

Jetzt war der Eindruck der Schwere komplett. Obgleich Dr. Born versuchte, eine gewisse Heiterkeit in die Melodie seiner Sätze zu legen, nahm sich diese doch schleppend aus. Schlichthorn sah nach vorne und wunderte sich, wie dieser schwerfällige Mann eine derartige Karriere hatte hinlegen können. Das musste mit diesem Staatswesen zu tun haben. Verdiente Leute gingen unter. Anderen, die in der zivilen Welt mit Pauken und Trompeten untergehen würden, gelang es, im Staatsdienst Erfolg zu haben. Es musste die Einsicht in diese offensichtliche Diskrepanz sein, die bewirkte, dass Schlichthorn sich verschluckte. Er versuchte, das Husten zu unterdrücken, was nicht funktionierte. Als sein Anfall auch nach einer Minute nicht aufhören wollte, erhob er sich und ging schleunigst zum Ausgang. Sein Husten hallte derart unter den gotischen Bogen, dass er sich dazu entschloss, das Gebäude zu verlassen.

Während er sich beruhigte, sah er auf den belebten Fischmarkt, auf dem gerade eine bimmelnde Straßenbahn hielt. Er trat unter einem der Rathausbogen hervor in die Sonne. Ringsum ragten prachtvolle barocke Fenstergiebel in den blauen Himmel.

»Na, Günther, genießt du das schöne Wetter?«

Schlichthorn erkannte die krächzende Stimme sofort. Schnell drehte er sich zur Seite. »Radek, altes Haus! Was machst du denn hier?«

»Herausgenommen aus dem Strom der Tätigen, der Verblendeten und Verirrten, beobachte ich das eitle Tun und Schaffen derer, die noch an Ziele glauben. Die voll der Hoffnung sind und von Wünschen blind.«

Hinter einem Brillengestell aus Draht blitzten zwei wache Augen hervor. Die Ironie, die in ihnen lag, war unverkennbar. Radek war ein hochgewachsener Mann mit einem sehnigen Körperbau. Graues Haar umrahmte in Löckchen seinen Kopf. Man hätte ihn für eine gealterte Ausgabe des Christkinds halten können, wären da nicht der schiefe Mund und die wissende Stirn gewesen, deren Faltenwurf auf jemanden hinwies, der sein Leben dem Nachdenken verschrieben hatte. Das Hemd und die Hose, in denen Radek steckte, waren an manchen Stellen fleckig, seine Schuhe löchrig und hier und da notdürftig geflickt. Und er roch nicht gut. Wie ein feuchter Schlafsack, den man vor dem Zusammenrollen nicht richtig getrocknet hatte. Schlichthorn hegte seit längerem den Verdacht, dass Radek auf der Straße lebte. Ganz sicher war er sich nicht, denn sein alter Freund erschien insgesamt gepflegter als die üblichen Obdachlosen. Auch hielt er sich von den anderen Wohnungslosen der Stadt weitgehend fern. Der Grund für diese Distanz konnte allerdings in einer Mischung aus Stolz und einem ausgeprägten Standesbewusstsein liegen. Radek wirkte stets souverän, ja spöttisch. Er war hochgebildet und immer informiert über das Zeitgeschehen. Was Schlichthorn vermuten ließ, dass er einen Großteil seiner Zeit in Bibliotheken verbrachte. Dort musste er, der Breite seiner Konversationsthemen nach, alles von der *Financial Times* bis zur *Bunten* verschlingen. Früher war Radek einmal an der Universität tätig gewesen. Ob es allerdings stimmte, dass er Philosophieprofessor gewesen war, wusste Schlichthorn nicht.

Schlichthorn griff in die Brusttasche seines Holzfällerhemds und holte eine Schachtel Zigaretten hervor.

»Willst du eine?«

Radek umgriff den Lenker seines Fahrrades mit beiden Händen und schüttelte den Kopf.

»Nachher vielleicht.«

Schlichthorn zündete sich eine Zigarette an.

»Was machst du hier?«, fragte Radek und deutete auf den Eingang des Rathauses.

»Arbeiten, warum?«

»Bist du etwa erneut in städtische Dienste erhoben worden?«

»Ein Auftrag.« Schlichthorn blies den Rauch in die Luft. Radek kniff die Augen zusammen.

»Geh ich recht in der Annahme, dass es sich bei der Veranstaltung hier um etwas handelt, auf das du gut und gerne verzichten könntest?«

Schlichthorn nickte kurz.

»Na dann.« Radek schob sein Fahrrad einen halben Meter nach vorne. »Was hindert dich daran, die Welt der Eitelkeiten, der aufgeblasenen Reden und falschen Ehrbekundungen hinter dir zu lassen?«

Schlichthorn überlegte. Eigentlich hatte Radek recht. Was sollte er noch hier? Er würde an einem anderen Tag mit diesem Born reden. Das hier war letztendlich der falsche Rahmen für ein investigatives Gespräch, und der Mann wurde ja gerade zum Pensionär gemacht, da würde er in Zukunft leichter zu Hause erreichbar sein.

»Warum nicht?«, sagte er zu Radek. »Wie wär's mit einem Bierchen? Oder einer Kleinigkeit zu essen?« Schlichthorn wollte Radek nicht in die Verlegenheit bringen, eine Ausrede zu erfinden, da er sicher kein oder nur sehr wenig Geld hatte. Deshalb setzte er hinzu: »Bei mir daheim?«

»In der Schrebergartenanlage gegenüber vom Hauptfriedhof?«

»Genau da.«

»Gern.«

Die beiden warteten auf die Straßenbahn. Als die Linie vier Richtung Bindersleben vorfuhr, stiegen sie ein.

Die Sonne schien warm, als sie vor dem Friedhof ausstiegen. Es war Schlichthorn, der den Vorschlag machte, dass man bei dem schönen Wetter lieber draußen blieb.

»Ich hol uns ein paar Bier, drüben von *Heidi's Imbiss*. Möchtest du eine Currywurst?«

Radek schüttelte den Kopf.

»Muss nicht sein. Bier genügt.«

Während Schlichthorn die Straßenseite wechselte, um zum Imbiss zu gelangen, konnte er Radek in Richtung Friedhofseingang schlurfen sehen. Dort lehnte er sein Fahrrad an die Skulptur, die den Titel *Gefährdete Ruhe* trug. Er lud zwei Taschen vom Gepäckträger und wartete auf Schlichthorn mit dem Bier.

Sie schlugen einen Weg Richtung Südwesten ein. Die Sonne befand sich direkt vor ihnen. Ehrenmale und Kriegsgräber zogen an ihnen vorbei. Dazwischen immer wieder Grünflächen, unterbrochen von hohen Bäumen und Buschwerk. Kurz vor den Kindergrabfeldern hielten sie an. Da war eine Bank vor einer Nadelbaumgruppe. Schön von der Sonne angestrahlt. Radek und Schlichthorn setzten sich. Schlichthorn atmete erleichtert durch. Radek nahm einen tiefen Zug von seinem Bier, dann sagte er: »Jetzt würde ich eine nehmen«, und blinzelte Schlichthorn an.

»Was meinst du?« Schlichthorn verstand nicht.

»Eine Zigarette.«

»Ach so.«

Schlichthorn kramte die Schachtel mit den Zigaretten hervor, gab Radek eine und zündete sie ihm an.

»Hörst du das?«, fragte Radek und sog an dem Glimmstängel.

»Was? Ich hör nichts. Ein paar zwitschernde Vögel, sonst nichts.«

»Na, eben das.« Radek sah ihn an, als sei er begriffsstutzig. »Wenn es nur einmal so ganz stille wäre. Wenn das Zufällige und Ungefähre verstummte.«

Schlichthorn schloss die Augen und genoss die Wärme, die die Sonne auf sein Gesicht warf.

»Rainer Maria Rilke, 1899«, erklärte Radek und blies den Rauch seiner Zigarette aus.

Wenn das Zitat etwas bewirkte, dann war es das Gegenteil dessen, was es aussagte. Denn mit einem Mal waren da Stimmen. Heiter, belustigt. Schlichthorn öffnete die Augen. Es waren Jugendliche, oder eher junge Erwachsene, die sich auf der Höhe der Kindergrabfelder befanden und sich auf diese zubewegten. Er legte seine flache Hand an die Stirn, um genauer sehen zu können. Komisch. Die sahen irgendwie komisch aus. Schwarz gekleidet von Kopf bis Fuß. Ein paar von ihnen trugen Umhänge wie Möchtegern-Vampire. Ihre Gesichter waren weiß geschminkt. Überall Ohrringe und Piercings, die im Licht aufleuchteten. Einer von ihnen hatte einen kleinen Kasten in der Hand. War das eine Kamera? Ein anderer hielt einen Stab mit einem Mikrophon in die Luft.

»Was machen die da?«, fragte Schlichthorn.

»Die Ruhe stören«, antwortete Radek.

»Aufhören!«, brüllte plötzlich jemand.

»Offenbar geht es noch lauter«, kommentierte Schlichthorn.

»Hört sofort auf mit diesem Scheiß!« Der Mann, zu dem die unüberhörbare Stimme gehörte, sprang in das Sichtfeld von Schlichthorn und Radek. Er trug eine grüne Latzhose und Gummistiefel. Sein Haar glänzte rotblond.

»Das ist Maik«, sagte Radek. »Der Friedhofsgärtner.«

»Du kennst den?«

»Ein interessanter Gesprächspartner.«

Zwischen dem Gärtner und den Jugendlichen entwickelte sich schnell ein lautes Wortgefecht. Als die Streitenden drauf und dran waren, Handgreiflichkeiten auszutauschen, stand Schlichthorn auf. »Hey, hey!«, rief er, als er die Gruppe erreicht hatte. »Was geht hier vor?«

»Jeder Friedhofsbesucher hat sich der Würde des Ortes entsprechend zu verhalten«, sagte der Gärtner. Er beherrschte sich nur mit Mühe. »So steht es in der Friedhofsordnung. Und was machen die hier? Diese durchgeknallten Vollidioten?«

Schlichthorn sah in die geschminkten Gesichter, blickte auf Kamera und Mikrofon, und plötzlich erkannte er eins der Gesichter.

»Marco! Verdammt noch mal! Was machst *du* hier?«

»Hi, Papa.« Marco Schlichthorn strich sich über das verfilzte Haar, das ihm tief in die wulstige Stirn fiel. Sein kräftiges Kinn verlieh seiner Miene etwas Vorlautes. Der

Endzwanziger verschränkte seine Arme über dem verschlissenen Bundeswehrparka. »Wir wollten nur ein Musikvideo drehen«, sagte er. »Dieser Typ in Grün nervt gewaltig! Was zum Teufel regt der sich so auf? Es ist bloß ein kleines Video.«

»Das ist ein Friedhof, verdammt noch mal!«, schaltete sich der Gärtner wieder ein. »Das dürft ihr nicht. Nicht ohne Genehmigung.«

»Und, habt ihr eine Genehmigung?«, fragte Schlichthorn. »Vom Friedhofsamt etwa? Die dürften hier Hausrecht haben.«

Marco zuckte mit den Schultern. »Für jeden Scheiß braucht man heutzutage eine Genehmigung. Voll der Fascho-Staat!«

Inzwischen war auch Radek von seiner Bank aufgestanden und hatte sich der Gruppe genähert. »Mensch, Maik«, rief er dem Friedhofsgärtner zu. »Hast du Ärger?«

»Ärger? Guck dir die Spackos doch mal an!«

Radek nahm den jungen Mann am Arm. »Mein Freund regelt das. Der war mal Polizist. Richtig, Günther?« Er zwinkerte Schlichthorn zu, der nickte. Dann wandte er sich seinem Sohn zu. Und ob er das hier regeln würde.

»Ich weiß nicht, was ich von eurem Auftritt hier halten soll«, sagte Schlichthorn an seinen Sohn gewandt. »Diese Klamotten, ihr seht aus wie lebendige Tote.« Er deutete auf die Geschminkten.

»Mensch! Du verstehst das nicht. Wir machen ein Musikvideo. Das ist Emo.«

»Das ist was?«

»*Emotional Hardcore*, wenn dir das was sagt.«

»Nein, sagt mir nichts. Und ehrlich gesagt finde ich es mehr als pietätlos, wenn ihr hier in der Kinderabteilung euer geschmackloses Video drehen wollt. Das macht man nicht. Ein klein bisschen Respekt, da hat der Friedhofsmensch hier schon recht.« Er wies auf Maik Engel, der inzwischen mit einem Bier in der Hand bei Radek stand und in ein Gespräch vertieft schien.

»Respekt? Und wer hat vor uns Respekt? Wir stecken unsere Zeit, unsere Energie in ein cooles Projekt, das im Übrigen auch nicht schlecht bezahlt wird. Und dann kommt so ein Typ daher und macht uns alles kaputt.«

»Hast du sonst keine Probleme?«

»Doch, hab ich!« Marco grinste. »Ich bin ziemlich abgebrannt momentan. Ein paar Euros wären nicht schlecht. Und außerdem …«

»Ja?«

»Da sind nur diese Idioten aus dieser WG schuld! Die Arschgeigen haben mich rausgeschmissen, diese dämlichen Studenten. Meinten, ich würde alles durcheinanderbringen und das würde so nicht laufen, weil sie ja lernen müssten und so 'n Scheiß. Die lernen? Wozu müssen die lernen? Machen selber den ganzen Tag Party und Mami und Papi bezahlen das noch. Von Beruf Tochter und Sohn! Jawohl! Ganz großes Kino!«

»Was willst du?« Schlichthorn klang inzwischen nicht nur genervt, er war es auch.

»Ich brauch 'nen Platz zum Pennen.«

Schlichthorn seufzte leise. Da waren diese zwielichtigen Gestalten und dazwischen sein eigener Sohn, der auch nicht besser aussah. Die Schwierigkeiten, die er mit Katja hatte, waren eine Sache. Das mit Marco war eine ganz andere. Manchmal, dachte Günther Schlichthorn, manchmal wäre es vielleicht besser, wenn einem die Kinder abhandenkämen.

KAPITEL 6

»Wir hätten die Bahn nehmen sollen«, stöhnte Thorsten, als er nach der langen Autofahrt die Knochen knacken ließ.

»Die Bahn? Danke, wenn ich verunglücke, dann will ich selber am Steuer sitzen.«

»Mit dem Zug verunglückt man nicht, man kommt höchstens zu spät.«

»Auch das tu ich lieber in eigener Verantwortung. Sind wir hier jetzt richtig?«

Sie hatten heute schon mehrfach feststellen müssen, dass es gar nicht so einfach war, im ebenso dichtbesiedelten wie formlosen Münchener Umland die richtige Schlafsiedlung zu finden. Dörfer oder Städte mochte man das meiste nicht nennen. Misstrauisch musterte Katja Schlichthorn die Fassaden des Neubauviertels, durch das sie kurvten. Dem Vorherrschen der Farbe Grau nach zu urteilen, musste es in den frühen zweitausender Jahren entstanden sein. Als sie früher in der Nähe gelebt hatte, hatte hier vermutlich noch grüne Wiese gelegen.

Es war eine seltsame Wiederbegegnung gewesen. Kurz

hinter Ingolstadt war sie rausgefahren, hatte aber zu Thorstens sichtlicher Überraschung den Autohof ignoriert und stattdessen den Weg durch einen Ort voller bemalter Barockhäuser genommen. Die Bruchbude, vor der sie schließlich hielt, war ursprünglich mal eine Tankstelle gewesen, dann ein Getränkemarkt, ein Sonnenstudio. Dann für ein langes Jahr ihr Zuhause. Im Augenblick schienen syrische Flüchtlinge darin untergebracht zu sein. Katja hatte dagesessen, Thorstens verwirrtes Schweigen ignoriert und ein paar schwarzhaarige Kinder beobachtet, die auf der bröckelnden Zementfläche Fußball spielten. Gesagt hatte sie nichts. So abrupt, wie sie gehalten hatte, fuhr sie wieder an.

»Lerchenweg 12«, bestätigte Thorsten.

»Typisch«, sagte sie. »Die letzte Lerche hat hier vermutlich gesungen, als das erste Haus gebaut wurde.«

»Oh Mann, wir hätten auf dem Autohof einen Nachmittagsimbiss einlegen sollen.«

»Wieso, knurrt dein Magen?«

»Nein, aber du.« Immerhin rang er ihr damit ein Lächeln ab. Es hielt nicht lange an.

Als sie am Lerchenweg 12 klingelten, öffnete ihnen eine Frau Mitte fünfzig mit abwesendem Blick. Sie reagierte weder auf die gezückten Dienstausweise noch auf die kurze Erklärung, die Katja abspulte. Alles, was sie tat, war, ihre dünne Strickjacke am Hals zusammenzuziehen und nach ihrem Mann zu rufen.

»Holger?« Ihre Stimme war fragend, dünn und hoch.

Der Gerufene kam. Im Gegensatz zu seiner Gattin war Holger unbestreitbar präsent. Die Hände hatte er in die Hüften gestemmt.

»Ja? Wenn es um den Unfall vorige Woche geht, ich habe schon Ihren Kollegen erklärt, dass der andere Fahrer ohne Vorwarnung zurückgesetzt hat.«

»Es geht um Ihren Sohn«, konterte Katja. »Dürfen wir hereinkommen?«

Thorsten setzte sich gleich in Bewegung. Im ersten Moment schienen sie mit ihrem kleinen Überfall Erfolg zu haben: Holger Lorenz verstummte. Seine Arme sanken herab. Doch dann holte er erneut Luft.

»Das muss ein Missverständnis sein«, sagte er. »Wir haben keinen Sohn.«

»Wie bitte?« Jetzt war Katja Schlichthorn aus dem Konzept gebracht. Sie hatte bereits einen Fuß vorgesetzt, um durch die Haustür zu treten, musste aber feststellen, dass Holger Lorenz nicht einen Zentimeter zurückwich. Seine Gattin blickte stumm von ihrem Mann zu Katja und wieder zurück. So, wie sie die Strickjacke festhielt, musste ihr sehr kalt sein. Oder ihre Pillen hörten gerade auf zu wirken. Was immer sie nahm, um so benebelt zu wirken.

»Und, um das auch gleich zu klären, wir haben auch keine Tochter.« Holger Lorenz hatte sein Fahrwasser gefunden.

»Sie sind doch Holger und Rita Lorenz, geborene Schlüter«, sagte sie, die Notizen zu Hilfe nehmend. Sie blätterte um. »Sie lebten bis zum Frühjahr 1988 in Erfurt und sind von einem Urlaub in Ungarn nicht zurückgekehrt. Republikflucht nannte man das damals.« Sie schaute auf. »Wie haben Sie es rüber geschafft?«

»Was spielt das für eine Rolle? Das ist alles lange her.«

Die Tür des Hauses gegenüber ging auf. Alle Blicke wanderten kurz zu dem Mann, der herauskam und mit gezücktem Schlüsselbund auf den Carport mit dem kaffeebraunen Porsche zuging. Herr Lorenz hob die flache Hand zu einem gemessenen Gruß.

»Servus, Herbert!«

Der Angesprochene grüßte zurück, stieg ein und ließ den Motor aufheulen. Keiner sagte etwas, bis der Wagen aus der Straße verschwunden war.

»Es liegt eine Strafakte gegen Sie beide vor. Wegen Vernachlässigung und Kindesaussetzung. Vielleicht sollten wir das drinnen bereden.«

Katja neigte sich nach vorn, um den Druck zu erhöhen.

Aber wieder wich Holger Lorenz nicht vom Fleck.

»Es gibt nichts zu bereden.« Er räusperte sich. »Wie wir aus der DDR rausgekommen sind, geht Sie nichts an. Das ist längst kein Verbrechen mehr. Und den Rest von Ihrem Mist will ich mir auch nicht anhören. Wir wurden nie von der Justiz belangt. Selbst wenn es so eine Akte gäbe, wäre das alles verjährt.«

»Aber Ihr Kind, Peter, er …«

Als Katja den Namen aussprach, zeigte Frau Lorenz zum ersten Mal eine Regung. Sie taumelte einen Schritt zurück, als wäre sie geschlagen worden. Ihr Mann legte den Arm um sie. Sie drückte sich an ihn und versuchte, so etwas wie ein Lächeln zu produzieren. Das Ergebnis jagte Katja eine Gänsehaut über den Rücken.

»Wir wissen nicht, wovon Sie reden. Stimmt's, Schatz?«, fragte er und untermalte die Floskel mit einem Kuss auf ihre Wange.

»Ja«, flüsterte sie, so leise, dass es fast nicht zu hören war.

»Ja was?«, hakte Katja nach, die die schwache Stelle witterte.

Frau Lorenz richtete sich an der Seite ihres Mannes ein wenig auf. »Es muss ein Missverständnis sein.«

»Dann wäre ja alles geklärt.« Holger Lorenz hatte die Hand an die Klinke gelegt.

»Wir haben die Knochen Ihres Sohnes gefunden. Verscharrt in einem Erdloch.« Katja hatte nicht mehr die Chance zu sehen, wie die beiden diese Botschaft aufnahmen. Die Tür klappte zu. Sie starrten auf ein makellos poliertes Messingschild: *H. und R. Lorenz*. Von einem »P« keine Spur. Ihren Sohn und jede Erinnerung an ihn schienen sie zurückgelassen zu haben, zusammen mit ihrem alten Leben. Das neue war erfolgreich gewesen, kein Zweifel. Katja schätzte den Wert der Immobilie, zu der ihnen gerade der Zutritt verweigert worden war, auf locker eine dreiviertel Million. Baugrund war hier teuer. Im Vorgarten hatte ein Profigärtner so etwas wie einen japanischen Steingarten angelegt. Die Doppelgarage war größer als die Laube ihres Vaters und deutlich solider. Dahinter schien sich ein weitläufiger Garten anzuschließen. Unruhig tigerte Katja vor dem Grundstück auf und ab und reckte den Hals, ohne Rücksicht auf die Nachbarn.

»Was hast du vor? Wir wissen doch gar nicht sicher, dass die Knochen zu Peter Lorenz gehören«, bemerkte Thorsten, der ihr unbehaglich folgte. In dem Haus, aus dem vorhin der Porsche-fahrende Herbert getreten war, wackelten die Küchenjalousien.

»Aber dass die uns anlügen, darin sind wir uns einig, oder?« Katja umrundete ein Hortensienbeet und versuchte abzuschätzen, ob das dahinter angebrachte Rankgitter solide war. »So richtig ungeniert anlügen.«

Thorsten steckte demonstrativ die Hände in die Taschen und ließ seinen Blick die Straße auf und ab wandern. Er sah aus, als hätte er am liebsten gepfiffen, um harmloser zu wirken.

»Im Heim *Waldfrieden* wurde im Frühjahr '88 ein Peter Lorenz eingewiesen, der in einer Wohnung am Juri-Gagarin-Ring in Obhut genommen worden war. Das war der Wohnsitz der Familie Lorenz. Die Eltern wurden nicht angetroffen und kehrten nie zurück«, rezitierte er die Akten.

»Na also. Scheißt der Bär in den Wald oder nicht?«

Katja wandte sich um.

Thorsten erwiderte ihren Blick nur kurz, dann nahm er die Hände aus den Taschen. »Natürlich lügen sie«, gab er zu. »Die Frau …« Er suchte nach den richtigen Worten. »Glaubst du, sie nimmt was?«

»Dagegen wetten würde ich nicht.«

»He, was soll das?« Argwöhnisch beobachtete er, wie

sie ohne große Rücksichten durch den Steingarten stapfte. Ihr war selbst klar, dass sie schlechte Karten hätten, wenn Herr Lorenz noch einmal herauskäme oder die hiesigen Kollegen anriefe. Sie waren nicht auf ein derartiges Verhalten des Ehepaares vorbereitet gewesen und hatten sich keine richterliche Genehmigung für die Entnahme einer DNA-Probe besorgt. Ja, sie hatten ihren Besuch nicht einmal bei den örtlichen Behörden angezeigt. Jetzt sah sie ein, dass es wohl naiv gewesen war, davon auszugehen, dass die beiden einfach den Mund öffnen und sich eine Speichelprobe abnehmen lassen würden, voll ungeduldiger Sorge, alles über den Verbleib ihres verschwundenen Kindes zu erfahren. Schließlich hatten sie den Jungen damals zurückgelassen. Die Degenhardts dagegen mochten ja Nervensägen sein. Aber wenigstens hingen sie an ihrem Sohn.

»Was jetzt?«, fragte Thorsten. Das Haus Lorenz blieb stumm. Offenbar hatte das Ehepaar beschlossen, den Besuch aus der alten Heimat zu ignorieren. Immerhin glitt noch kein Streifenwagen um die Ecke, um nach dem Rechten zu sehen. »Besorgen wir uns eine richterliche Erlaubnis? Könnte ich telefonisch regeln und die Wuttke faxt uns das dann. Wir müssten nur auf das nächste Kommissariat und alles erklären und dann …«

Katja Schlichthorn hatte bereits abgewinkt.

»Das dauert alles zu lange. Am Ende müssen wir hier noch übernachten.« Ein Blick auf die Uhr sagte ihr, dass im Büro des Staatsanwalts heute wohl niemand mehr zu erreichen sein würde. »Ganz zu schweigen von den hiesigen Kollegen. Die werden erst einmal fragen, wieso wir uns nicht angemeldet haben. Oder noch besser: die Sache gleich übernehmen. Dienstweg, Frau Kommissarin. Dienstweg.« Sie imitierte den selbstgefälligen bayerischen Dialekt überraschend geschickt. »Danke, davon hab ich genug.« Noch einmal glitt ihr Blick über die Fassade. »Wir gehen da rein«, sagte sie.

»Wie bitte?« Er glaubte, sich verhört zu haben.

»Oder besser: Ich gehe da rein. Sobald er aus dem Haus ist. Wir postieren uns da vorne«, sie deutete auf die Kurve, die der Lerchenweg beschrieb, ehe Meisenweg, Blauhäherweg und Starenweg von ihm abzweigten und die ganze Siedlung an einer Ringstraße mit Gewerbegebiet endete. »Ich finde schon ein Haar. In der Bürste, auf dem Kopfkissen. Schnell rein, schnell raus. Und heute Abend sind wir wieder daheim.«

Thorsten schüttelte den Kopf.

»So ist es am saubersten.«

»Genau das ist es ganz und gar nicht. Es ist der allerunsauberste Weg.«

»Nur wenn man uns erwischt.« Sie stieß ihn in die Seite. »Aber vorher sollten wir was essen. Findest du den Autohof noch, den wir vorhin gesehen haben?«

Halb ging er zum Auto. Als sie eingestiegen waren, fragte er: »Woher kannst du eigentlich so gut Bayerisch?«

»Kann ich gar nicht.«

»Kannst du wohl.«

»Jetzt nerv mich nicht mit dieser Scheiße. Fahr lieber da vorne links.«

Thorsten widersprach nicht weiter. Aber er warf ihr immer wieder zweifelnde Blicke von der Seite zu. Katja hoffte im Stillen, dass sie besser log als das Ehepaar Lorenz.

KAPITEL 7

Günther Schlichthorn drückte den Telefonhörer fester an sein Ohr und versuchte ein Lachen, das allerdings etwas künstlich wirkte. Vermutlich deshalb, weil er in seinem Leben so selten Anlass für eine derartige Gefühlsregung fand.

»Liebe Frau Nguyen, ich möchte Ihnen noch einmal danken ... Nein, nein, das ist schon in Ordnung. Es mag eine Kleinigkeit für Sie gewesen sein, für mich war es von großer Wichtigkeit und hat mir unnötige Recherchearbeit erspart.« Er lehnte sich an die Küchenzeile und sah hinüber zu Marco, der an dem großen Tisch saß und mit Tabak und Blättchen hantierte. »Wie auch immer, Frau Nguyen« – er hatte einmal in einer Zeitschrift gelesen, dass man sich beliebt machte, wenn man den Namen seines Gesprächspartners so häufig wie möglich verwendete –, »ich wollte Sie fragen, ob Sie Lust hätten, mit mir essen zu gehen. Wie wäre es mit heute Abend?« Er unterdrückte eine weitere namentliche Anrede. Marco zündelte unterdessen an einem bräunlichen Brocken herum. Ein seltsamer Geruch wehte zu ihm herüber »Nicht? Na gut, wenn es heute nicht passt, dann vielleicht ... Keine Zeit, aha. Zu viel zu tun. Verstehe.« Schlichthorn griff in seinen Bart. »Ein anderes Mal, vielleicht ... Gut. Na dann, auf Wiederhören, Frau ...« Schlichthorn hielt inne. Er nahm den Hörer vom Ohr und sah auf das Display, das ein beendetes Gespräch anzeigte. »... Nguyen.«

Marco befeuchtete die Klebefläche des Blättchens mit seiner Zunge und begann zu drehen. Das Gebilde, das er in Händen hielt, als er damit fertig war, sah aus wie eine kleine Schultüte. »Na, Papa? Hat sie dich abblitzen lassen?«

Schlichthorn steckte das Telefon auf die Station und sagte: »Das geht dich gar nichts an. Kümmre dich besser um deine eigenen Probleme.«

»Das tu ich doch.« Marco ließ ein Streichholz aufflammen und nahm einen ersten Zug. Eine dicke Rauchwolke erfüllte die Luft.

»Verdammt! Was ist das? ...« Schlichthorn stapfte auf seinen Sohn zu und riss ihm den Joint aus dem Mund.

»Sag doch was. Du darfst natürlich auch was abhaben.« Marco grinste seinen Vater unverschämt an.

»Ich will nichts von deiner Kiffe.« Er drückte den Joint in den Aschenbecher. »Du bist hier in *meinem* Haus. Mein Haus, meine Regeln.« Er sah Marco scharf an. »Und das hier«, er hob die erloschene Tüte in die Höhe, »ist bei mir verboten. Verstanden?« Er warf ihm den Joint hin. Marco griff danach und stopfte ihn in seinen Tabakbeutel.

»Mensch, Papa, was ist schon dabei? Du solltest vielleicht auch mal einen Zug von dem Zeug nehmen, dann wärst du viel entspannter.«

»Ruhe jetzt! Ende der Diskussion! Oder du fliegst hier so schnell raus, wie du hergekommen bist. Geht das noch in deinen verkifften Kopf hinein?«

»Okay«, murmelte Marco kleinlaut und steckte den Tabakbeutel in seine Parkatasche. »Dein Haus, deine Regeln.«

»Genau.« Schlichthorns Stimme klang nun versöhnlicher. »Und noch eine Kleinigkeit: Wenn du länger hierbleiben willst, dann musst du auch was dafür tun. Ich bin nicht bereit, dich ohne Gegenleistung auszuhalten.«

»Und was soll das sein?« Marco verschränkte die Arme. »Soll ich vielleicht den Rasen mähen?«

»Das auch. Aber vor allem will ich, dass du mir bei meiner Arbeit hilfst.«

»Du meinst bei deinen Ermittlungen?«

»So ist es.«

Marco ließ sich einen Moment Zeit, bevor er etwas erwiderte.

»Und da bist du dir sicher? Ist das dein Ernst?«

»Mein voller Ernst.«

»Und was soll ich machen?«

»Es gibt da einen Mann. Jemanden, der früher einmal als Erzieher in einem dieser DDR-Heime gearbeitet hat. Sein Name ist Heiner Brinkmann. Du sollst ihn beschatten.«

»Um was herauszufinden?«

Schlichthorn setzte sich. Dann steckte er sich eine Zigarette an.

»Also. Es geht um Folgendes …«

Eine halbe Stunde später marschierten Vater und Sohn zu dem Parkplatz, der sich vor der Schrebergartenanlage befand.

»Was ist *das* denn?«, fragte Schlichthorn, als Marco vor einem alten Toyota Corolla stehen blieb und die Fahrertür öffnete. Der schwarze Wagen war über und über mit Graffiti bemalt. Auf den Kofferraum hatte jemand zwischen die Roststellen das Wort *Suicide* gepinselt, die Motorhaube wurde von einem riesigen Hanfblatt geziert. Das Fahrzeug sah aus, als hätte es jemand mit Farbbomben unter Beschuss genommen.

»Das Auto gehört Rocky, einem Kumpel. Er hat mir die Mühle für den Umzug ausgeliehen. Gefällt's dir nicht?«

Günther Schlichthorn schwieg. Für das, was er vorhatte, war dieser Wagen denkbar ungeeignet. Auf der anderen Seite: Was blieb ihm übrig? Er selbst besaß kein Auto. Entschlossen ging er zur Fahrertür.

»Rutsch rüber, ich übernehm das Steuer«, sagte er und stieg ein, als der Sitz frei geworden war.

Der Wagen fuhr Richtung Innenstadt, und Marco begann erneut an seinem Tabakbeutel herumzunesteln. Schließlich hatte er den Joint, den ihm sein Vater vorhin verwehrt hatte, wieder im Mund stecken.

»Das ist ja nicht dein Haus hier«, folgerte er genüsslich, bevor der Vater etwas sagen konnte.

»Pack verdammt noch mal das Ding weg!«, rief Schlichthorn. »Diese Schrottkarre ist schon auffällig genug. Was glaubst du denn, was die Polizei machen wird, wenn sie uns begegnet? Hör endlich auf mit den Drogen!«

»Drogen?« Marcos Stimme klang belustigt. »Das sind keine Drogen. Das ist eine Kräuterzigarette.«

Schlichthorn fuhr an den Straßenrand und hielt den Wagen an.

»Hör mir mal gut zu«, begann er. »Was wir, was *du* zu tun hast, ist eine ernste Sache. Du brauchst einen klaren Kopf, verstanden?«

Marco nickte widerwillig.

»Na gut. Wenn es denn sein muss.«

»Es muss sein.«

Schlichthorn hielt am Sportplatz am Wustrower Weg, auf dem Heiner Brinkmann seine Jugendmannschaft trainierte. Er wiederholte noch einmal, was er Marco schon in der Schrebergartenhütte gesagt hatte. Besonderen Wert legte er auf das richtige Verhalten während einer Observation.

»Was du tust, muss möglichst zufällig aussehen«, sagte er. »Du musst ruhig bleiben. Wenn du nervös wirst, fällst du auf.«

»Keine Sorge, das wird schon.«

Marco stieg aus. Als Schlichthorn den Motor anließ, klopfte Marco gegen die Tür. Sein Vater ließ die Scheibe herunter.

»Ist noch was?«

»Warte noch einen Moment. Ich muss kurz an den Kofferraum.«

Als er die Kofferraumklappe zuschlug, sah Schlichthorn in den Rückspiegel. Marco schob sich den Gurt einer schwarzen Tasche über die Schulter. Dann winkte er kurz in Richtung Auto und stapfte auf den Sportplatz zu.

»Na, ich hoffe bloß, da sind Sportsachen drin«, brummte Schlichthorn senior und fuhr los.

Der Wagen rollte im Schritttempo auf das Gelände der Helios-Klinik. Während er zu dem Altbau fuhr, in dem Minh Nguyen ihrer Arbeit nachging, musste er an die Skulptur denken, die sich vor dem Hauptfriedhof befand: dieser nackte schwarze Mann aus Metall, der auf einer Betonplatte lag. Daneben ein kleines Tier und ein Kind, das am Boden kauerte. *Gefährdete Ruhe.* Ein treffender Titel für seine momentane Situation. Er parkte den Wagen hinter eine Reihe von Büschen, die durchlässig genug waren, um den Eingang von Nguyens Abteilung gut im Blick zu haben, und zündete sich eine Zigarette an. Im Prinzip war das, was er hier tat, völlig irrational, das war klar. Mit seinem Auftrag hatte das nicht das Geringste zu tun. Er konnte es sich nicht erklären, warum ihn diese Frau Nguyen aus der Ruhe brachte. Irgendetwas hatte sie an sich, was ihn anzog. Ihre Zerbrechlichkeit, die Beherrschtheit ihrer Bewegungen faszinierte ihn. Diese Frau erschien ihm wie ein Rätsel. Ein Rätsel, das er gerne entschlüsselt hätte.

Er hatte seine Zigarette noch nicht mal zur Hälfte aufgeraucht, als sich die Flügeltüren des Backsteinbaus öffneten und Minh Nguyen erschien. Als sie um eine Ecke verschwand, stieg Schlichthorn aus dem Wagen und folgte ihr unauffällig bis zu einem Parkplatz, auf dem die Autos der Angestellten standen. Nguyen stieg in einen dunklen Kleinwagen ein. Schnell lief Schlichthorn zurück zu seinem Corolla. Er wartete, bis ihr Wagen in der Ausfahrt erschien. Dann ließ er den Motor an und machte sich an die Verfolgung. Ein Sonnenstrahl blendete ihn, als er in die Nordhäuser Straße einbog, und er wünschte sich eine Sonnenbrille. Nicht unbedingt wegen des Lichts, sondern vielmehr weil er Angst hatte, Nguyen könnte ihn in dem auffälligen Wagen erkennen.

Sie waren etwa zehn Minuten durch die Stadt gefahren, als Nguyen in eine Straße hinter dem Theater einbog. Vor einem Haus, das früher einmal eine Fabrik gewesen war und heute teure Loftwohnungen beherbergte, hielt sie an. Schlichthorn sah sie aussteigen und in dem Haus verschwinden. Ob sie hier wohnte? Oder wartete hier eine Verabredung auf sie? Konnte sie deswegen heute Abend nicht mit ihm essen gehen?

KAPITEL 8

Minh Nguyen setzte Lotus behutsam ab und griff zum Telefon. Sie hatte schon an der Nummer gesehen, dass es das Heim war.

»Ja?«, meldete sie sich knapp.

Es konnten keine guten Nachrichten sein, und sie war gewappnet. Mit einem protestierenden Maunzen verschwand der weiße Perserkater unter dem Sofa. Minh war sich sicher, dass auch er wusste, woher der Anruf kam, und was er bedeutete. Sie lauschte den aufgeregten Sätzen des Pflegers.

»Ich verstehe. Aber es muss sich nicht unbedingt um einen neuen Schub handeln.« Sie wurde von weiteren Argumenten unterbrochen. »Wie hoch ist die Temperatur?« Sie langte nach ihrem Laptop und mühte sich, mit einer Hand das Passwort einzugeben. Als ihr Desktop erschien, öffnete sie die Datei *Wilhelm.xls*. »Und was könnte der Auslöser gewesen sein?« Sie überflog die Daten, die sie dort tabellarisch geordnet hatte. *Fieberanfall*, notierte sie, *39,9*. Es war der vierte in diesem Jahr. Der letzte lag etwas über dreißig Tage zurück. Lange genug, um von einem neuen Schub zu sprechen. Der Pfleger hatte recht. »Eine Blaseninfektion? Schon wieder? Die wievielte ist das jetzt, seitdem der Katheter gelegt wurde?« In ihrer Stimme schwang ein Vorwurf mit und eine für sie ganz untypische Nervosität. Wie immer, wenn es um Wilhelm ging, konnte sie nicht so ruhig bleiben, wie sie das im Beruf stets zu sein pflegte.

Der Pfleger am anderen Ende hatte den Vorwurf auch vernommen. Lebhaft rechtfertigte er sich. Minh vervollständigte ihre Datei und hörte nicht zu. Sie schloss den Laptop, angelte nach ihren Schuhen und suchte mit den Augen bereits die Jacke.

»Ich komme«, sagte sie streng in den Hörer. Sie wusste, dass ihr Gesprächspartner jetzt die Augen verdrehte. Aber es war ihr egal. Keiner im Heim liebte Angehörige, die selber Mediziner waren. »Natürlich geben Sie ihm Antibiotika, Stefan.« Ihre Stimme war lauter geworden. »Und wenn das Fieber oben bleibt, versuchen wir es mit einem hochdosierten Stoß Glucocorticoide, haben Sie gehört?« Ach, was sollte es, sie würde ohnehin in zwei Minuten vor Ort sein. Minh beendete das Gespräch. Im letzten Moment schnappte sie sich noch die Akten, die sie aus der Pathologie mitgenommen hatte. Für den Fall, dass es länger dauern würde. Das tat es meistens.

Ihr letzter Blick galt dem Sofa, unter dem Lotus' buschiger weißer Schwanz gerade so weit hervorspitzte, dass sie wusste, er war da. Es war die Flagge seines Unbehagens. »Tut mir leid«, murmelte sie. Er würde wieder einmal alleine bleiben müssen.

Der Weg zum Heim war lächerlich kurz. Deshalb hatte sie diese Eigentumswohnung auch gekauft. Nichts sonst hätte für dieses Neubauviertel in der Brühlervorstadt direkt hinter dem Theater gesprochen, in dem moderne weiße Wohnblöcke sich auf eine saubere, atmosphärelose Weise mit renovierten Fabrikbauten aus Ziegelstein mischten. IT-Unternehmen, Modelagenturen, all das passte besser hierher als sie selbst. Immerhin gab es kaum Autos, wenig Menschen. Und den schmalen Lauf des Bergstroms unter ihrem Balkon, dem ihr Kater vom dritten Stock aus melancholische Blicke zuwarf. Sie wandte sich kurz um, um zu ihm hochzublicken. Dann war sie auch schon angekommen; ehe sie unter ihrem dicken Mantel ins Schwitzen geraten konnte, wurde bereits die schmucklose Backsteinfassade des Heims sichtbar.

»Ihr Mann hat die Logopädin gebissen.«

Stefan riss die blauen Augen weit auf, die er für sein größtes Kapital zu halten schien, und warf die blonde Haartolle zurück. Seine Kolleginnen liebten ihn, ebenso wie die alten Damen, die hier lagen. Wie alt war er wohl?, überlegte Minh, fünfundzwanzig, dreißig? Er benahm sich wie ein Kind, das noch glaubte, dass man mit Nettigkeit und gutem Aussehen schadlos durchs Leben kam. Minh war versucht, mit den Schultern zu zucken.

»Aggression ist bei Patienten mit fortschreitender Demenz nun mal nichts Ungewöhnliches«, sagte sie stattdessen. »Das wissen Sie doch.«

Als sie Wilhelm noch selbst gepflegt hatte, hatte sie

ihren Teil davon abbekommen. Schon, als sein Gehirn noch funktionierte und seine Bosheiten gezielt gewesen waren. Man konnte mit Fug und Recht behaupten, dass Wilhelm ein enormes Talent dafür gehabt hatte, verletzende Dinge zu sagen. Nichts davon kam jedoch jetzt über Minhs Lippen. Inzwischen war er schließlich nur noch ein schwerkranker Mann, der gewissenhafte Pflege benötigte. Sein Charakter ging niemanden etwas an. Sie steckte Stefan einen Zehn-Euro-Schein als Trost für den Extraärger zu und schickte ihn fort.

Als sie in das Krankenzimmer eintrat, war das im ersten Moment erholsam. Nach all den scharfen, teils lautstarken Auseinandersetzungen tat ihr die Stille gut. Das Zimmer blickte auf weiße Häuserfronten, öde zwar, aber friedvoll. Stein überall. Sie hatte die alten Vorhänge aufgehängt und sorgte stets für frische Blumen in der Vase. Auf dem einzig freien Platz neben dem Krankenbett und den Gerätschaften, die für die Infusionen benötigt wurden und das Atmen erleichtern sollten, stand ihr zierlicher Schreibtisch. Statt des üblichen Besuchersessels gab es einen Bürostuhl. Bevor Wilhelm verstummt war, hatte er bösartige Bemerkungen darüber gemacht, dass sie es mit ihm alleine nicht aushielte. Dass sie sich vor seiner Gegenwart ekle und in die Arbeit flüchte. Was hätte sie sagen sollen; es war die Wahrheit.

Minh legte den Laptop und den Ordner ab und trat an das Bett. Über dem Kopfteil hingen Fotos; das Museum eines Lebens, das einmal stattgefunden hatte. Es erzählte seine Geschichte nicht mehr Wilhelm oder ihr, sondern nur noch den Pflegekräften. Es half Stefan und den anderen, daran zu glauben, dass sie mit einem echten Menschen umgingen, der ihr Mitgefühl verdiente. Minh war sich nicht sicher, ob sie selbst noch an die Vergangenheit glaubte, von der die Bilder redeten. Als sie sich abwenden wollte, wachte Wilhelm auf.

Sie schaute in seine Augen, von denen sie nicht wusste, wie viel sie noch sahen. Als er noch hatte sprechen können, hatte er über milchige Schleier geklagt und manchmal doppelt gesehen. Schwere Stürze waren die Folge gewesen. Ihre schmale Gestalt war völlig ungeeignet gewesen, den großen Mann festzuhalten. Er hatte ihr deshalb heftige Vorwürfe gemacht. Jetzt starrte er einfach nach oben. Minh neigte sich vor. Ob er sie erkannte?

Wilhelm zuckte mit dem Kiefer. Speichel floss aus seinem Mundwinkel. »Ffffotze«, stieß er heraus, in der für ihn typischen, abgehackten Intonation. »Ver-kch-dammte Ffotze.«

Sie nahm ein Kleenex vom Nachttisch und wischte ihm den Mund ab. Mit einer sachten Bewegung prüfte sie seine Temperatur. Er glühte in der Tat. Die Antibiotika mussten ihre Wirkung bald tun, sonst würde sich Stefan etwas einfallen lassen müssen. Sie setzte sich an den Schreibtisch. Ihr Laptop war ihre Nabelschnur, die sie immer und überall mit ihrer Arbeit verband, dieser gesegneten Ablenkung. Dem Feld, auf dem sie etwas leisten und bewirken konnte.

In ihrem elektronischen Postfach fand sie eine Mail von Thorsten Belau. Die Familie Lorenz widersetzte sich einer

DNA-Probe. Die Nachricht war an Ina Wuttke gegangen, damit sie sich um einen Gerichtsbeschluss kümmerte. Sie selbst hatte das Schreiben nur zur Kenntnis erhalten. Obwohl es kurz und sachlich war, konnte sie Belaus Stimme daraus erkennen. Auch er war noch so jung. Alles, was er sagte und tat, klang noch nach ihm. Sie musste lächeln. Ihr war auch, als hätte er in seinem kurzen Text etwas nicht gesagt, das ihm auf dem Herzen lag. Kurz überlegte sie, ob sie ihn anrufen sollte. Doch sie verwarf den Gedanken schnell als völlig unpassend.

»Lorenz, Lorenz«, murmelte sie, während sie ihren Autorisierungscode für die Datenbanken der Polizei eingab. Sie war dankbar für die Ablenkung. »Dann wollen wir doch mal sehen, ob wir nicht irgendwo schon ein DNA-Profil haben.«

Stefan kam noch einmal herein, um den Urinbeutel zu wechseln. Minh hielt es für ihre Pflicht, aufzustehen und den Vorgang zu überwachen. Sie konnten sich einfach keine weiteren Infekte leisten. Der junge Mann agierte steif und unsicher. Endlich nickte sie.

»Gut.«

Der Pfleger wagte ein Lächeln.

»Dieser Glucocorticoid-Stoß«, sagte er dann. »Wäre Mitoxantron nicht besser gewesen? Ich …«

Sie ließ ihn nicht aussprechen. »Wir wissen beide, dass wir nicht mehr mit Mitoxantron arbeiten können.«

Das Mittel war kardiotoxisch, es schädigte das Herz. Es gab eine *Lebensdosis*, die nicht überschritten werden durfte. War der Pegel einmal erreicht – bei Wilhelm war es nach zwei Jahren so weit gewesen –, durfte es auf keinen Fall mehr angewendet werden.

»Was bleibt uns noch?«, fragte Minh und versuchte, so wenig aufgeregt wie möglich zu klingen. Es war, wie es war.

»Haben Sie schon einmal daran gedacht …?«, begann Stefan wieder.

»Nein!« Rigoros schnitt Minh ihm das Wort ab. Sie wusste, was jetzt kam. Sie hatte genug davon. »Wilhelm war noch nie jemand, der einfach so aufgibt. Er würde sich niemals davonstehlen.«

Der Laptop gab einen Ton von sich, der anzeigte, dass ihr Suchprogramm einen Treffer erzielt hatte. Nicht ohne Erleichterung wandte sich Minh von Stefan und dem Konflikt ab und ging zum Schreibtisch. Ein Ergebnis blinkte in der Datenbank auf. Na bitte. Es war eine gute Idee gewesen, sich beim LKA Bayern umzusehen. Schließlich hatte der Mann die letzten fünfzehn Jahre bei München gelebt.

»Vielleicht hat er inzwischen dazugelernt«, meinte Stefan hinter ihr.

Minh brauchte einen Moment, bis ihr Blick ihn fand. Er stand hinter ihr und starrte auf das Foto von Holger Lorenz auf dem Bildschirm.

Sie drückte die Clear-Screen-Taste, damit das Bild verschwand.

»Wir sind hier fertig, Stefan.« Er biss sich auf die Lippen und ging hinaus.

Selbst schuld, dachte Minh, was mischte er sich in

Dinge ein, die ihn nichts angingen. Dann glättete sich ihre Miene. Sie rief die Akte Lorenz wieder auf und studierte sie. Immerhin ein Erfolg. Sie griff zum Handy und wählte Thorsten Belaus Nummer. Zu ihrem Erstaunen ging er sofort ran.

»Wo sind Sie?«, fragte sie.

Thorsten schaute sich um. Katja Schlichthorn hatte ihn angewiesen, im Wagen hinter der Kurve zu bleiben. Dort allerdings hatte er es nicht ausgehalten. Jetzt hockte er hinter dem Carport von Nachbarn der Lorenzens und hoffte, dass es niemandem auffiel, wie lange er hier schon seine Schnürsenkel band.

»Das wollen Sie nicht wissen«, sprach er in sein Mobiltelefon. »Was verschafft mir das Vergnügen?« Dankbar, seine schauspielerische Darbietung unterbrechen zu können, richtete er sich auf. Telefonieren war sowieso eine bessere Tarnung.

Dr. Nguyen informierte ihn kurz darüber, dass sie seine Mail gelesen hatte und auf die Idee gekommen war, die Straftäterdateien zu überprüfen. »Die DNA von Holger Lorenz ist 2003 im Zusammenhang mit einem Verkehrsdelikt genommen worden.«

»Mit einem Verkehrsdelikt. Ist das nicht ungewöhnlich?«

»Ein Unfall mit Todesfolge, und der Unfallfahrer war zu Fuß geflüchtet. Man hatte nur seine DNA. Lorenz war einer der Verdächtigen, weil es ein Wagen seiner Firma war, der allen Mitarbeitern zur Verfügung stand. Er musste als potentieller Täter ausgeschlossen werden.«

Thorsten musste an den BMW denken, den Herr Lorenz vor gut einer Stunde höchst schwungvoll aus der Garage gesetzt hatte.

»Und? Wie sieht es aus?«

»Er war es nicht«, sagte Nguyen. »Damals. Der Abgleich mit dem Knochenfund vom Ringelberg läuft noch.«

Minh öffnete ein zweites Fenster und schaute auf die durchrauschenden Zahlenkolonnen.

»*Sie* machen das? Jetzt?«

»Bin gerade dabei.«

»Sie sind wirklich großartig«, entfuhr es ihm. Zum ersten Mal seit Stunden fühlte er sich wieder ein wenig wohl. Er trat an einen Baum und lehnte sich an den Stamm. »Hat Ina was gesagt, ob das mit der richterlichen Verfügung klappt?«

»Heute wohl nicht mehr, denke ich.« Minh schaute aus dem Fenster. »Es wird schließlich bald dunkel.«

Thorsten überlegte.

»Ich werde Ina bitten, die Sache abzublasen. Wir brauchen ja jetzt keine Proben mehr.«

»Der Abgleich wird ein bisschen dauern. Weiß die Kommissarin schon Bescheid, dass Sie den Einsatz abbrechen können?«

Er wandte den Kopf nach der Fassade, hinter der Katja vor einer gefühlten Ewigkeit verschwunden war. Er hatte es noch rascheln hören, dann das Klappern eines Pflanzgitters. Seither war es still. Schnell rein, schnell raus, hatte sie gesagt.

»Die ist gerade unabkömmlich. Ich werde …« Im selben

Moment hörte er Reifenquietschen. Er hatte gerade noch Zeit genug, sich wegzudrehen, ehe der BMW in der Auffahrt hielt und Frau Lorenz auf der Beifahrerseite ausstieg. Ihr Mann blieb sitzen, betätigte den automatischen Garagenöffner und fuhr an, während sie zur Haustür ging.

»Verdammt!«

»Wie bitte?«, fragte Nguyen nach. »Warten Sie. Ich rufe gleich noch mal an.«

»Nicht«, keuchte Thorsten, der das Mobiltelefon zwischen Hals und Schulter eingeklemmt hatte. Noch fünf Sekunden, dann war die Frau drin. Weitere zehn und sie würde bemerken, dass jemand in ihrem Haus war. Und von Katja keine Spur! Das würde Ärger geben, er spürte es. Sie würden großen Ärger bekommen. »Nicht, ich muss …« Tatsächlich wusste er nicht, was er tun sollte. Hinlaufen und die Leute irgendwie ablenken, bis Katja in Sicherheit war? Oder alles erklären und um Verständnis bitten?

Minh ließ sich in ihrem Stuhl zurücksinken und drehte sich zum Fenster. Auf den weißen Mauern lag ein rosiger Schimmer Abendrot. Sogar hier drinnen konnte man das Pfeifen einer Amsel hören. Kinderstimmen verrieten, dass die letzten Besucher des Heimes auf dem Nachhauseweg waren. Wilhelm schlief erneut. Bald würde sie gehen und diese schönsten Minuten des Tages mit Lotus auf dem Balkon genießen. Eingehüllt in eine Decke. Mit einem Glas Rotwein in der Hand. Da bemerkte sie eine Gestalt, die sie kannte: Günther Schlichthorn, der alte Detektiv.

Reichlich verloren stand er vor dem Heim herum, als hätte ihn jemand hier abgeben wollen und vergessen. Wie kam er in diesen Teil der Stadt, und was wollte er hier? Mit Minhs Abendfrieden war es vorbei. Da gab der Laptop erneut ein Signal von sich. Sie drehte ihn so, dass das Licht nicht auf den Bildschirm fiel, und studierte das Ergebnis. Wieder sah sie zu Günther Schlichthorn hinunter, als sie zu ihrem Telefon griff.

KAPITEL 9

Katja stand in einem der saubersten Bäder, die sie je betreten hatte. Auf den ersten Blick war nichts zu sehen gewesen von den Dingen des täglichen Bedarfs. Eine silberne Haarbürste mit passendem Kamm hatte sich als reines Schaustück erwiesen, so sauber, wie es aus dem Geschäft gekommen war. Alles, was auf den Ablagen herumstand, war geschmackvoll, teuer, wohl arrangiert und so unbenutzt wie in einem Möbelhaus. Erst als sie begann, die Schubladen aufzuziehen, war Katja fündig geworden. Na bitte, es gab sie noch, die guten Dinge, all die kleinen Gegenstände, die man brauchte, um den eigenen Körper rein zu halten. Hier lagen sie gut versteckt: Rasierapparat, Zahnbürste, Kamm. Und mit ihnen ausgefallene Haare, Hautschuppen, Staub. Selbst hier gab es kaum verwertbares Material, aber auch Frau Lorenz, die wohl hinter diesem Sauberkeitswahn steckte, hatte es nicht geschafft, die Spuren ihrer Existenz vollständig zu entfernen. Ein paar Härchen immerhin hatte Katja einsammeln können. So weit war die Aktion ein Erfolg gewesen. Jetzt musste sie hier schleunigst wieder raus.

Infernalisches Türklingeln lockte sie auf den Flur. Sie hörte Stimmen von der Haustür. Das waren die Lorenzens. Verdammt, sie hatte niemanden kommen hören. Offenbar stritt das Ehepaar mit jemandem. Halb erleichtert, halb alarmiert stellte sie fest, dass es Thorsten war, der sich jetzt schon zum dritten Mal mit dem Ellenbogen wie zufällig gegen den Klingelknopf lehnte. Sie wusste es zu schätzen, dass er sich einbrachte. Doch bald würde er sich etwas Besseres einfallen lassen müssen, um ihr hier herauszuhelfen, als dieses ständige »nur noch eine kurze Frage«.

Hereingekommen war Katja durch ein gekipptes Fenster in der Speisekammer unten. Sie hatte es ausgehebelt; jetzt hing es nur noch an einem Scharnier. Zu dumm, dass sie das nicht gleich wieder rückgängig gemacht hatte. Wenigstens war sie so klug gewesen, Handschuhe zu tragen. So könnte sie alles ableugnen und die Dienstaufsichtsbeschwerde heil überstehen, die ihr zweifelsohne bevorstand, wenn sie bei ihrem unerlaubten Eindringen erwischt wurde. Falls sie erwischt wurde!

Jetzt musste sie machen, dass sie hier rauskam. Die Treppe war ihr versperrt; die lauter werdenden Geräusche von unten verrieten, dass die Haustür inzwischen offen stand und die Auseinandersetzung sich in den Flur verlagerte. Sie neigte sich vor und sah die Rückseite von Herrn Lorenz' Hosenbeinen. Fieberhaft versuchte Katja, sich zu erinnern, wie die Räume im ersten Stock des Hauses angeordnet waren: Der große Südbalkon, den sie von außen gesehen hatte, musste zum Schlafzimmer gehören. Während das Bad, in dem sie stand, nach Westen ausgerichtet war, wie ihr die untergehende Sonne über dem Gewerbepark verriet. Also brauchte sie nur durch die zweite, hintere Badtür zu gehen. Im Stillen segnete die Kommissarin Menschen, die über einen direkten Zugang vom Schlafraum zum Bad verfügten. In ihrer Plattenbauwohnung am Juri-Gagarin-Ring konnte sie auch nach der Sanierung von einem derartigen Luxus nur träumen.

Auf der Treppe waren Schritte zu hören. Katja drückte die Klinke. Auf zum Balkon und dann in den Garten. Im nächsten Moment stand sie in einem begehbaren Kleiderschrank. Hinter ihr ging das Licht an.

Handyklingeln übertönte die lautstarke Auseinandersetzung zwischen Thorsten und Holger Lorenz. Thorsten beschloss, dass es das Einfachste wäre, den Anruf entgegenzunehmen.

»Ja?«, meldete er sich.

Falls Dr. Nguyen verwirrt oder verärgert war, weil er so lange nicht rangegangen war, ließ sie sich nichts anmerken.

»Wollen Sie nun das Ergebnis des DNA-Abgleichs?«, fragte sie.

»Ich glaube …«, sagte Thorsten mit einem Seitenblick auf Lorenz' düsteres Gesicht. »Ja, das wäre jetzt ein guter Moment.«

»Es haben sich keine Übereinstimmungen im Profil von Holger Lorenz und dem des Knochenfundes ergeben. Hören Sie?«, fügte sie hinzu, als der Lärm am anderen Ende wieder lauter wurde.

»Ich höre«, bestätigte er. »Und Sie sind sich ganz sicher?«

»Es gibt keinen Zweifel«, sagte sie. »Nicht einen Schatten davon.«

Thorsten wandte sich wieder Herrn Lorenz zu. »Es ist amtlich. Wir wissen jetzt, dass das tote Kind in Erfurt nicht mit Ihnen verwandt ist.« Er sagte es absichtlich laut in der Hoffnung, dass Katja es hörte, wo immer sie steckte. Sie sollte wissen, dass sie kein Risiko mehr einzugehen brauchte, um an Material zu kommen, und umgehend verschwinden konnte

Herr Lorenz stutzte einen Moment. Dann holte er Luft. »Natürlich nicht!«, brüllte er. »Natürlich ist dieses Kind nicht mit mir verwandt. Ich habe keinen Sohn. Und bloß um mir zu sagen, was ich schon weiß, ruinieren Sie meinen Teppich?«

Katja, zwischen Kleider und Wintermäntel gepresst, starrte in das Gesicht von Rita Lorenz. Sie fühlte, wie weicher Stoff über ihr Haar strich. Er strömte einen Duft aus, der zu der Frau gehören musste, die noch immer wie angewurzelt in der Mitte des Badezimmers stand. Er war weich und elegant, dieser Duft. Das Gesicht von Frau Lorenz wirkte alt und gequält.

Katja ratterte im Geiste alle erdenklichen Verhaltensmöglichkeiten durch gegenüber einem Menschen, in dessen Intimsphäre man unerlaubt eingedrungen war. Dem Mann wäre sie offensiv gegenübergetreten; bei der Frau zögerte sie.

Frau Lorenz verschränkte die Hände vor dem Körper und wandte sich erst nach links, dann nach rechts, als suche sie etwas oder leide körperliche Qualen. Endlich brach sie auch diese Bewegung ab und ließ sich auf einem Wäschekorb nieder, der vernehmlich knarzte. Katja wagte sich einen Schritt in den Raum vor.

»Darf ich Sie etwas fragen?«, sagte Frau Lorenz leise.

Katja hielt inne. Damit hatte sie nicht gerechnet.

Frau Lorenz wiegte den Kopf, wie ein Vogel, der einen Bissen Nahrung wieder hochwürgt.

»Haben Sie Kinder?«, kam es schließlich heraus.

Mit geröteten Augen schaute sie die Kommissarin an. Sie wirkte nun nicht mehr wie eine Schlafwandlerin, sondern zutiefst elend. Es schien, als läge ihr viel an der Antwort.

»Ich ...«, setzte Katja an.

Sie nutzte die unerwartete Gelegenheit, um endlich ganz aus dem Schrank zu treten und die Tür zu schließen. Es war besser, dieses Gespräch nicht in Gegenwart von Dessous und Parfümgeruch zu führen. Sie setzte sich auf den Badewannenrand und strich mit der Hand über die Oberfläche. Keine Tropfenspuren. Natürlich.

Frau Lorenz hielt sich an den Korbgriffen fest, als herrsche Seegang.

»Ich hatte ...«, begann Katja und verstummte so abrupt, dass Frau Lorenz den Kopf hob.

Zum ersten Mal kam Leben in das Gesicht der Frau. Sie war keineswegs alt. Man konnte sie sogar hübsch nennen. Für einen Moment schien es Katja, als sähe sie sogar eine gewisse Ähnlichkeit zwischen ihr und der alten Fotografie von Peter Lorenz aus ihren Akten. Ein gelblich verfärbtes, von jeher überbelichtetes Bild eines properen Jungen in kurzen Hosen, der den runden Kopf geneigt hielt und gegen die Sonne blinzelte. Das Lächeln schüchtern, der Nasenrücken breit.

Im selben Moment hörten sie es von unten: »... nicht verwandt.«

Die Atmosphäre im Bad veränderte sich. Was Frau Lorenz' Gesicht erhellt hatte, erlosch sofort wieder.

Sie stand auf. Auch Katja erhob sich, nun wieder auf alles gefasst. Sie straffte sich, um ihre Amtsautorität einsetzen zu können. Aber die Frau ging einfach an ihr vorbei. Zu einer zweiten Tür, die Katja vorhin übersehen hatte. Sie führte ins Schlafzimmer. In den großen französischen Fenstern konnte Katja die Umrisse der Balkonbrüstung vor dem dunkelblauen Abendhimmel erkennen. Frau Lorenz blieb in der Tür stehen. Bitte sehr, sagte ihre Geste.

Katja trat hinaus, prüfte die Rankgitter, die sich an den Seiten bis zum Dachfirst erstreckten, und schwang sich dann ins Bodenlose. Während sie Griff für Griff durch das raschelnde Laub des Blauregens hinabkletterte, traf ihr Blick sich mit dem von Frau Lorenz, die an das Geländer getreten war und ihr ungerührt zusah. Für einen Moment kam sich Katja gedemütigt vor.

Sie ließ los und sprang den Rest. Klopfte sich die geröteten Hände ab und schüttelte Blätter aus ihrem Pferdeschwanz. Oben ging sachte eine Tür zu. Um das Speisekammerfenster würde sie sich wohl nicht sorgen müssen, dachte sie, während sie über eine Wiese zu ihrem Auto zurücktrabte. Frau Lorenz schien die Dinge besser im Griff zu haben, als man ihr zutraute.

KAPITEL 10

Thorsten hatte die Füße in Socken gegen das Handschuhfach gestemmt und trommelte mit den Fingern den Rhythmus der Musik mit. Mando Diao, *Ode to Ochrasy*, Katjas CD. Vor den Fenstern glitten die Neonreklamen von Tankstellen und Autohöfen vorbei. McDonald's, Burger King, KFC, Spielcasinos und Erotikshops. Aus nichts sonst schien die Welt zu bestehen. Und aus Dunkelheit. Er starrte auf die weiße Kette von Lichtern, die ihnen entgegenkam, und auf die rote vor ihnen.

»Komische Leute, diese Lorenzens«, sagte er.

Katja warf ihm einen kurzen Seitenblick zu.

»Wahre Worte.« Sie blinkte und setzte zum Überholen an.

Thorsten versuchte, einen Blick auf die Fahrerin des Opels zu werfen, an dem sie nun wie in Zeitlupe vorbeiglitten. Manchmal hatte er das Gefühl, in dem fremden Auto warte etwas auf ihn, jemand, eine Begegnung. Aber es war nur ein beliebiges Gesicht, das nichts in ihm auslöste. Er vergaß es sofort.

»Mir haben die beiden gar nicht gefallen.« Katja klang

streng. »Aber wenn Nguyen sagt, es gibt keine Übereinstimmung, dann gibt es keine. Die beiden gehen uns nichts mehr an.«

»Wie man sein Kind so einfach zurücklassen kann.« Der junge Kommissar hatte seinen ursprünglichen Gedankenstrang wieder aufgenommen. »Einfach so. Packen und verschwinden. Es da hocken lassen. Was haben sie dem Jungen erzählt? Dass sie gleich wiederkommen?«

»Was sie vorhatten, war gefährlich.« Katja runzelte die Stirn, als hinter ihnen grelle Lichter im Spiegel auftauchten. »Ist ja schon gut«, murmelte sie und blinkte, um wieder rechts einzuscheren. Der Mercedes beschleunigte lautlos und fuhr so schnell und dicht an ihnen vorbei, dass sie den Sog spürten. »Willst du uns umbringen, oder was?«, rief sie etwas lauter.

»Ich meine, was dachten die, was mit dem Jungen passiert?« Thorsten schüttelte den Kopf. Das Lied war zu Ende. Er drehte den CD-Player leiser. »Er muss tagelang alleine in der Wohnung gewartet haben.«

»Eine ganze Woche«, sagte Katja leise.

Eine Weile sagten sie nichts. Die Fahrspur vor ihnen war leer. Nichts lenkte sie davon ab, sich zu überlegen, wie das für den Sechsjährigen gewesen sein musste: Mama und Papa weg, in seltsamer Aufregung, aber mit dem Versprechen, wiederzukommen. Er kuschelt sich ins Bett, spielt, schläft, tapst in die Küche, wo noch etwas Essen steht. Das irgendwann anfängt zu stinken. Im Kühlschrank ist noch Milch, eine Tomate. Er beißt hinein, schaut aus dem Fenster. Haben sie ihm gesagt, er soll in der Wohnung bleiben? Haben sie ihm verboten, auf Klingeln zu öffnen oder sich am Fenster zu zeigen? Sein Magen knurrt. Er bekommt Durchfall und trinkt nicht genug, bis er auf die Idee kommt, an den Wasserhahn zu gehen. Er denkt, dass Mama schimpfen wird, wenn sie wiederkommt. Fieber schleicht sich an. Er hält seinen Teddy fest.

Katja und Thorsten schauten einander nicht an. Sie hingen ihren Gedanken nach. Katja dachte an ihren Bruder, Marco, der mit vier die Windpocken gekriegt hatte und in seinem Bett lag und heulte, weil sie in der Küche noch Hausaufgaben machen musste. Ihr Vater war im Dienst gewesen. Der leere Kühlschrank, das Knistern der Scheine in ihrer Hand und ihre Bemühungen, das Richtige zu tun, um mit dem Haushaltsgeld auszukommen. In Mathe war gerade Bruchrechnen dran. Das Erstellen von Wochenmenüs kam nicht vor.

»Willst du mal Kinder?«, fragte Thorsten irgendwann.

Katja wusste, was er gerade dachte: Er wollte welche. Er würde sie festhalten und niemals, niemals allein lassen.

»Kinder müssen ins Leben passen«, sagte sie. Ihre Stimme klang dürr. »Ich meine«, fügte sie hinzu, »sie müssen zu den Lebensumständen passen: feste Beziehung, genug Geld, Zeit im Job. Im Moment könnte ich es mir nicht vorstellen.« Auch damals hatte sie es nicht gekonnt.

»Ich schätze, wenn man zu viel nachdenkt, dann ist der richtige Zeitpunkt nie da«, meinte Thorsten. »Irgendwann muss man sie kriegen und dann damit leben. Das meine ich. Mein Bruder und ich, wir hatten eine tolle Kindheit. Obwohl unsere Mutter alle Hände voll zu tun hatte mit der Arbeit und mit uns, und dabei hat sie noch nebenbei geputzt. Geschieden wurde sie dann ja auch. Aber trotzdem. Das schafft man schon.«

Ein Schild kündigte eine Autobahnraststätte an.

»Lust auf was zu essen?«, fragte sie und setzte schon den Blinker.

»Was trinken wäre gut. Eine Cola.« Er wackelte mit den Zehen. »Allerdings wirst du sie holen müssen. Ich bin ja quasi barfuß.«

Katja zog eine Grimasse, parkte, stieg aus und kam mit einem ganzen Arm von Getränken und Snacks zurück. Sie fuhren wieder los und ließen es sich gutgehen, auch die Musik wurde wieder lauter gestellt.

»Ich wüsste gern«, fing Thorsten irgendwann wieder an, »was aus diesem Peter Lorenz geworden ist.«

»Wir müssen uns um unseren Fall kümmern«, schnitt Katja seinen Gedanken ab. »Und der heißt ja nun, wie es aussieht, Kevin Jacobi.«

»Ist der Einzige, der übrig ist«, bestätigte Thorsten, nahm einen Schluck Cola und musste rülpsen. »'tschuldigung. «

»Kevin«, wiederholte Katja. Noch ein Name, noch ein Schicksal. »Sollen wir uns um die Verwandtschaft kümmern?« Sie überlegte. »Erzähl mir von ihm.«

»Ist nicht so, dass Kevin Jacobis Leben nicht gut dokumentiert wäre.« Thorsten nahm noch einen Schluck von seiner Cola »Aber ansonsten werden wir da absolut nicht weit kommen. Keine lebenden Verwandten mehr, keine Schulfreunde, keine Zeugen … Der Fall war damals schon zäh. Niemand hatte eine Idee, wieso der Junge nicht aus der Schule zurückgekommen war. Und keiner hat ihn auf dem Nachhauseweg gesehen oder irgendwann danach. Eine Sackgasse von Anfang an. So was gibt es.«

»Muss ein Albtraum für die Eltern gewesen sein.«

»Die Mutter hat sich umgebracht. Der Vater war in den Unterlagen als unbekannt angegeben. Er hat sich nie gemeldet.«

»Den könnten wir heute brauchen.«

»Auf der Mutterseite konnte ich absolut niemanden auftreiben.« Thorsten nippte an seiner Cola und schaute träge hinaus. »Da ist dein komisches Dorf. Sollen wir wieder anhalten? Hey!« Er straffte sich, als er spürte, wie Katja abrupt aufs Gas stieg, und suchte nach einem Halt. »Was war denn daran so interessant? Hast du hier mal gelebt?«, fragte er. Sie beschleunigte bis auf 180 km/h. Leben, dachte sie, konnte man es nicht nennen.

»Sie haben dort ein Beinhaus«, sagte sie.

»Ein was?«

»Ein Beinhaus. Da stapeln sie die Knochen, die auf dem Friedhof ausgegraben werden, weil man die Gräber neu vergibt. So was passierte im Mittelalter häufig. Es ist ein Raum unter der Kirche. Kannst du dir anschauen.«

»Nein danke.« Er rülpste wieder. »Mir genügen unsere Knochen und die Arbeit, die sie uns machen.«

»Diese Knochen sind zum Teil beschriftet. Und bemalt.« Katja konzentrierte sich auf den Überholvorgang. Dann fuhr sie fort: »Da war auch so ein uraltes Schild mit einem Gedicht. ›Was ihr seid, das waren wir.‹« Sie überlegte, dann, die Zeile mit dem Kopf mit skandierend, vollendete sie: »›Was wir sind, das werdet ihr.‹ Oder so ähnlich.«

Thorsten neigte sich vor, um in der Auswahl von Schokoriegeln zu wühlen.

»Tja«, sagte sie. »Noch vier Stunden bis nach Hause.«

KAPITEL 11

Eine Woche später stand auch amtlich fest, dass es sich bei den Kinderknochen vom Ringelberg mangels anderer Kandidaten wohl um die von Kevin Jacobi handeln musste: Schüler aus der Altstadt, vermisst seit 1990, keine lebenden Verwandten. Die Staatsanwaltschaft schloss die Akte, und die wenigen Überbleibsel wurden auf dem Hauptfriedhof an der Binderslebener Landstraße beerdigt, Grabfeld 29, Abteilung Kindergräber. Katja und Thorsten hatten beschlossen, an der Beerdigung teilzunehmen. Um genau zu sein, bildeten sie die Beerdigungsgesellschaft. Als sie hinter dem Pfarrer her den Weg an den Ehrenhainen mit den Gefallenen der diversen Weltkriege entlanggingen, um schließlich in die Ulmenallee abzubiegen, waren ihre Schritte die einzigen, die die Stille über dem weitläufigen Areal durchbrachen.

Raureif lag an diesem kühlen Morgen auf dem Rasen und den Moosflächen unter den Ulmen. Das Ehrenmal für die Widerstandskämpfer des Dritten Reiches stand düster und in peinlich faschistischem Stil gearbeitet unter einem lichtlosen Himmel. Thorsten nutzte den langen Weg zur Grabstätte, um hastig an einer Zigarette zu ziehen. Er warf sie weg, als sie an Feld 18 vorbeikamen, einer Insel in dem zeitweise regelrecht leeren Gelände, dicht eingewachsen mit alten Bäumen, Grab nah an Grab und von einer Art Baumhecke umgeben. Dort lag, wie er erfahren hatte, Katjas Mutter. Er wusste nicht genau, seit wann. Es mussten weit über zehn Jahre sein. Auf dem Grabstein hätte er es nachlesen können. Von Katjas Vater hieß es, er bewohne eine Laube in der Schrebergartensiedlung auf der anderen Seite der zweispurigen Binderslebener Landstraße. Noch immer machten die Erzählungen über Schlichthorn senior die Runde auf dem Revier. Es waren halt noch immer dieselben Leute, obwohl die alte Garde langsam ausstarb. Die neuen Büros in dem seelenlosen Gewerbebau fernab der Innenstadt, in dem man sie angesiedelt hatte, waren nicht dazu geeignet, dass sich dort alte Menschen und alte Geschichten lange hielten. Thorsten hörte auf, über derlei Dinge nachzudenken, als sie bei den Kindergräbern angekommen waren.

Katja hatte den gesamten Weg in der für sie so typisch sportlichen Haltung zurückgelegt, mit dem Gesicht eines trotzigen Kindes. Sie trug eine Miene, die deutlich machte, dass sie jemand war, der notfalls mit dem Kopf durch die Wand ging. Die meisten Menschen parierten vor ihr, sie hatte die Erfahrung oft genug gemacht, um sie für selbstverständlich zu halten. Und hätte man sie gefragt, sie hätte sich als entspannt beschrieben und sich über die Lacher gewundert. Aber hier gab es niemanden, gegen den sie ihren Kopf hätte durchsetzen können. Es gab nur diese kleinen rechteckigen Gräber, frostbereift, voll toter Pflanzen und dicht besetzt mit Figürchen und Stofftieren, die man am liebsten streicheln oder in den Armen bergen und nach Hause tragen wollte, damit sie nicht länger frieren mussten. Kindergräber waren zum Kotzen. Katja fragte sich, wie die Eltern das aushielten. Sie selbst war froh, dass wenigstens die Überreste von Schwangerschaftsabbrüchen nicht beerdigt wurden. Sie erinnerte sich nicht an den Eingriff in der Ingolstädter Klinik. Nachdem sie aufgewacht war, hatte sie einfach die Praxis verlassen und alles vergessen, was gewesen war. Vor einigen Jahren hatte sie mal gegoogelt, dass Gewebe wie die Plazentas, die bei Geburten anfielen, an Kosmetikfirmen verkauft würden. Für Hormoncremes. Noch etwas, was sie nun verdrängen musste. Katja verschränkte die Arme und bemühte sich, die verzweifelten Sätze, die die Eltern den kleinen Leichen mitgegeben hatten, zu ignorieren. *Schlafe, mein Prinzchen, Mein Liebling, Deine Mama ist in Gedanken immer bei dir*. Im Prinzip war es reiner Kitsch, genau wie die Spielzeugautos, Schmusebären, Elfenfigürchen und Kinderschühchen. Aber hier wirkte all das alles andere als kitschig. Viel zu deutlich war der Schmerz dahinter, der sich so hilflos artikulierte und nichts anderes fand als die üblichen Klischeebilder. Liebe war kitschig, das mochte ja sein. Aber Liebe war Liebe. Katja bemerkte einen Hasen, dessen Ohren in der Feuchtigkeit des Morgens herunterhingen. Er war abgewetzt und schon beinahe bemoost.

Einsam sah er aus. Er und der ganze kleine Kuscheltierzoo. Es brach einem schlichtweg das Herz.

Thorsten neigte sich zu ihr rüber.

»Die Degenhardts würden alles dafür geben, wenn sie jetzt hier stehen dürften. Manche sind schon arm dran.«

Katja ignorierte das. Sie war nicht bereit, Mitleid mit den Degenhardts zu empfinden. Auch wenn sie im Grunde ihres Herzens wusste, dass das ungerecht war. Katja hatte ihrem Vater das Endergebnis ihrer Ermittlungen mitgeteilt. Wenigstens in diesem Punkt wollte sie fair sein, auch wenn sie die Degenhardts nicht mochte. Die Leute durften weiter hoffen; auch wenn es weh tat: Sie sollten gefälligst froh sein.

Routine hatte diese Beerdigung sein sollen, um einen Fall abzuschließen, der alles andere als befriedigend gewesen war. Eine Geste, die wenigstens etwas Endgültigkeit bringen sollte und das Gefühl, nun alles getan zu haben für Kevin Jacobi. Es war keine gute Idee gewesen.

»Der da hinten ist am selben Tag gestorben, an dem er geboren wurde.« Thorsten hatte sie angestoßen und zeigte flüsternd auf einen Stein.

Auf einem anderen war ein Zeitraum von zwei Wochen angezeigt, ein Leben, das vermutlich das Krankenhaus nie verlassen hatte. Auf einem dritten berichteten die Jahreszahlen, dass Janine drei geworden war. Katja fragte sich, was besser war, was weniger schmerzte: wenn man eine Zeit mit seinem Kind verbringen durfte, von der man wusste, wie gnadenlos begrenzt sie war; oder wenn man Abschied nehmen musste, noch ehe das kleine Leben begann.

Der Pfarrer sprach sein traditionelles »Erde zu Erde, Asche zu Asche, Staub zu Staub«. Kevin Jacobi war kein Mitglied einer Glaubensgemeinschaft gewesen. Aber es tat gut, die Schaufel in die Hand zu nehmen und seinem kleinen Sarg drei Schippen hinterherzuschicken. Wenigstens etwas, was man tun konnte.

Auf dem Rückweg ließ Katja sich eine Zigarette von Thorsten geben. Sie ging an der Bank vorbei, auf der, wie sie wusste, ihr Vater manchmal zu sitzen pflegte. Nicht mehr so oft, aber manchmal. Es war einer der Umstände, die sie ein wenig mit ihm versöhnten, obwohl sie selbst niemals an das Grab ihrer Mutter kam. Als Kind hatte sie sich davor gefürchtet. Jeden Sonntag, wenn ihr Vater Marco und sie in die guten Kleider gesteckt hatte, um mit dem Fahrrad hier heraus zu fahren, hatte sie einen Riesenaufstand gemacht und sich am Ende in dem Baumhaus hinter den alten Apfelbäumen verbarrikadiert, bis die beiden ohne sie gefahren waren. Dann hatte sie sich die Schürze ihrer Mutter umgebunden und sich bemüht, einen Kuchen zu backen mit den Äpfeln aus dem Garten, der genauso roch wie der, den ihre Mutter sonntags zu backen pflegte. Das war ihre Form der Trauer gewesen. Sie mochte Friedhöfe nicht.

»Der Fall ist tot«, stellte Thorsten fest.

»Er ist gelöst«, erwiderte sie. Und wiederholte es gleich, um sich davon zu überzeugen, dass es nicht nur der Ehrgeiz der Staatsanwaltschaft war, der dieses Grab geschaufelt hatte, sondern dass wirklich Kevin Jacobi hier seine letzte Ruhe gefunden hatte. Wer sollte es sonst sein? Sie verschluckte sich am Rauch, musste husten und winkte ab, als ihr Kollege ein fragendes Gesicht zog. »Schon gut.«

Ein junger Mann in Arbeitshosen, der eine Schubkarre vor sich herschob, bog aus einem der abwärtsführenden Wege in die Ulmenallee ein. Grußlos ging er an ihnen vorbei.

Katja wandte sich um, um zu sehen, ob er zu den Kindergräbern ging.

»Der Friedhofsgärtner?«, fragte sie.

Thorsten zuckte mit den Achseln.

»Ob er sich um Kevins Grab kümmert?« Sie dachte nach. »Vielleicht sollten wir ihm einen Zwanziger geben.«

Der Mann blieb tatsächlich vor Kevins Grab stehen und ging vor dem Kreuz in die Knie. Extra-Geldgaben schienen unnötig zu sein.

»Wenigstens haben wir jetzt erst mal frei«, sagte sie.

KAPITEL 12

Günther Schlichthorn stand an der Küchenzeile in seiner Laube und sah hinaus in den Regen. Die Sonne leuchtete in den Schauer hinein und verlieh den Regentropfen einen ganz besonders hellen Glanz. Wie ein Vorhang, verheißungsvoll und gleichzeitig auf eine gewisse Weise apokalyptisch, dachte Schlichthorn. Er nahm ein Pfeifen wahr, das langsam anschwoll. Sein Blick löste sich von der Betrachtung des Wetters und glitt auf den dampfenden Kessel, der auf der Herdplatte immer lauter wurde. Schließlich bereitete er dem Pfeifen ein Ende, indem er den Tee aufgoss.

»Möchtest du Milch und Zucker?«, fragte er über die Schulter hinweg in Richtung des Tischs.

»Danke«, antwortete Radek, ohne von seiner Lektüre aufzusehen. Sein Kopf war über ein abgegriffenes Taschenbuch gebeugt.

Schlichthorn kam mit den beiden Tassen und stellte sie auf den Tisch.

»Was liest du denn da?«

»Nichts Hochgeistiges.« Radek klappte das Buch zusammen und schob es zur Seite. »Hochgeistige Sachen benebeln nur den Verstand. Tun so, als wären sie Wahrheit und echt. In Wirklichkeit ist das Gegenteil der Fall.«

»Aha.« Schlichthorn setzte sich Radek gegenüber.

»Damals auf der Uni in Leipzig, da beschäftigte ich mich mit der Lyrik von Bertolt Brecht. Verfasste eine Abhandlung über seine Sonette. Wies nach, dass sie die Ausbeutung und Unterdrückung der Frau durch den Kapitalismus anprangerten. Was sonst hätte ein überzeugter Sozialist wie Brecht mit seiner Lyrik auch ausdrücken wollen?«

»Sag's mir.«

Radek drückte seine Brille auf die Nasenwurzel.

»Was ich da geschrieben hatte, war purer Schwachsinn. Brechts Sonette waren nichts anderes als pornographischer Schweinkram, den wir auf die allgemeingültige Ideologie hin interpretierten.«

»Aber trotzdem warst du von deiner Interpretation überzeugt, oder etwa nicht?«

Radek nahm einen Schluck von dem Tee.

»Das war ich. Interessanterweise tauchten nach der Wende weitere Sonette von Brecht auf, die von der Staatsführung unter Verschluss gehalten worden waren. Die zurückgehaltenen Gedichte konnten beim besten Willen nicht mehr auf den Kommunismus hin gedeutet werden. Sie waren reine Pornographie.«

Schlichthorn sah den schmächtigen Mann mit den ergrauten Locken an. Es musste ein Schock für ihn gewesen sein, das, woran er einst geglaubt hatte, umgeworfen zu sehen.

»Die Relativität des Seins«, sagte Radek und blickte in seine Teetasse hinein. »Wenn du einmal davon gekostet hast, hast du das Leben verstanden. Dann weißt du, dass nichts, was wir für Wahrheit halten, echt ist. Wir lügen uns unsere Welt zusammen. Sehen, was wir sehen wollen, oder wenn wir bequem sind, wiederholen wir stumpf, was andere uns sagen und wie wir dieses oder jenes zu sehen haben. So einfach ist das.«

»Und deshalb liest du Groschenromane.«

»So ist es.« Radek nickte. »Seichte Literatur ist ehrlich. Sie erhebt keinen Anspruch auf Wahrheit.«

Und außerdem lebst du wahrscheinlich auf der Straße und glaubst an nichts und niemanden mehr, dachte Schlichthorn und schaufelte sich einen Löffel Zucker in seine Tasse.

»Die Wahrheit und die Suche nach ihr können nicht der Sinn des Lebens sein«, sagte Radek. »Die Philosophie geht da von einer falschen Grundvoraussetzung aus.«

»Und was ist dann der Sinn des Lebens?«

»Die einfachen Dinge. Zum Beispiel die Beobachtung der Welt und dessen, was in ihr geschieht. Ein Sonnenaufgang, ein gutes Buch, der Tee hier, den ich trinke. Vielleicht Kinder, ich weiß nicht.«

Schlichthorn dachte an Katja und Marco. »Zumindest denkt man nicht über den Sinn des Lebens nach, wenn man welche großziehen muss. Für so was hat man dann gar keine Zeit.«

»Genau. Allein schon deshalb sind Kinder sinnvoll.«

»Hast du denn welche?«

Radek schüttelte den Kopf. »Dieses Glück war mir leider nicht vergönnt.«

Sie saßen da, tranken von ihrem Tee und schwiegen.

»Was macht eigentlich dein Fall?«, fragte Radek nach einer Weile. »Irgendwelche Fortschritte?«

»Kommt drauf an, wie man Fortschritt definiert«, sagte Schlichthorn und seufzte. »Zumindest weiß ich jetzt, wer der tote Junge vom Ringelberg ist, beziehungsweise wer er nicht ist. Die Chance, dass Marcel Degenhardt noch lebt, besteht durchaus.«

»Und hast du schon eine Vorstellung davon, wie du an ihn herankommst?«

»Schwierig. Eigentlich sind die Möglichkeiten nach so langer Zeit begrenzt. Für das Auffinden von Marcel müsste es schon zu einem sehr günstigen Zufall kommen.«

Trotz seiner Bedenken hatte Schlichthorn eine Idee, in welche Richtung man forschen konnte, um etwas über Marcel Degenhardt herauszufinden. Aber dazu benötigte er Radeks Hilfe. Und er müsste ein Thema ansprechen, das diesem mit Sicherheit unangenehm war. Schlichthorn überlegte einen Moment, dann fing er an: »Marcel ist nirgends gemeldet. Er hat keinen Personalausweis, kein Bankkonto oder irgendwelche anderen Verbindungen. Wenn er nicht das Land oder den Kontinent verlassen hat und am anderen Ende der Welt unter falschem Namen lebt, kommt für mich nur eine einzige Option in Betracht.«

Radek setzte einen fragenden Gesichtsausdruck auf und blinzelte sein Gegenüber an.

»Möglicherweise lebt Marcel auf der Straße.« So, jetzt war es raus. Es war unmöglich, Radeks Obdachlosigkeit direkt anzusprechen. Aber Radek konnte Schlichthorns Aussage als Aufforderung verstehen, sich nach dem Verschwundenen umzusehen. »Gut wäre jemand, der Kontakte zu Wohnungslosen hat. Soweit ich weiß, kennt man sich in diesem Milieu untereinander. Viele ziehen von einer Stadt zur anderen. Ich vermute, dass Marcel nicht in Erfurt unterwegs ist, aber vielleicht hat ja der eine oder andere etwas von ihm gehört oder weiß, wo er sich aufhalten könnte.«

»Du brauchst also einen oder mehrere Stadtstreicher, die sich für dich umhören, wie Sherlock Holmes.«

»Sherlock Holmes?« Schlichthorn verstand den Zusammenhang nicht.

»Holmes unterhielt in London eine Truppe von Straßenjungen als Informanten.«

»Ja, so etwas wäre durchaus von Vorteil.« Schlichthorn stand auf und ging hinüber zur Küchenzeile. Meinetwegen würden sie Sherlock Holmes als literarischen Vermittler benutzen, Radek und er. Als er durchs Fenster sah, stellte er fest, dass es aufgehört hatte zu regnen. »Willst du noch einen Tee?«

»Gerne.«

Er nahm die Kanne, ging zum Tisch und schenkte Radek nach.

»Kennst du vielleicht jemanden, der …?«

Radek sah Schlichthorn an, sagte aber nichts. Plötzlich hörte man ein Rumpeln, dann sprang die Tür auf.

»Hallo, zusammen!« Marco trat in den Raum. In den Händen trug er die gleiche schwarze Tasche wie vorhin, unter den linken Arm hatte er eine weiße Rolle geklemmt.

»Grüß dich, Junior. Schleppst du schon wieder was an?«

Marco legte die Sachen auf das Sofa, auf dem er schlief, und setzte sich.

»Das ist Hightech, davon versteht ihr alten Leute nichts. Aber nicht schlimm, ich werde euch gleich zeigen, was man mit diesen wunderbaren Dingen machen kann.«

»Was mich viel eher interessieren würde, ist das Ergebnis deiner Beschattung.«

»Ach das?« Marco fuhr sich durch sein verfilztes Haar. »Tja, also dieser Brinkmann trainiert eine Jugendmannschaft, die Zehn- bis Zwölfjährigen, wie du gesagt hast.«

»Und? Hast du irgendwelche besonderen Beobachtungen gemacht?«

Marco schüttelte den Kopf. »Bis jetzt noch nicht. Und das werde ich auch nicht.«

»Was soll das heißen?«

Marco stand auf und ging zum Kühlschrank.

»Das heißt, dass ich nicht mehr beschatte, das macht jetzt etwas anderes für mich.«

Er griff nach einer Flasche Bier.

»*Etwas* anderes? Geht das vielleicht ein wenig genauer?«

»Na klar.« Marco setzte das Ende eines Feuerzeugs unter dem Verschluss der Bierflasche an. Man hörte ein ploppendes Geräusch. Der Kronkorken flog durch die Luft und landete direkt auf dem Tisch neben Radeks

Groschenroman. »Ich habe zwei Kameras installiert, im Duschraum und in der Umkleide. Wenn sich dieser Brinkmann an einem der Kinder vergreifen sollte, haben wir das Ganze auf Speicherkarte.«

Marco lächelte stolz und setzte die Bierflasche an.

»Kameras? Im Duschraum und in der Umkleide? Bist du irre? Das ist komplett illegal.«

Erstaunt setzte Marco die Flasche ab.

»Du hast mir nicht gesagt, dass unsere Arbeit legal sein muss.«

»Das ist …« Schlichthorn fehlten die Worte. Sollte er seinem Sohn eine scheuern? Ihm das Offensichtliche erklären? Drangen Worte da noch durch? »Mach das sofort wieder ab!«

»Aber das merkt doch kein Mensch«, wandte Marco ein.

»Darum geht's nicht. Ich war mal Polizist.«

»Bist du aber nicht mehr. Die haben dich gefeuert. Und du willst dich an deren Spielregeln halten?«

Seelenruhig trank er sein Bier.

»Herrgott, Marco, es geht doch nicht um mich oder die Polizei; es geht um die Kinder. Die haben Rechte.«

»Eben. Und wenn, werden die von Brinkmann verletzt. Nicht von mir.« Marco setzte die Flasche ab. »Ist das echt dein Ernst, Papa? Der Typ begrapscht wahrscheinlich Kinder, und du willst nicht hinsehen wegen bürokratischer Vorschriften? Also, das nenne ich jetzt irre.«

Schlichthorn dachte nach. Er rieb sich über die Lippen.

»Recht und Gerechtigkeit, Günther.« Das war alles, was Radek dazu sagte.

Schlichthorn grunzte unbehaglich.

»Wie lange wird es dauern, bis jemand die Installation entdeckt?«

»Sehr lange«, antwortete Marco und ging zu den Männern an den Tisch. »Die Dinger sind gut versteckt, glaub mir. Niemand wird etwas finden.« Er setzte sich.

»Also, ich weiß nicht. Und außerdem, woher bist du dir so sicher, dass ein möglicher Übergriff gerade im Duschraum oder der Umkleide geschehen könnte?«

»Ich bin mir nicht sicher«, antwortete Marco. »Aber es ist eine Möglichkeit. Die Kameras dort sind immerhin besser als gar nichts. Oder wie lange soll ich deiner Meinung nach darauf warten, dass ich Brinkmann in flagranti erwische? Und wie soll das überhaupt gehen? Meine Lösung ist diskret. Sehr diskret. Eine bessere Möglichkeit der heimlichen Beschattung gibt es gar nicht.«

»Dein Wort in Gottes Ohr«, sagte Schlichthorn und kramte in seiner Zigarettenschachtel. Er wurde das Gefühl nicht los, gerade eine Grenze zu überschreiten. Kein gutes Gefühl. »Aber nur, um Bescheid zu wissen. Um eingreifen zu können, falls … Gerichtsverwertbar ist das alles ohnehin nicht.«

»Auf die höhere Gerechtigkeit.« Marco nahm erneut einen tiefen Zug von seinem Bier. Als er absetzte, wischte er sich mit dem Handrücken über den Mund. »So, und jetzt werde ich euch mal zeigen, was man alles mit neuester Technik so anstellen kann.« Marco stand auf und ging zu den Sachen, die er auf dem Sofa abgelegt hatte. Er nahm die weiße Rolle und breitete sie aus. Ging mit der Projektionsfläche zur Küchenzeile und verhängte damit das Fenster. Schlichthorn protestierte, Marco winkte ab. »Das müsst ihr euch anschauen. Ihr beiden seid übrigens auch zu sehen.«

Er öffnete die Taschen und entnahm einen Videobeamer, verschiedene Kabel und eine kleine Kamera. Dann installierte er das Ganze auf dem Tisch. Als er fertig war, startete er die Abspielfunktion. Radek und Schlichthorn hatten sich inzwischen so positioniert, dass sie die Leinwand gut im Blick hatten.

Bevor man etwas sah, erklang Klaviermusik, tragische Klänge, untermalt von Gitarre und Schlagzeug. Eine dunkle Stimme, die auf Englisch sang. Dann wurde eine Reihe alter Grabsteine sichtbar, die von Efeu umrankt waren. Das Bild wechselte. Die Skulptur eines Engels mit abgebrochenen Flügeln, der in den Himmel sah. Es folgten weitere Sequenzen, die Details von Skulpturen, Grabsteinen und Landschaft zeigten. Die Farben waren verfremdet. Schwarzweiße Einstellungen wechselten mit grünstichigen Sequenzen und sepiafarbenen Aufnahmen ab. Schließlich sah man einen Weg, dunkel gekleidete Gestalten mit weiß geschminkten Gesichtern, die näher kamen. Schlichthorn erkannte die Truppe wieder, die er am Hauptfriedhof gesehen hatte. Und plötzlich Radek, der auf einer Bank saß. Mit seinen grauen Engelslocken machte er tatsächlich einen melancholischen Eindruck, der zur Stimmung des Videos passte. Dann Schlichthorn mit verzerrtem Gesicht und aufgerissenem Mund. Mit seinem grauen Bart, seinem langen Haar sah er aus wie ein Urmensch, eine Art böser Zauberer, der auf dem Friedhof sein Unwesen trieb.

»Das geht zu weit!«, rief Schlichthorn. »Ihr habt nicht das Recht, uns in dieses Video einzubauen.«

Marco drückte einen Knopf, die Vorführung wurde unterbrochen. »Jetzt mal ganz ruhig«, sagte er. »Das ist nur eine erste Fassung. Eine kleine Spielerei, die sicher nicht so bleiben wird.«

»Das hoffe ich doch«, meinte Radek, der offensichtlich ebenso wenig wie Schlichthorn von dem begeistert war, was er da eben gesehen hatte.

»Wir waren noch mal auf dem Friedhof und haben ein paar andere Aufnahmen gemacht. Wahrscheinlich werden wir die in das Video einbauen. Das mit euch war nur ein kleiner Spaß.«

»Andere Aufnahmen?«

»Ja, ich hab sie hier. Wenn ihr sie sehen wollt?«

Insgeheim fand Schlichthorn das, was sein Sohn da produziert hatte, gar nicht so schlecht. Zumindest technisch. Ansonsten war das Video ziemlich geschmacklos. Er blies den Rauch seiner Zigarette in die Luft und sagte: »Okay. Zeig her.«

Die Einstellungen waren insgesamt ruhiger, weniger bewegt. Thematisch waren keine Unterschiede zu dem zu erkennen, was sie zuvor gesehen hatten. Dann sah man plötzlich eine stark verwitterte Puppe auf einem Grab liegen.

»Verdammt noch mal«, rief Schlichthorn. »Wart ihr doch in der Kinderabteilung!«

Neben kleinen Bärchen lagen Spielzeugautos. Rote Herzen aus Stein und aus Stoff. Ein buntes Windrad, das in einem der Kindergräber steckte und sich drehte. Dann sah man einen Friedhofsgärtner an einem Grab knien, in seiner Hand hatte er einen Hammer. Von dem Kreuz, das auf dem Grab stand, fehlte das Querbrett.

»Das ist doch …«

»Maik Engel«, beendete Radek den Satz, den Schlichthorn begonnen hatte.

»Kannst du mal anhalten?«, fragte Schlichthorn an seinen Sohn gewandt. Marco drückte auf die Pause-Taste.

Schlichthorn stand auf und ging zu der Leinwand.

»Was zum Teufel tut dieser Maik da?«

KAPITEL 13

Es ging auf die Mittagszeit zu, und auf dem Anger war die Hölle los. Die Leute strömten auf der Einkaufsmeile von Kaufhaus zu Kaufhaus oder drängten sich an den Haltestellen. Dr. Theodor Born, als nunmehriger Pensionär mit dem Privileg versehen, ausschlafen zu dürfen, verließ erst jetzt die edle Beletage, in der seine Fünf-Zimmer-Altbauwohnung lag, um sich ins Getümmel zu stürzen. Wider Erwarten war die Sonne doch noch herausgekommen und wetteiferte mit der Schaufensterbeleuchtung des Juweliergeschäfts, das im Erdgeschoss seines Zuhauses lag. Born gönnte den teuren Auslagen nur einen kurzen Blick. Er zupfte seinen Mantel zurecht, betrachtete die dichte Menschenmenge und fragte sich gerade, was einen so tief sinken lassen konnte, sein Mittagessen im Stehen unter freiem Himmel einzunehmen, in der Form eines hastig in den Mund geschobenen Burgers, aus dem Salat und Ketchup auf den Asphalt tropften. Er selbst hatte einen Tisch bei einem guten Italiener reserviert, der am Telefon schon verkündet hatte, frische Seezunge hereinbekommen zu haben. »Con parmigiano e burro. Und eine Hauch von Salbei.«

Das war ein Mahl, bei dem man Geschäfte machen konnte. Born beschloss, dem Ganzen auf Kosten seines Gastgebers noch einen Soave Classico der Hausmarke hinzuzufügen, und zog gerade noch einmal den Gürtel seines Burberry enger, als es geschah.

Es waren zu viele Leute unterwegs, zu eilig und hungrig und beschäftigt mit den eigenen Angelegenheiten, als dass jemandem aufgefallen wäre, wie der ältere Herr im Trenchcoat in den Hauseingang gestoßen wurde. Nur eine Rempelei unter vielen. Keiner bekam mit, dass sie nicht unbeabsichtigt war, oder konnte ahnen, welche Folgen sie haben würde. Es dauerte nur einen Augenblick, dann war der gutgekleidete alte Herr aus dem Straßenbild verschwunden.

Nicht einmal die Nachbarn, die größtenteils ohnehin bereits bei der Arbeit waren, wurden Zeugen, wie Born unter keuchendem Protest – zum Schreien war er zu schockiert – die Treppe hinaufgeschubst wurde, Stoß um Stoß vorangetrieben von seinem unerwarteten Besucher.

»Ich ... Hilfe ...«, brachte er gerade heraus, als eine Straßenbahn vorbeifuhr. Der Schrei war nicht laut und verhallte ungehört.

An diesem Tag sollte keiner von den Nachbarn mehr Herrn Dr. Born sehen. Die Reservierung beim Italiener am Fischmarkt verfiel, zum Ärger des Mannes, der dort mit einer feinen Ledermappe eine ganze Stunde wartete und sich nicht dazu überreden lassen wollte, etwas zu essen zu bestellen. Der Mann brach nach einem endlos gedehnten Aperitif wieder auf, fuhr an Borns Wohnung vorbei, schellte, wartete erneut, wurde aber auch hier nicht erhört. Als der Besucher ein letztes Mal die Nummer von Dr. Born wählte, ließ er es lange klingeln. Er lauschte. Endlich sah er selber ein, dass es unmöglich war, im Lärm, der auf dem betriebsamen Anger herrschte, zu entscheiden, ob dort drinnen im ersten Stock etwas läutete oder nicht. Und was hätte es schon bewiesen. Der Mann stieg in seinen Wagen und verließ Erfurt.

Am Abend gingen in der Wohnung keine Lichter an. Was nicht ungewöhnlich war. Dr. Born war nicht mehr jung und ging oft früh zu Bett.

Als die Polizei am nächsten Tag eintraf, war Dr. Born bereits tot. Der Mieter aus dem dritten Stock, dessen Labrador die Leiche erschnüffelt hatte, saß fassungslos auf dem gestreiften Satinsofa und bemühte sich, seinem Hund die blutige Schnauze sauber zu wischen. Das Tier wehrte sich und versuchte, dem schockierten Mann tröstend die Hand zu lecken.

Ein paar Bilder in Goldrahmen hingen schief. Die Scherben einer Blumenvase lagen auf dem dicken Teppich. Doch im Großen und Ganzen machte die Wohnung einen aufgeräumten, sauberen und wohlhabenden Eindruck. Der Lärm von Erfurts belebtester Straße wurde durch gut isolierte Fenster ferngehalten. Hier drinnen hörte man nur das Ticken einer Standuhr und die murmelnden Stimmen der Männer von der Spurensicherung. Um die Leiche herum waren zahlreiche Schilder mit Nummern aufgestellt. Die Vorhänge waren zurückgezogen. Die Sonne schien herein und zeigte erbarmungslos, wie ein Mensch aussah, dem man den Schädel eingeschlagen hatte. Der Nachbar war froh, als er gehen durfte. Zurück blieb Theodor Born, Doktor, Stadtrat und Ehrenbürger.

KAPITEL 14

»Born hat DNA unter seinen Fingernägeln. Dann hat er eben DNA unter seinen Fingernägeln.«

Katja war schlecht gelaunt. Missmutig schob sie ihren Bürostuhl zurück und schaute Thorsten an, als wäre er schuld an allem. Mit der erhofften Pause nach dem Fall Kevin Jacobi war es nichts geworden. Sie war noch nicht einmal dazu gekommen, die Akten wegzuräumen, da häuften sich schon neue Unterlagen auf ihrem Tisch. Sie lagen zwischen Thorsten und ihr als kleiner Berg, der wohl bald noch sehr viel höher werden würde. In was waren sie da nur wieder hineingeraten? »Aber das hilft uns im Moment auch nicht. Es wird eine ganze Weile dauern, bis wir das Ergebnis haben. Und wenn wir in der Datenbank keinen Treffer zu dieser DNA finden, sind wir auch nicht weiter. Außerdem habe ich Hunger.«

Beim Mexikaner um die Ecke waren *Insektentage* angekündigt. Also blieb nur das *Subway* neben der Metro mit seinen wattigen Sandwiches. Oder die Kantine im Innenhof.

»Die schließt um zwei.« Thorsten schaute gar nicht erst

auf die Uhr. Der Nachmittag fühlte sich nicht mehr jung an.

»Ich mach euch Kaffee«, bot Ina Wuttke den beiden an. »Mit Keksen.«

Sie hatte schon einen Teller dabei. Ina war nur wenig jünger als ihr Mann, um die fünfzig, und was er an Sportlichkeit besaß, war bei ihr als deutliche Rundung ausgeprägt. Sie trug himmelschreiend geschmacklose Kleidung, die jedem Wulst erlaubte, sich abzuzeichnen, tippte wie eine Weltmeisterin, konnte begnadet backen und kümmerte sich ungefragt und mit bodenständiger Fürsorglichkeit um jede Seele im Kommissariat.

Katja schob die Liste mit Borns letzten Telefonkontakten beiseite. Der Tod von Dr. Born hatte einigen Staub aufgewirbelt; der Mann war vor kurzem noch im Rathaus geehrt worden. Und der Vorteil, dass seine Frau vor vier Jahren an Krebs gestorben und das Paar kinderlos gewesen war – dass man also keine trauernden Angehörigen zu benachrichtigen hatte –, wurde dadurch ausgeglichen, dass ein großer Teil der zu befragenden Kollegen und Bekannten zur Erfurter Prominenz gehörten.

»Der Mann hat in den letzten Tagen alleine dreimal mit dem Bürgermeister telefoniert.«

Thorsten nahm ihr die Liste aus der Hand.

»Sein letzter Kontakt war ein Geschäftsmann aus Frankfurt an der Oder. Er behauptet, es ginge um Sponsorengelder für einen Lehrstuhl an der dortigen Universität. Born hätte die Stelle ein Jahr lang als Prominenter schmücken sollen, mit Vorträgen und allem Drum und Dran.«

»Wenn man sich das vorstellt.« Ina Wuttke brachte die dampfenden Kaffeetassen. »Ausgerechnet so einer.«

Katja kaute bereits und griff nach dem Kaffee, um den trockenen Krümelbrei hinunterzuspülen.

»Die hohen Tiere erwischt es halt auch.«

»Was meint der Chef?«, erkundigte sich Thorsten, der bei dem Gespräch mit dem Kriminalrat, das den Auftakt ihrer neuen Untersuchung gebildet hatte, nicht dabei gewesen war.

»Fingerspitzengefühl«, sagte Katja und blies auf ihre Finger, die sie sich am Becher verbrannt hatte. »Gib mal 'ne Serviette. Fingerspitzengefühl und noch mal Fingerspitzengefühl. Und natürlich schnellstmögliche Aufklärung. Klar.«

»Meinst du echt, die bieten heute Insekten an?« Thorsten biss in sein Gebäck. Kauend sagte er: »Ich hab mal gehört, dass man Heuschrecken mit Schokoladenüberzug essen kann.«

»Erzähl das deiner Mutter.«

»Auf das Angebot beim Mexikaner hat meine Mutter aber keinen Einfluss.«

Ina lachte.

Katja schüttelte den Kopf. Sie fragte sich, wie Thorsten ein guter Polizist werden sollte, wenn er auf jeden Witz hereinfiel.

»Ironiesignal«, sagte sie.

Er blieb ungerührt.

Katja vergrub sich wieder in ihrer Akte. Sie hatte gehofft, nach dem Fall Jacobi ein wenig durchschnaufen zu können.

»Also, die letzten zehn Jahre hat Born in einem Ausschuss zugebracht, wo er für den Umbau des Schul- und Betreuungssystems verantwortlich war. Da macht man sich jede Menge Feinde. Aber ich kann mir nicht vorstellen, dass ihm vom Vertreter eines anderen Gymnasialkonzepts der Schädel eingeschlagen wurde.«

»So was stellt man sich ungern vor«, gab Thorsten zu. »Was ist mit der Vor-Wendezeit? Hast du gefragt?«

»Fingerspitzen...«

»...gefühl«, fiel er mit ein und nickte. »Verstehe.«

»Könnte auch was mit der Vergabe von Bauaufträgen für Kitas zu tun haben«, meinte Katja. »Es gibt ja kaum ein öffentliches Bauvorhaben ohne Korruption. Aber das ist alles reine Theorie, und die Akten türmen sich. Keine konkreten Hinweise auf Unregelmäßigkeiten.«

»Borns Sekretärin hat geweint, als ich sie benachrichtigte.« Thorsten studierte nachdenklich die Ruine seines Kekses. »Aber sie hatte nichts mit ihm.« Ina gab ihm einen mütterlich-empörten Stups, den er mit einem Grinsen quittierte.

»Eine eifersüchtige Ehefrau gibt es eh nicht.« Katja starrte auf seinen Teller. »Wir müssen anders ansetzen. Die Tür stand offen, keine Einbruchsspuren. Also hat Born seinem Mörder geöffnet.«

»Oder der Täter hatte einen Schlüssel.«

»Der seiner verstorbenen Frau befand sich im Schreibtisch. Einen dritten gibt es laut Verkäufer der Wohnung nicht. Es sei denn, Born hat einen nachmachen lassen. Aber wieso sollte er?«

»Um ihn für Notfälle bei den Nachbarn zu lassen?«

»Da hätte er auch den seiner Frau nehmen können. Außerdem: Keiner der Nachbarn hat ausgesagt, einen Schlüssel anvertraut bekommen zu haben.«

»Das würde ich nach dem Mord auch nicht zugeben.«

»Wir drehen uns im Kreis«, stellte Katja fest.

»Waren wir da nicht schon?« Thorsten grinste, wie immer, wenn er es geschafft hatte, ihre schlechte Laune noch zu befeuern. »Also ein Bekannter«, setzte er dann neu an. »Ein Freund. Ich lasse ihn herein. Er sagt etwas Unerfreuliches. Wir bekommen Streit. Eine Rangelei bricht aus.«

»Nein«, fiel Katja ihm ins Wort. »Kein unerwarteter Streit. Die Mordwaffe wurde mitgebracht. Ein Schlag auf den Kopf. Exitus. Das sieht nach Planung aus.«

»Er saß ja auch in einer Planungskommission.« Für diesen Kommentar streckte sie ihm die Zunge heraus. »Auf jeden Fall jemand aus seinem persönlichen Umfeld«, beharrte Thorsten. »Weil er ihn hereinließ. Und zu einem Kampf kam es trotzdem, Planung hin oder her. Da sind die schiefen Bilder und die Scherben. Ab einem gewissen Punkt hat er sich gewehrt, sonst hätte man nichts unter seinen Nägeln gefunden.«

Katja nickte. Allerdings brachte sie das keinen Schritt weiter. Borns Umfeld war rein beruflich. Und, wie das nach fünfundsechzig Lebensjahren der Fall ist, ein sehr weites. Er hatte in Beratergremien von Firmen gesessen, einmal für zwei Jahre ein privates Internat geleitet, war dann in die Stadtverwaltung gewechselt und musste dort mit einer Menge Geld jonglieren.

»Wir setzen am Ende an, bei diesem Geschäftsmann aus Frankfurt. Und bei dem Lehrstuhl, den er sponsern will.« Katja hatte ihren Entschluss gefasst. »Morgen rede ich mit diesem, diesem ...« Sie blätterte im Telefonprotokoll. »Jochen Herzog. Er hat ausgesagt, gegen 14 Uhr wieder gefahren zu sein, ohne Born gesehen oder gesprochen zu haben. Ich werde das überprüfen.« Sie machte sich ein paar Notizen. »Kann auch nicht schaden, sich die anderen Bewerber für diesen Lehrstuhl auf Zeit einmal anzusehen. Worüber hat der Born eigentlich promoviert?«

Thorsten kramte in einem Stapel Hefter. »Makarenko«, las er. »Sagt mir nichts.«

»Klingt nach Eiskunstlauf.«

»Das ist ein sowjetischer Pädagoge.«

Erstaunt schaute Katja auf. Sie hatte gar nicht mitbekommen, dass Ina Wuttke noch immer im Raum stand.

»Ach ja?«, fragte sie.

»Das war kein übler Mensch, der Makarenko«, erklärte Ina mit roten Wangen. »Hat vielen russischen Waisen nach dem Krieg geholfen. Hat sich Gedanken gemacht, wie man die völlig verwilderten Kinder wieder in die Gesellschaft einbindet.«

»Stimmt. Das steht im Untertitel.« Er zitierte: »Neue Methoden der Erziehung zum Kollektiv.«

Ina Wuttke nickte. Ihre Stimme klang immer noch seltsam.

»Darum ist es dem Born gegangen. Das *Kollektiv*. Der hat nicht wie der Makarenko Kindern helfen wollen. Der hat sie abgerichtet, dass sie funktionieren, als Mitglieder in einer Gruppe.«

»Hast du's gelesen, Ina?« Thorsten war erstaunt.

Wohl kaum, dachte Katja, die sich jetzt aufrichtete und die Sekretärin genauer ins Auge fasste. Ina las Liebesromane von der Stange. Wenn sie etwas über russische Pädagogen wusste, dann musste es ihr jemand erzählt haben, der sich damit auskannte.

»Was hast du eigentlich vorhin gemeint mit *ausgerechnet so einer*?«, fragte sie.

Ina Wuttke presste die Lippen zusammen. Sie stand noch immer im Türrahmen, wo sie es sich gemütlich gemacht hatte, um die Unterhaltung der Kommissare zu verfolgen. Aber ihr war sichtlich nicht mehr gemütlich zumute.

»Ich meine nur«, sagte sie, wie ein bockiges Kind. Als alle schwiegen, fuhr sie notgedrungen fort. »An eurer Stelle würde ich mir mal die Zeit vor 1989 anschauen. Was der Born da so gemacht hat.«

»Was meinst du damit?«, fragte jetzt auch Thorsten.

»Ja, Ina«, sekundierte Katja, in weit ungemütlicherem Ton. »Das ist kein Ratespiel. Wenn du was zu sagen hast, dann sag's.«

Ina stieß sich vom Türrahmen ab. Einen Moment lang sah es so aus, als würde sie flüchten wollen. Doch offenbar überlegte sie es sich im letzten Moment anders. Zur Überraschung beider Kommissare ging sie mit großen Schritten in den Raum, griff sich zielsicher einen Ordner aus dem Chaos auf ihrem Tisch, der jetzt mit Bröseln übersät war, schlug ihn auf und knallte ihn vor Katja hin.

»Da«, sagte sie.

Katja schaute hinunter. Was Ina Wuttke herausgesucht hatte, war eines der Blätter, die Frau Degenhardt ihr bei ihrem Besuch in dem Selbsthilfeverein der Heimopfer überreicht hatte. Eher eine Unverschämtheit als eine Unterlage. Katja erinnerte sich nur zu gut an das Gespräch. An die mageren Informationen, die sie alle auch dem Internet hätte entnehmen können. Was hier vor ihr lag, war allerdings etwas anderes: ein altes Originaldokument, eine Art Organigramm des Heimes *Waldfrieden*. Unter dem Kästchen, in dem *Direktorat* stand, war eine handschriftliche Notiz: *1970–74 Segmüller, J., 1974–79 Wakutitz, A.-W., 1979–83 Haberkorn, M., 1983–89 Born, Th.* Sie hatte die ganze Aufstellung bisher gar nicht beachtet. Das Material der Degenhardts war ganz hinten in ihrem Ordner gelandet. Und später, als die Spur zu Kevin Jacobi führte, war es nicht mehr wichtig gewesen.

»Woher weißt du, was da steht? Wieso kennst du meine Unterlagen so gut?« Katjas Stimme wurde lauter, während sie sprach. Noch ehe Ina antworten konnte, fiel es ihr wie Schuppen von den Augen. »Du hast es erzählt bekommen, nicht wahr? Von jemandem, der sich mit Born und mit *Waldfrieden* sehr gut auskennt.« Sie fasste die Sekretärin fest ins Auge. »Du kennst die Degenhardts, stimmt's? *Du* hast letzte Woche diese Leute angerufen! Du hast denen gesagt, dass wir hier Knochen haben, die von ihrem Sohn stammen könnten, noch ehe es auch nur in der Zeitung stand. Du hast mir diese Leute auf den Hals gehetzt und redest hinter meinem Rücken mit denen …« Sie machte Anstalten, auf die Sekretärin loszugehen.

Thorsten trat dazwischen. Ina Wuttkes Gesicht hatte einen Himbeerton angenommen, der nicht zu ihren orangerot gefärbten Haaren passte. Sie war klug genug, nichts zu sagen, zupfte sich das Haar zurecht und ging hinaus.

»Das wird Folgen haben«, rief Katja ihr hinterher. »Hörst du, Ina? Du hast Ermittlungsdetails an Außenstehende weitergegeben!«

»Geht's nicht 'ne Nummer kleiner?«, wollte Thorsten wissen. »Was hat sie schon groß gemacht?«

Katja war aufgewühlt. »Vermutlich hat sie auch meinem Vater gesteckt, dass er zu Nguyen in die Klinik gehen soll, um sich die neuesten Neuigkeiten zu besorgen. Die stecken hier doch alle unter einer Decke.«

Thorsten hatte sich gesetzt und studierte das Schriftstück. »Der Born war tatsächlich Rektor im *Waldfrieden*. Gerade, als da die Kinder verschwanden. Die Fälle hängen vielleicht zusammen.«

»*Waldfrieden* ist kein Fall, schon vergessen? Unsere Knochen gehören Kevin Jacobi, einem Jungen, der in der Altstadt verschwand und mit dem Heim auf dem Ringelberg nicht das Geringste zu tun hatte.«

»Aber …«

»Nichts aber. *Waldfrieden* war eine falsche Spur in einer gelösten Mordsache. Und mehr als das wird es hier auch nicht sein. Der Typ, ich meine Born, hatte im Lauf der Jahre Dutzende von Jobs.«

Thorstens Miene widersprach immer noch. Doch er schwieg.

Katja holte tief Luft. »Also, zurück zur Tagesordnung. Ich fange mit dem Frankfurter Geschäftsmann an.« Sie raschelte betont laut mit Papier. »Und du lässt dir von Borns Sekretärin die Aufstellung aller Firmen geben, mit denen er in seiner Eigenschaft als Gutachter …«

Das Telefon klingelte.

»Schlichthorn! Ja, Frau Doktor? Ja! Aha! Aha! Danke.« Sie legte auf und beschäftigte sich weiter.

»Und?«, fragte Thorsten, als sein demonstratives Schweigen nichts half.

»Ich werde die Wuttke auf jeden Fall dem Chef melden.«

»Nein, ich meine: Und, wer war das gerade? Die Nguyen?«

Katja nickte.

»Und, was wollte sie?«, versuchte er es weiter. »Oder redest du mit mir jetzt auch nicht mehr?«

»Sie sagt, Borns Todeszeitpunkt war abends, so gegen acht.«

»Das ergibt keinen Sinn. Er wurde schon zum Mittagessen vermisst.«

»Tja, gestorben ist er aber erst am Abend. Vielleicht weiß Ina ja die Antwort«, schnappte Katja.

»Nun sei doch nicht so.«

»Oder sie kann die Degenhardts fragen. Die haben sicher schon eine Theorie dazu.«

»Mit denen redet sie bestimmt nicht mehr«, wollte

Thorsten seine Kollegin beschwichtigen. »Ich weiß gar nicht, warum du dich so aufregst. Durch Inas kleine Indiskretion waren die Degenhardts frühzeitig bei uns, na und? Umso schneller haben wir Marcel Degenhardt von der Liste der potentiellen Opfer streichen können. Das hat uns doch nur geholfen.«

»Merkst du denn nicht, dass das alles von denen kommt?«, wollte Katja wissen. »*Waldfrieden*, Kindsmisshandlung. Politik. Die ganze Ermittlungsrichtung wollen sie uns aufzwingen.«

»Aufzwingen?« Er schaute sie groß an. »Was hätten sie davon? Wenn Born tot ist, weil er Kinderheimdirektor war, dann wären ja all ihre Mandanten verdächtig. Verfällst du jetzt in Verschwörungstheorien, oder was?«

Katja wischte das vom Tisch. »Die wollen mich benutzen«, stellte sie klar. »Ich soll für sie einen schönen Skandal anrühren. Von wegen ›ehemaliger Heimrektor ermordet‹, ›Sünden der Vergangenheit gerächt‹ oder so ein Käse. Damit jeder über ihr Thema redet. Mensch, Thorsten, die Medienaufmerksamkeit nützt denen doch. So machen die ihr Geld, so läuft das Geschäft. Und ich soll dafür den Kopf hinhalten.«

»Glaubst du das wirklich?«

»Wo lebst du denn?« Sie stürzte den restlichen Kaffee hinunter. Er war kalt geworden und schmeckte bitter. Wie die ganze Angelegenheit. »Ich jedenfalls werde mir das mit dem Fingerspitzengefühl schön zu Herzen nehmen. Bei *allen* Spuren, die wir verfolgen.« Sie beugte sich wieder über ihre Akte.

»*Waldfrieden* ist eine davon.«

»Ist es nicht.« Sie hob den Kopf nicht einen Millimeter.

»Wenn du nicht noch mal zu den Degenhardts willst, um mit ihnen über Born zu reden, kann ich …«

Ihr Blick ließ ihn verstummen. Er suchte nach Alternativen.

»Oder dein Vater«, fiel es ihm endlich ein. »Er kann doch gut mit diesen Leuten. Wir fragen ihn einfach ganz inoffiziell, was er über Born in seinen Akten hat und …«

»Nein!«, sagte Katja. Sie war verdächtig beherrscht. »Du unterstehst dich, mit meinem Vater auch nur ein Wort über unseren Fall zu wechseln.«

»Aber …«

»Er ist kein Polizist mehr.«

»Und?«

Katja starrte ihn an. »Und ich will es nicht.«

»Es ist eine Spur.«

»Ist es nicht, wie oft soll ich das noch sagen? Der tote Junge war nicht aus *Waldfrieden*. Du wirst nichts dergleichen tun. Du gehst bitte ins Baureferat und checkst die Vergabe der Bauaufträge für die Kitas. Und wenn ich mitkriege, dass du auch nur ein Wort mit diesen Anwälten redest, oder mit meinem Vater, dann …« Sie kam nicht dazu, die Drohung zu Ende zu bringen.

Ina Wuttke stand wieder in der Tür. Noch immer war sie rot im Gesicht. Doch diesmal sah sie ratlos aus.

»Da ist eine Frau für Sie«, sagte sie. »Aus München.«

KAPITEL 15

Katja sah gar nicht ein, weshalb sie sich beeilen sollte. Sie hatte Thorsten mit klaren Anweisungen weggeschickt. Jetzt würde sie erst einmal klar Schiff machen. Weg mit dem ganzen unnützen Papierkram. Die Akte *Jacobi* war geschlossen, ein für alle Mal. Die Lorenzens mochten unsympathisch sein, aber sie waren kein Fall für die Mordkommission. Wenn diese Frau jetzt ihr Gewissen erleichtern wollte, wieso zum Teufel bei ihr? Mit Schwung raffte sie zusammen, was sie in die Finger bekam. Sie legte die Papiere auf die Ablage. Ganz oben auf lag das Organigramm, als wollte es sie ärgern. Das Papier war verfärbt, die Tinte lila ausgebleicht. Noch immer roch der Zettel nach Essig und Matrize.

Sie dachte daran, wie Frau Degenhardt sie hatte ablaufen lassen. Aber die Knochen vom Ringelberg gehörten keinem Heimkind, das hatten sie sicher festgestellt. Es handelte sich weder um die Gebeine von Peter Lorenz, der von seinen Eltern zurückgelassen und in *Waldfrieden* gelandet war, noch um die von Marcel Degenhardt, den man seinen Eltern weggenommen hatte, um ihn in dasselbe Heim zu stecken. Thorsten wusste das auch. Das hier war nur eine seltsame … Dings, wie nannte man das noch? Koinzidenz, genau. Ein zufälliges Zusammenfallen von Ereignissen, mehr nicht. Keine Kausalverbindung. Die Knochen und das Heim hingen nicht ursächlich zusammen. Punkt.

»Wo ist denn nun die Lorenz?«, fragte sie Ina Wuttke an, die eben eintrat.

»Im Kinderberatungsraum«, sagte die.

Katja brach in ein überraschtes Lachen aus.

»Erst dein Spezialwissen zu Makarenko«, sagte sie, stand auf und ging an Ina vorbei. »Und jetzt diese hervorragende neue Initiative von dir. Das Kinderberatungszimmer. Offenbar hat dir das dein pädagogisches Naturtalent verraten.«

»War das etwa ein Fehler?«, erkundigte Ina sich. Sie lauschte in den Gang. »Ich wollte es ihr nur ein bisschen gemütlich machen. Sie sah so fertig aus …« Ina unterbrach sich. »Ich glaube, sie weint.«

Jetzt hörte auch Katja das Weinen. Außerdem klang es so, als ginge gerade etwas in Scherben, gefolgt von dumpfen Lauten, so als würfe jemand Dinge an die Wand.

Ina war blass geworden. »Ich, ich wollte nicht …«

Katja packte die Klinke. Der Raum, in den Frau Lorenz von der gutmütigen Ina geführt worden war, war für die Gespräche mit kleinen Kindern im Beisein einer Psychologin vorgesehen. Er hatte freundliche gestreifte Vorhänge, bunte Tische und sogar ein Sofa zu bieten. Auch die Plüschtiere und Spiele auf den Regalbrettern gaben ihm ein ganz unamtliches, gemütliches Aussehen, das

Vertrauen erwecken sollte. Auf Rita Lorenz aber hatte die Einrichtung eine andere Wirkung. Sie stand mit Businesskostüm und Stöckelschuhen auf dem bunten Teppich, der eine Spielstraße mit Häusern und Bäumen darstellte. Ihr Gesicht war bleich und verheult, mit einem Taschentuch wischte sie sich die verlaufene Mascara weg. Es gelang ihr nicht besonders gut.

»Frau Lorenz?«

Die Besucherin wandte sich Katja zu. Mit den tiefliegenden Augen und dem weit geöffneten Mund sah ihr Gesicht aus wie eine griechische Tragödienmaske.

Ina war die Erste, die sich fasste.

»Ich hole Kaffee«, sagte sie.

»Peter war immer schon schwierig«, begann Frau Lorenz einige Minuten später endlich das Gespräch. »Die Atemprobleme, die teuren Medikamente, und er hat lange ins Bett gemacht.«

Katja gab kein Zeichen des Verständnisses von sich.

»Es roch immer so in der Wohnung. Und nachts zischte das Beatmungsgerät. Und ... und als wir dann ... Also als wir dann den Fluchtplan hatten, da meinte Holger, also mein Mann, das würde nicht gehen mit dem Kind.« Sie sah Katja an, als erwartete sie etwas von ihr.

Soll ich mir jetzt Notizen machen?, dachte Katja. Was sollte das? Warum kam die Frau hierher und stahl ihr die Zeit?

»Sie haben ihn also zurückgelassen«, stellte sie mit sachlicher Stimme fest. »Das wissen wir bereits, Frau Lorenz. Es steht alles in den Akten.«

»Ja, ja.« Frau Lorenz senkte den Kopf. »Ich hatte noch einen Brief geschrieben, an meine Schwester, dass sie sich kümmern soll. Aber Holger hatte Angst, der Brief könnte abgefangen oder zu früh gelesen werden.«

»Er hat an alles gedacht«, konnte Katja es sich nicht verkneifen zu sagen.

»Er sagte, wenn er nicht zur Arbeit käme, würde es nur drei Tage dauern, bis sie die Wohnung durchsuchen. Er denkt immer an alles, plant genau. So ist er. Ohne ihn wüsste ich gar nicht …« Sie verstummte wieder.

»Frau Lorenz …«, setzte Katja gerade an. Sie hatte genug von diesem Gespräch.

Frau Lorenz hatte ihr entweder nicht zugehört oder ihre Worte als Aufforderung missverstanden. Die Frau hob den Koffer auf den Tisch, den sie bisher unberührt neben sich stehen hatte, und öffnete ihn. Eine Kasperlfigur aus Plüsch lag darin, eine Holzeisenbahn. Eine Kinderjacke.

Katja sog scharf die Luft ein. Das hier ging eindeutig zu weit. Sie würde eine Psychologin rufen und die ganze Sache abgeben. Beinahe in Panik stand sie auf.

»Frau Lorenz, ich muss Sie jetzt wirklich bitten …«

Ihr Gegenüber nahm den Kasper, der in einer Plastikhülle steckte, als wäre er ein Beweismittel. Durch die durchsichtige Folie hinweg starrten Katja die seelenlos-lustigen Augen an.

»Hier«, sagte die Frau.

Katja trat zurück.

»Das ist nicht nötig.«

»Wissen Sie, Holger hat immer gemeint, das mit der Trinkerei von Peters Vater, das würde irgendwann auch bei dem Kind durchschlagen.« Sie lächelte entschuldigend.

Katja sah mit Grausen, wie ihr das schwarze Tränenwasser in die Mundwinkelfalten lief. Es dauerte eine Weile, bis sie begriff, was sie da eben gehört hatte.

»Was sagen Sie da?«

»Dass Holger gemeint hat, der Peter würde später auch mal … aber jetzt ist er ja vielleicht nicht mal alt genug geworden.« Sie brach erneut in Tränen aus.

Katja hatte bereits ihr Handy in der Linken. Mit der Rechten nahm sie die Puppe. Es war ein altes Ding. So eines, das mit seinem Besitzer im Bett gelegen und halb kaputtgeschmust worden war, ausgebleicht, geflickt, zerdrückt, nie hergegeben. Voller Staub und Schweiß und Speichel und Haare. Sie wählte Nguyens Nummer.

»Ich habe das doch richtig verstanden«, sagte Frau Lorenz, »dass Sie dieses tote Kind mit dem Erbgut von Holger verglichen haben?«

Katja nickte. Sie horchte auf das Tuten. Geh ran, drängte sie im Geiste. Geh bitte verdammt noch mal ran.

»Aber Holger ist nicht der Vater«, sagte Frau Lorenz.

Als Dr. Nguyen abhob, klärte Katja die Rechtsmedizinerin kurz auf. Sie versprach, alles per Kurier ans Labor zu schicken. Sie legte auf und sah Frau Lorenz an. »Wir sollten in erster Linie Ihre DNA benutzen. Die Spuren auf der Puppe sind vermutlich zu alt.«

»Er hat sie so geliebt.« Frau Lorenz nahm das hässliche Ding wieder an sich. »Und ich glaube auch nicht, dass

Peter ...« Sie brachte ihren Zweifel an dem, was ihr Mann über ihr Kind gesagt hatte, nicht zu Ende. »Glauben Sie, dass er ...?«

»Alkoholiker geworden wäre?«, vollendete Katja den Satz.

Das war noch ihr geringstes Problem. Ihr schöner Fall Jacobi – jetzt war er wieder offen. Sie hatten Peter Lorenz aufgrund falscher DNA ausgeschlossen. In den Unterlagen war Holger Lorenz als Vater angegeben; er hatte den Jungen also trotz seiner Vorbehalte adoptiert. Möglicherweise hatte er anfangs Hoffnungen in das Kind gesetzt, das sich dann als schwächlich entpuppte. Vielleicht wollte er auch einfach nur geordnete Familienverhältnisse, ein *Vater unbekannt* in den Akten mochte ihm als zu asozial erschienen sein. Katja hätte Frau Lorenz gerne gesagt, was sie von ihrem Mann hielt. »Und jetzt ist mein Peter tot«, entfuhr es Frau Lorenz.

Katja beschloss jetzt, die Psychologin tatsächlich zu rufen. Sollte die sich kümmern, Haarprobe und Speichel nehmen, das ganze Programm.

Aber Rita Lorenz hob die Hand und hielt Katja am Ärmel fest.

»Würden Sie mit mir zu seinem Grab gehen? Bitte.«

Katja dachte an alles, was es zu erwidern gab. Dass noch gar nicht feststand, ob es sich bei den Knochen um Peters sterbliche Überreste handelte und nicht um die von Kevin Jacobi. Dass es verfrüht war, ein Grab zu besuchen, von dem man nicht wusste, wer darin lag. Dass es psychologisch unklug und unnötig belastend war. Mit Frau Lorenz auf den Friedhof zu gehen war das Letzte, worauf sie Lust hatte.

Thorsten hatte lange am Steuer des Wagens gesessen und überlegt. Noch als er losfuhr, war er zu keinem Entschluss gelangt. Doch wie von selbst bog er an den entscheidenden Stellen zügig ab und stellte irgendwann fest, dass er sich nicht an Katjas Weisung hielt. Er war nicht auf dem Weg zum Bauamt, um nach möglichen finanziellen Unregelmäßigkeiten bei der Auftragsvergabe durch Herrn Dr. Born zu fahnden. Die Walter-Gropius-Schule kam in Sicht. Thorsten fand einen Parkplatz hinter *Heidi's Imbiss*. Er ging den Weg zur Heimgartenanlage weiter und fragte sich, ob Günther Schlichthorn wohl etwas zu essen dahätte. Falls er ihn fand. Die Anlage war zwar rechteckig angelegt, wie alle Kleingartenkolonien, aber weitläufiger, als man von außen ahnte. Sie zog sich fast den ganzen Hügel hinab. Und er besaß nichts als eine Hausnummer zur Orientierung. Ob sie überhaupt der Reihe nach nummeriert waren, diese Hütten? Oder hatte man die Ziffern in der Reihenfolge des Einzugs vergeben? Thorsten schaute sich um und versuchte, eine Hütte zu finden, die ihm zu Schlichthorn zu passen schien. Andererseits, was wusste er schon von dem Mann? Noch nicht mal, ob er der Typ für einen gepflegten Gemüsegarten war oder eher ein Freund von Altautowracks unter Efeu. Letzteres allerdings schien es hier nicht zu geben. Reihe um Reihe stapfte er an Gärten vorbei, die sorgsam auf den Herbst vorbereitet waren. Endlich fand er, was er suchte. Und er hatte Glück, es brannte Licht.

»Herr Schlichthorn?«, fragte er, als er die unverschlossene Haustür aufgeklinkt hatte. Auf sein Klingeln hin war niemand erschienen, auch Klopfen hatte nichts genützt. Was kein Wunder war bei dem wummernden Lärm, der aus der Bude drang.

»Herr Schlichthorn?« Er brüllte es beinahe.

Endlich stand er in dem, was wohl das Wohnzimmer oder besser, der zentrale Raum der Hütte zu sein schien. Auf einer geschnitzten Eckbank stapelte sich Elektrokram. Vor ihm lag ein verknäuelter Schlafsack. Der Tisch quoll über von Kabeln, Steckern, dazwischen gleich drei Computerbildschirme. In einer Ecke stand zwischen vertrockneten Topfpflanzen ein Schlagzeug. Jemand hatte zwei ganze Paletten Ravioli in Dosen auf einem Stuhl abgestellt. Obendrauf eine Zahnbürste. Endlich hörte die Musik auf. Der junge Kerl, der hinter dem mittleren Bildschirm hockte, hob den Kopf.

»Ich suche Herrn Schlichthorn«, wiederholte Thorsten.

»Ja?«, sagte der Typ.

»Günther Schlichthorn?«

»Der Sohn. Was gibt's?« Thorstens Gegenüber schien nicht sonderlich an der Beantwortung der Frage interessiert. Seine Augen waren bereits wieder auf den Bildschirm gerichtet.

Thorsten trat näher, um zu sehen, was seinen Gastgeber so beschäftigte.

»Ich bin ein Kollege Ihrer Schwester«, sagte er.

»Echt jetzt?« Mit diesem Kommentar ließ Marco es gut

sein. Er arbeitete wie ein Wilder mit der Maus, zog Fenster auf und verschob Rahmen.

Thorsten schaute genauer hin.

»Das ist der Friedhof«, stellte er fest.

»Heftig, oder?« Da waren Gesichter mit Totenkopfbemalung, Gitarren und Rauch. »Und du arbeitest echt mit Katja zusammen?«, fragte Marco, während er dem Himmel über den Gräbern einen düsteren blutroten Farbton verpasste.

»Wieso wundert dich das so?«, fragte Thorsten zurück.

»Na ja, meine Schwester ...«

Der Ton ließ vermuten, dass Marco gerade die Augen verdrehte, während er das Bild weiter bearbeitete. Fasziniert verfolgte Thorsten, wie der ihm wohlvertraute Friedhof immer unheimlicher wurde.

»Ich dachte, ihr wärt eng«, sagte er. »Sie hat dich doch großgezogen, oder?«

Es dauerte eine Weile, bis Marco mit seinen Bemühungen zufrieden war. Dann stand er auf und ging zum Kühlschrank.

»Vielleicht darum«, sagte er und wandte sich um. »War mehr Mutter als Schwester, das macht es schwierig. Willste ein Bier?«

Thorsten dachte daran, dass er nicht mal hier sein sollte.

»Gern«, sagte er.

»Köstritzer?«, erkundigte Marco sich und warf Thorsten auf dessen Nicken hin die Flasche zu. Öffnen schien er für überflüssig zu halten. Thorsten angelte nach seinem

Schlüsselanhänger. Marco lehnte sich an den Kühlschrank. »Du bist aber nicht wegen Katja da, oder?«

Nein, wollte Thorsten schon sagen. Dann hielt er inne. »War deine Schwester mal in Bayern? Ich meine: länger?«

Marco lachte ungläubig. Dann nahm er einen Schluck und überlegte.

»Sie war verschwunden nach dem Mauerfall. Fast zwei Jahre. Angeblich im Westen, aber keiner redete drüber. Dann kam sie zurück und ging zur Polizei.« Er neigte Thorsten die Flasche entgegen. »Noch einer in der Familie.« Der nächste Schluck. »Keine Ahnung, wo sie sich herumgetrieben hat. Papa meinte immer: Jeder nach seiner Fasson. Er war wohl sauer, aber geredet hat er nix. Ich war schon weg, als sie wiederkam, also: weg von zu Hause. Hab mein eigenes Leben angefangen. Familie hat mich damals nicht so interessiert. Wieso fragst du?«

Thorsten winkte ab. Er blickte zu dem Computer.

»Und du machst Filme?«

Marcos Gesicht wurde lebhafter. »Musikvideos hauptsächlich. Ist momentan ein gutes Geschäft. Das hier ist für eine Gothic-Band.«

»Dachte ich mir schon«, sagte Thorsten, um überhaupt etwas sagen zu können.

»Wir haben auch schon eine Idee für einen Spielfilm. Die Jungs und ich. Ist aber alles eine Frage der Finanzierung. Vorerst bin ich mal hier.« Er benutzte die Flasche, um einen Kreis zu bezeichnen, der die gesamte Hütte umschloss. »Fixkosten niedrig halten, du verstehst. Film ist kein leichtes Business.«

»Klar«, sagte Thorsten. »Und dein Vater, der unterstützt dich, ja?«

»Mit Naturalien.« Marcos Blick blieb an den Dosen hängen. »Er hat sein eigenes Ding. Die Sache mit dem verschwundenen Jungen.«

Erleichtert registrierte Thorsten, dass sie dem Thema näher kamen. Er versuchte sein Glück.

»Ist er noch an der Geschichte dran? Mit dem Heim auf dem Ringelberg?«

»Meinst du die Kinderficker?«, gab Marco zurück. Er machte sich daran, sich wieder hinter seinen Computer zu setzen. Seine Finger klackerten über die Tastatur.

»Äh, ja.« Thorsten wusste nicht genau, worauf das hinauslaufen würde. Aber die Haare auf seinem Arm hatten sich aufgestellt. Den Teufel würde er tun, Marco jetzt zu widersprechen. Da hörte er Schritte draußen. Verdammt, der Alte wäre mit Sicherheit nicht so mitteilsam wie sein Sohn. »Genau die.« Er redete schneller. »Hast du auch mit der Sache zu tun?« Und er betete, dass die Schritte vorbeigingen.

Die Fahrt zum Friedhof verlief schweigsam. Die Sonne stand tief, es war kalt. Der Lautsprecher der Straßenbahnhaltestelle plärrte ihnen hinterher. Katja führte Frau Lorenz, so rasch sie konnte, den Weg entlang, den sie gestern erst mit Thorsten gegangen war. An ihren Vater verschwendete sie heute keinen Gedanken. Ihre Stiefel klackerten energisch. Es erstaunte sie ein wenig, dass Frau Lorenz Schritt hielt. Die Kommissarin war die Erste, die am Grab ankam. Und die Erste, die das schlichte Holzschild entzifferte, das auf dem vorläufigen Grabkreuz angebracht worden war. Im Fall von Kevin Jacobi würde es wohl ein dauerhaftes Provisorium bleiben. Katja blinzelte. Es dauerte einen Moment, bis sie ihren Augen traute. Sie überlegte noch, etwas zu unternehmen. Doch es war zu spät. Schon hörte sie Frau Lorenz hinter sich treten. Der Atem der Frau ging rasch, dann stockte er.

»Ja«, schnitt Katja alles ab, was Frau Lorenz hätte sagen können.

Wieder spürte sie die Finger von Frau Lorenz zwischen ihren, und diesmal nahm sie die Hand und drückte sie. Gemeinsam lasen sie die Aufschrift des Schildes.

Jemand weiß es, dachte Katja. Wir haben noch nicht einmal angefangen, den Fall neu zu hinterfragen. Aber jemand ist schon schlauer als wir.

Dieser Jemand hatte den Querbalken des Kreuzes, das sich vor ihnen befand, ausgetauscht. Auf einem dilettantisch angebrachten Brettchen stand in krakeligen, aber deutlich zu lesenden Buchstaben nicht mehr *Kevin Jacobi*, sondern *Peter*.

Die Tür der Laube wurde so heftig aufgestoßen, dass Thorsten zusammenzuckte. Er richtete sich auf und fuhr herum, gerade in dem Moment, in dem Marco es geschafft hatte, ein Video zum Laufen zu bringen. Verdammt, der Alte schien dasselbe Temperament wie seine Tochter zu haben.

Thorsten hatte schon den Mund geöffnet, um sich zu

verteidigen. Aber vor ihm stand kein Mann um die sechzig, sondern eine Frau mit schwarz verschmiertem Gesicht und aufgeschlagenen Knien. Ihre Seidenstrümpfe hingen zerrissen herunter, und Lehm klebte an ihren Schuhen. Er hatte einige Mühe, das mitgenommene Wesen als Rita Lorenz zu identifizieren.

Und hinter ihr kam noch jemand herein. An der Stimme erkannte er Katja Schlichthorn. Seine Vorgesetzte, die ihm Schlimmstes angedroht hatte für den Fall, dass er jemals Kontakt zu ihrem Vater aufnahm. Es war der Moment, in dem Thorsten einfiel, dass er noch eine Bierflasche in der Hand hielt.

»Sie ist gestürzt«, fing Katja an, die gar nicht ins Wohnzimmer gekommen war. Sie hatte sich als Erstes dem Bad zugewandt, um nach einem feuchten Lappen oder Handtuch zu fahnden. »Fast hätte sie mir ins Auto gekotzt. Ich dachte, es wäre besser, ich bringe sie erst mal wohin, wo sie sich ausruhen kann. Ist okay, macht dir doch nichts aus, Papa, oder?« Mit diesen Worten betrat sie den Raum.

»Klar ist das okay«, antwortete Marco. Thorsten atmete tief ein. Der Moment, in dem er sich unauffällig hätte verdrücken können, war vorbei.

Beim Klang der Stimme ihres Bruders blieb Katja stehen. Dann fuhr sie herum.

»Was machst du denn …?«, begann sie.

Als sie ihren Kollegen entdeckte, verstummte sie.

Eine Weile starrten sie einander an. Marco ging zum Kühlschrank.

»Ich hol mal noch Bier«, sagte er.

KAPITEL 16

Es war kaum zu glauben: Marcos versteckte Kameras in den Dusch- und Umkleideräumen des Sportgeländes am Wustrower Weg hatten tatsächlich Ergebnisse geliefert. Auf dem Band war klar zu sehen, wie Brinkmann Fotos von den Jungs machte, er mit ihnen gemeinsam duschte und sich von ihnen den Rücken einseifen ließ. Und es gab auch Kinder, die er eindeutig berührte. Marco war völlig außer sich gewesen, als er zusammen mit seinem Vater das Material gesichtet hatte. Nur mit größter Mühe hatte Schlichthorn seinen Sohn davon abhalten können, gleich zur Polizei zu gehen. So wenig er auch sonst von den Gesetzeshütern hielt, im vorliegenden Fall wollte Marco Brinkmann sofort anzeigen.

»Und wie willst du das machen? Mensch, ich hab dir doch gesagt, das Zeug ist vor Gericht nichts wert!«

»Ey, es ist alles zu sehen, aber man darf es nicht glauben, oder was?« Marco war nahe daran, auszurasten. »Und soll das jetzt so weitergehen?«

Endlich konnte Günther Schlichthorn ihn mit dem Versprechen beruhigen, dass sie sich was überlegen würden.

Ohnehin hatte er an das Material kommen wollen, um Brinkmann damit unter Druck setzen zu können. Damit er Angst bekam und zu reden anfing. Über damals, das Haus *Waldfrieden* und Marcel Degenhardt. Wie es weitergehen sollte in der Gegenwart, darüber hatte er sich noch keine Gedanken gemacht. Aber das würden sie tun.

»Wir kriegen den, Marco, versprochen. Aber …«

»Ich zeig den an!« Marco war wild entschlossen.

»Machen wir. Irgendwie. Aber jetzt gib mir ein paar Stunden. Bloß ein paar Stunden, Junge, okay? Ist für einen guten Zweck. Was kann in der kurzen Zeit schon passieren?«

Wenig später bog er in den Vogelbeerweg ein. Ging an Grundstücken vorbei, die durch unterschiedlich hohe Hecken von der Straße abgetrennt waren. Von einem der Häuser sah ein schief stehender Wetterhahn auf ihn herab. Das Brummen eines Rasenmähers erfüllte die Luft.

Die Nummer 28 war ein einstöckiges Haus, weiß gestrichen mit braunen Fensterläden. Schlichthorn öffnete ein Gartentürchen und beschritt den Weg zum Eingang. Als er seinen Finger über der Klingel hatte, überlegte er. Ob dieses Vorgehen richtig war? Aber Marcos Empörung ließ ihm keine Wahl. Er musste handeln. Und zwar jetzt. Schlichthorn drückte den Knopf.

Wenige Augenblicke später hörte er Schritte, ein Husten. Dann wurde die Tür geöffnet.

»Was wollen Sie?«

Heiner Brinkmann war Mitte fünfzig. Sein bulliger Körper steckte in einem Unterhemd. Das kurze graue

Haar stand ihm vom Kopf ab, offenbar hatte Brinkmann heute noch nicht die Zeit zum Kämmen gefunden. Er trug einen vollen Oberlippenbart, die Lippen darunter waren schmal. Schlichthorn sah dem Mann nur kurz in die Augen, denn er empfand den Blick seines Gegenübers als unangenehm.

»Mein Name ist Schlichthorn, ich bin Privatdetektiv.«

»Gehen Sie.« Brinkmann wollte die Tür schließen, doch Schlichthorn klemmte seinen Fuß in den Spalt.

»Hören Sie, Herr Brinkmann. Sie wissen doch noch gar nicht, worum es geht. Ich möchte nur reden. Es gibt keinen Grund ...«

Die Tür öffnete sich wieder. Brinkmann fuhr sich nervös über den Mund. »Was ist?«

»Marcel Degenhardt. Sagt Ihnen der Name etwas?«

»Keine Ahnung.«

»Er war bis 1989 in einem Heim hier in Erfurt untergebracht. In dem Heim, in dem Sie als Erzieher gearbeitet haben.«

»Sie meinen *Waldfrieden*?«

»Ja, genau. Danach ist der Junge verschwunden. Wissen Sie irgendetwas über Marcel Degenhardt?«

Brinkmanns Blick war flackernd geworden.

»Was wollen Sie von mir? Nein, ich kann mich an gar nichts erinnern. Auch an keinen Marcel Degenhardt. Und jetzt gehen Sie, bitte!«

»Herr Brinkmann. Ich bin im Besitz von gewissen Aufnahmen. Bilder, die im Duschraum des Vereins gemacht wurden, dessen Jugendmannschaft Sie trainieren.

Ich glaube, ich muss Ihnen nicht sagen …« Schlichthorn unterbrach sich. Er fühlte sich beschissen. Das waren Stasi-Methoden, mit denen er da arbeitete. So war das früher gelaufen. *Ich muss Ihnen nicht sagen, wie das auf Ihr Umfeld wirken wird. Ihre Freunde. Die Familie. Es wäre besser für Sie, Sie würden mit uns kooperieren.* Etc. pp. Er hätte am liebsten gekotzt. Brinkmann war ein Mistkerl. Aber was war er selber? »Reden Sie mit mir«, sagte er. »Das ist alles, was ich will. Erzählen Sie mir von Marcel.«

Die Tür knallte gegen Schlichthorns Schuh. Brinkmann brüllte durch den Türspalt: »Hauen Sie ab, Mann! Wenn Sie nicht sofort gehen, rufe ich die Polizei!«

Schlichthorn wich zurück. Die Tür fiel krachend ins Schloss. Die Sache war gründlich schiefgelaufen. Doch warum war Brinkmann so nervös? Ob das mit dem Tod von Theodor Born zusammenhing? Schlichthorn ärgerte sich. Die Chancen, noch irgendwie irgendetwas über Marcel Degenhardt herauszufinden, sanken langsam, aber sicher gen null. Hätte er nur diesen Born angesprochen auf der Feier im Rathaus. Vielleicht wäre das ergiebiger gewesen. Aber dafür war es jetzt zu spät.

Er verließ das Grundstück.

KAPITEL 17

Es war die letzte von insgesamt fünf DVDs. Sein Vater hatte recht, dachte Marco, es war tatsächlich keine so gute Idee, direkt zu den Bullen zu gehen. Er hatte eine viel bessere. Schon bei seinem ersten Besuch des Sportgeländes am Wustrower Weg hatte er den Kasten abfotografiert, in dem die Aufstellungen der Jugendmannschaften aushingen. Er brauchte nur die Liste der E-Jugend herauszusuchen, dort standen die Namen der Kinder, die Brinkmann belästigte. Er hatte die Liste mit den Kindern auf den Videos abgeglichen. Durch die Namen, die auf den Trikots aufgedruckt waren, war die Zuordnung leicht vorzunehmen. In fünf Fällen war sie ihm eindeutig gelungen. Er hatte die entsprechenden Szenen aus dem Videomaterial herausgeschnitten und jeweils auf DVD fixiert. Über das Internet hatte er recherchiert, wo die Jungs wohnten. Er nahm die DVD aus dem Brenner, schrieb mit Permanentmarker *Ronny Gabler* darauf und gab sie in eine transparente Hülle. Als die Tür der Laube klappte, zuckte er zusammen. Mit einer Bewegung wischte er alles auf die Bank und startete ein Grafikprogramm auf dem Rechner.

»Was machst du da?«, fragte sein Vater. Er betrachtete die Fotos auf dem Bildschirm. »Emotional Dings, ja?«

Marco hoffte, dass seine heißen Wangen langsam abkühlten. »Und wie lief es bei dir?«

Schlichthorn griff nach einer herumliegenden DVD, die noch nicht beschriftet war.

»Dieser Brinkmann sagt kein Wort«, nuschelte er knapp. »Aus dem ist nicht das Geringste rauszukriegen.«

»Und?«, fragte sein Sohn und schaute ihn an. »Wer nicht hören will, muss fühlen?«

»Sehr geschmackvolle Wortwahl, angesichts des Themas.« Schlichthorn sah nicht glücklich aus.

»Weißt du was, Papa. Schlafen wir noch mal drüber. Ich muss heute eh noch los mit der Band.«

»Echt?«

»Echt. Morgen sieht die Sache anders aus. Hat Katja immer gesagt, wenn ich vor Wut nicht schlafen konnte, als ich klein war.«

»Du warst immer so wahnsinnig schnell aufgeregt.« Schlichthorn musste lächeln bei der Erinnerung. »Aber Katja hat dich jedes Mal wieder hingekriegt.«

»Na ja, sie hat mir immer versprochen, dass wir dich am nächsten Tag so richtig verhauen. Wenn ich es am nächsten Tag noch will. In allen Details haben wir uns das ausgemalt.«

»Und du wolltest nie?«

»Krieg das jetzt nicht in den falschen Hals. Mir ist bloß morgens immer eingefallen, dass es schwierig werden könnte, das alles umzusetzen. Aber den Brinkmann …«

»Den kriegen wir. Versprochen.«

Schlichthorn war so erleichtert über die Galgenfrist, dass er seinem Sohn beim Zusammenpacken half. Er winkte dem bunten Corolla hinterher.

Marco umfasste die DVD-Hülle und sah durch die Frontscheibe des Wagens. Im Gegensatz zu den anderen Wohnungen handelte es sich hier nicht um eine Mietskaserne oder ein Reihenhaus. Das Gebäude war frei stehend. Er stieg aus. Während er in Richtung Briefkasten ging, warf er einen Blick über den Zaun. Die Tür zur Terrasse stand offen. Auf einem Tisch stand Kaffeegeschirr. Eine Frau war gerade dabei, Besteck auf ein Tablett zu räumen. bei dem Anblick fasste er einen Entschluss.

Statt die DVD in den Briefkasten zu werfen, mit einem Anschreiben und dem Angebot zu einem Gespräch, legte er sie diesmal kommentarlos auf die Fußmatte, klingelte und verschwand. Dann umrundete er das Grundstück und drang an einer Stelle in den Garten ein, die man vom Haus aus nicht sehen konnte. Dort versteckte er sich in einem Gebüsch. Durch die Blätter überblickte er die Terrasse. Dahinter befand sich das Wohnzimmer. Aufgrund der Vollverglasung auf dieser Seite konnte er den Raum gut überblicken.

Kurz darauf sah er einen Mann in das Zimmer treten. In der Hand hatte er die DVD. Er sagte etwas zu der Frau, die den Terrassentisch abräumte.

»Ich komme gleich«, rief sie ihm hinterher. Während sie Tassen und Teller auf das Tablett stellte, begab sich der Mann zu einem Sideboard, auf dem ein Fernsehapparat stand. Er schaltete das Gerät ein. Dann schob er die DVD in einen Player und setzte sich auf ein Sofa. Die Frau war inzwischen im Wohnzimmer. Als sie die Bilder auf dem TV-Bildschirm sah, stellte sie das Tablett auf dem Sofatisch ab und setzte sich neben den Mann. Die Frau schlug die Hände vors Gesicht, der Mann setzte sich aufrecht hin. Er nahm die Fernbedienung und spielte das Video, das keine zwei Minuten dauerte, ein zweites Mal ab. Man konnte die Rufe bis nach draußen hören. »Nein! Das darf nicht wahr sein!«

Das Paar unterhielt sich in kurzen, abgehackten Sätzen. Der Mann nickte und die Frau sprang auf. Sie verschwand hinter einer Tür. Wenige Augenblicke später erschien sie mit einem Jungen an der Hand. Das musste Ronny sein.

Jetzt, dachte Marco, kommt der unangenehme Teil. Aber wenn der Junge spricht …

Die Eltern redeten auf das Kind ein, das einen zunehmend verschüchterten Eindruck machte. Es dauerte nicht lange und Ronny begann zu weinen. Die Frau nahm ihren Sohn in den Arm. Es entspann sich ein langes Gespräch zwischen den dreien. Als sich Ronny wieder etwas beruhigt hatte, nahm der Vater die DVD aus dem Gerät und verließ den Raum. Mutter und Sohn folgten.

Marco verließ sein Versteck und hastete zurück zu seinem Wagen. Gespannt verfolgte er, wie Familie Gabler das Haus verließ und in einen dunkelblauen VW-Kombi einstieg. Das Fahrzeug setzte sich in Bewegung. Auch Marco ließ das Auto an. Jetzt begann die Verfolgung. Nach zehn Minuten hatten sie ihr Ziel erreicht. Der Wagen von Familie Gabler hielt direkt vor der Polizeidirektion in der Andreasstraße. In einem Anflug von Euphorie schlug Marco mit den Handballen aufs Lenkrad. »Geschafft! Verfluchte Scheiße noch mal. Ich habe es geschafft. Jetzt müssen bloß noch die anderen nachziehen.«

Das musste er seinem Vater erzählen. Aber mit einem Mal, er wusste selbst nicht genau, warum, wich seine Euphorie einem dumpfen Unwohlsein.

KAPITEL 18

Unerwartet ruppig wurde Katja gleich nach ihrer Ankunft im Dezernat zum Chef befohlen. Im Sittendezernat, erfuhr sie, habe es eine Anzeige gegeben, wegen sexuellen Missbrauchs. Gegen diesen Brinkmann, der auch in ihren Mordermittlungsakten geführt war. Der Kriminalrat presste alle zehn Finger auf das Formular vor ihm. Sie wusste nicht, ob seine Abscheu dem Fall oder ihr galt.

»Und heute Morgen kommt hier ein junger Mann vorbei und erzählt uns eifrig, dass es noch vier weitere Fälle gäbe und er uns die Daten nennen könne. Ihr Bruder, Frau Schlichthorn! Und wer dahintersteckt, das wissen wir wohl beide.« Seine Stimme war laut gewesen, von Anfang an. »Ein Laie trägt Beweise gegen eine Person zusammen, die *Sie* noch nicht einmal verhört haben! Das Videomaterial ist überwältigend! Wenn ich das so sagen darf. Auch wenn es juristisch unbrauchbar ist. Und dieses Vorgehen von Seiten eines ehemaligen Polizisten … Also dazu muss ich mich wohl nicht äußern. Aber, Frau Schlichthorn: Was haben wir unternommen? Warum ist das alles nicht von uns sauber recherchiert worden? Was verpasse ich gerade?«

Katja schwieg. Brinkmann war in ihren Akten, das stimmte. Nach dem Besuch von Rita Lorenz hatten sie neue Vergleichstests vorgenommen, zwischen ihrer DNA und Proben des toten Kindes. Zum Glück waren die noch archiviert, zusammen mit allen Ergebnissen, so dass zumindest keine Exhumierung notwendig war. Das Ergebnis war eindeutig gewesen: Rita Lorenz war die Mutter des Toten. In dem Grab lag, wie der Unbekannte es auf das Kreuz geschrieben hatte: Peter Lorenz.

Da nun sicher war, dass ihr Toter im Spezialheim *Waldfrieden* gelebt hatte, waren alle ehemaligen Mitarbeiter und Bewohner des Heimes Teil ihrer Ermittlungen geworden. Genau wie Thorsten es sich von Anfang an gewünscht hatte. Die Liste war lang. Manche lebten nicht mehr, die meisten waren verzogen. Sie hatten eben erst damit begonnen, die ganze Aufstellung abzuarbeiten. Sicher wäre es hilfreich gewesen, einen Hinweis vom Verein der ehemaligen Heimkinder zu erhalten. Um zu erfahren, ob es jemanden mit Vorbelastungen gab. Aber das konnte sie vergessen, war ja klar.

»Die letzten Tage stand der Fall Dr. Born im Mittelpunkt sowie die Frage, ob er mit der Sache Lorenz in irgendeiner Form zusammenhängt.«

»Wollen Sie Born jetzt auch noch in diese Päderasten-Angelegenheit mit hineinziehen?« Er hieb mit der Faust auf den Tisch.

»Für wie wahrscheinlich halten Sie es, dass der ehemalige Direktor eines Kinderheimes rein zufällig in dem Moment ermordet wird, in dem man die Knochen eines Jungen ausgräbt, der damals im Heim lebte und dessen angebliche Flucht aus dem Heim nie eine größere Untersuchung nach sich zog?«

»Himmel, Schlichthorn!« Ihr Chef ließ sich wieder in seinen Sessel fallen.

»Wäre es Ihnen lieber, der verstorbene Doktor hätte krumme Geschäfte mit irgendwelchen Bauträgern gemacht?«

Er betrachtete sie angeekelt.

»Mir wäre es lieber, wir hätten damals über Ihre Einstellung in den Polizeidienst noch einmal gründlich nachgedacht.«

Katja zwang sich zu einem Lächeln.

»Dafür haben Sie jetzt jemanden, dem Sie die Drecksarbeit überlassen können, oder?«

Der Kriminalrat fing sich und richtete seine Krawatte.

»Was getan werden muss, muss getan werden. Sie ermitteln selbstverständlich ergebnisoffen. Ich werde das dann vor dem Staatsanwalt vertreten.«

Katja hielt es nicht für nötig, dieser Plattitüde eine weitere hinzuzufügen.

»Die Akte hier gebe ich dem Sittendezernat frei. Es wird ab sofort tätig werden. Und Ihnen rate ich«, damit richtete er Blick und Finger auf sie, »Ihren Bruder in den Griff zu bekommen. Ich will nicht, dass mir weiter derartige Überraschungen ins Haus flattern.«

Ich auch nicht, dachte Katja. Verdammt, was hatte ihren

Vater geritten, Marco da hineinzuziehen? Aber es war typisch für ihn. Wenn es um einen seiner Fälle ging, kannte er keine Verluste, das war immer schon so gewesen. Und jetzt übte er mit seiner Initiative in Sachen Born Druck auf sie aus, er erpresste sie regelrecht, so war das nämlich! Das tat er doch nur, damit sie weiter und weiter in Richtung *Waldfrieden* ermittelte. Sträuben konnte sie sich nicht länger, die Spur zum Heim war heiß, das musste sie zugeben. Wie es im Moment aussah, musste sie sogar aufpassen, dass ihr Vater sie nicht rechts überholte.

In dem Moment kam Thorsten herein. Er hatte das Ergebnis der Spurensicherung an Borns Leiche.

»Er hatte Hautreste unter den Fingernägeln«, erläuterte er dem genervt dreinblickenden Kriminalrat. Katja war die Unterbrechung recht. Im Moment konnte sie jede Form von Ergebnissen gebrauchen, um sie ihrem Chef zu präsentieren. Sie las, und langsam trat ein grimmiges Lächeln auf ihre Lippen. Sieh einer an, dachte sie. Diesmal würde sie es sein, die überraschende Nachrichten zu überbringen hatte. Zum ersten Mal seit langem würde sie nicht ungern zu ihrem Vater fahren.

KAPITEL 19

Schlichthorn war ins Schwitzen geraten bei dem Versuch, Ordnung in seiner Laube zu schaffen. In dem Topf, den sie die letzten Tage zum Warmmachen der Ravioli verwendet hatten, stand das Wasser bis zum Rand und weichte die Essensreste darin auf. Aus der Spüle roch es ungut. Aber immerhin stapelten sich keine Teller mehr im Becken. Der Boden war so weit frei, dass man einige Schritte gehen konnte, und die Stühle waren wieder zum Sitzen da. Marcos Sachen hatte er raus unters Vordach geschafft. Dort konnten sie in Ruhe auslüften. Später käme alles in die Kartons, die er im Geräteschuppen gefunden hatte.

Es war besser, wenn der Junge wieder auszog, nach dem Streit von vorhin. Erst mal Abstand. Ordnung schaffen.

Trotzdem war die Sache nicht aus der Welt: Diese Videos den Eltern zu zeigen – war der Junge wahnsinnig geworden? Jeder Vater, jede Mutter musste doch bei dem Anblick durchdrehen. So völlig unvorbereitet. Wie ein Faustschlag ins Gesicht. So machte man das nicht. Man merkt, dachte er bitter, dass Marco keine Kinder hat.

Wenn *ihm* das passiert wäre, seinerzeit, wenn irgendjemand ihm Bilder von Marco gezeigt hätte, oder Katja, auf denen sie jemand anfasste! Schlichthorn schnappte sich eine verdreckte Pfanne, drehte das Wasser auf und schrubbte in stummer Wut.

Hoffentlich waren die Kollegen der Polizei so schlau, Brinkmann Personenschutz zu stellen. Er an Stelle dieser Eltern würde den Kerl lynchen wollen. Der Wasserstrahl war zu hart. Es spritzte. Schlichthorn wischte sich Schmutzwasser aus dem Gesicht. Die Kollegen! Verdammt, das waren nicht mehr seine Kollegen. Und was würden sie jetzt von ihm denken! Die mussten ihn doch für einen Spinner halten, einen Idioten. Selbstmord war das, in seiner Lage. Wie würde es sich auf seine Anträge auswirken? Vielleicht würden sie jetzt sagen: Ist doch gut, dass so einer nicht mehr Bulle ist. Vielleicht lachten sie auch über ihn. Oder sie glaubten, er wäre endgültig zum Spinner geworden bei seinem Kampf gegen die Windmühlen. Vielleicht, vielleicht. Vielleicht sollte er die dreckige Pfanne auch einfach wegwerfen. Katja bemerkte er erst, als sie bereits hinter ihm stand. In seiner Überraschung umfasste er den Pfannengriff unwillkürlich fester.

»Du schon wieder?«, blaffte er, grober, als er beabsichtigt hatte. »Das wird ja noch ein normales Vater-Tochter-Verhältnis. Was willste denn?«

Katja betrachtete ihren Vater eine Weile in Ruhe, das hatte sie schon lange nicht mehr gemacht. Auch ihr war das Zucken in seinen Armsehnen nicht entgangen. Es hatte die Erbitterung in ihr befeuert. Abwehr, das war alles, was ihm offenbar zu ihr einfiel. Wollte er ihr jetzt die Pfanne überziehen, oder was? Alt war er geworden, stellte sie fest. Um die Nase herum diese roten Äderchen. Hieß das, er soff? Oder wurde das einfach so mit den Jahren? Sie hatte ihn drahtiger in Erinnerung, größer. Wenn er früher in die Küche gekommen war, dann hatte er den ganzen Raum eingenommen. Mit seiner Statur, der Uniform, dem eindringlichen Blick und, ganz früher, mit seinem lauten Lachen. Jetzt wirkte er wie einmal zu oft gewaschen, eingelaufen, ausgebleicht im Vergleich zu dem Bild, das sie im Kopf hatte. Recht so.

»Wieso hast du mir das mit Brinkmann nicht gesagt?«, fragte sie. »Du wusstest doch, dass ich eh wieder auf der Matte stehen würde. Oder hast du im Ernst geglaubt, ich halte Marco für den Verantwortlichen?«

Der alte Schlichthorn ging nicht auf ihre Bemerkung über Marco ein. Er würde jetzt nicht den letzten Rest seiner Würde verlieren und alles auf seinen Sohn schieben. Marco war anders als seine Schwester, weicher, gefühlvoller, schwerer zu kontrollieren. Er war ein lieber Junge, auch wenn er diesen verdammten Fehler gemacht hatte. Seine eigene Schuld, wenn er gestern geglaubt hatte, Marco in seinem überbordenden Idealismus würde es gut sein lassen und darauf warten, dass sein Vater ihm eine bürokratisch saubere Lösung vorschlüge. Er hätte es besser wissen müssen, aber er war müde gewesen. Müde und … Schlichthorn verdrängte den Gedanken, dass eine Zusammenarbeit mit Katja von Anfang an klüger gewesen wäre, als Marco in die Sache hineinzuziehen. Doch der Zug war abgefahren. Gepetzt wurde nicht. Es war, wie es war. Er wandte sich ab und kramte in der Küche herum.

»Wie geht's der Frau, die du neulich dabeihattest?«, fragte er. »Sie sah nicht gut aus.«

»Nein«, gab Katja zu. »Das sah sie nicht.« Sie hatte Frau Lorenz direkt dem Notarzt übergeben, der sie in eine psychiatrische Klinik eingewiesen hatte. Die Polizeipsychologin koordinierte ihre Behandlung dort, da ihr Mann beruflich unabkömmlich war, wie er sagte.

Der Alte nickte.

»Ich hab den Degenhardts gesagt, dass sie sich um Frau Lorenz kümmern sollen. Es ist ja ein Fall für sie.«

»In der Tat.«

Mehr brachte Katja nicht heraus. Sie kannte die Teller, die er da einräumte. Ihre Mutter hatte sie von deren Mutter geerbt, ein blaues Blumenmuster, mit dunkel gefärbten Sprüngen in der Lasur.

Sie versuchte mit ihrem Ärger fertigzuwerden. Offensichtlich hielt es ihr Vater für nötig, den Degenhardts und ihren Klienten gegenüber solidarisch zu sein. Selbst über Marco, auf den er sauer sein dürfte, und das nicht zu knapp, verlor er kein böses Wort. Sogar um Frau Lorenz sorgte er sich. Sie dagegen durfte sehen, wie sie alleine klarkam. Dabei hätte sie punkten können mit dem Wissen über Brinkmann, wenn ihr Vater sich zuerst an sie gewandt hätte. Sie hätte den Mann hochnehmen und ihm mit dem aktuellen Videomaterial drohen können, damit er über damals redete, über die Zeit im Heim. Über Peter

Lorenz. Jetzt aber hatte Brinkmann nichts mehr zu verlieren und würde dichtmachen. Überhaupt bekäme sie ihn erst, wenn das Sittendezernat mit ihm fertig wäre. Resteessen. Sie hätte glänzen können. Hatte sie nicht auch mal ein wenig Unterstützung verdient? Ein kleines Dankeschön dafür, dass sie ihr halbes Leben nach den Vorstellungen ihres Vaters ausgerichtet hatte?

»Warum …?«, setzte sie an. Sparte sich die Frage dann aber. Irgendwann einmal war sie Papas Mädchen gewesen. Dann die, die nichts richtig machen konnte, sosehr sie sich auch anstrengte. Und endlich nur noch »eine von denen«. Das war okay, ja, doch, okay, dachte sie wütend, damit konnte sie leben. Aber in manchen Momenten schmerzte die Erinnerung daran, dass es vor langer, langer Zeit einmal anders gewesen war. Katja fiel wieder ein, warum sie hergekommen war. Sie hatte die Trümpfe in der Hand. Das tröstete sie ein wenig.

»Die Degenhardts, klar. Ich nehme an, sie haben dich auf Brinkmann angesetzt«, sagte sie. »Ist dir nie der Gedanke gekommen, dass wir mehr aus ihm hätten herausholen können, wenn wir ihn mit dem Wissen um seine aktuellen Taten unter Druck gesetzt hätten? Damit wir erfahren, was damals im Heim geschehen ist?«

Schlichthorn ließ sich nicht einmal anmerken, dass er sie gehört hatte.

»Und, steckt der ehemalige Rektor von *Waldfrieden*, dieser Born, auch mit drin?«, fragte sie weiter. »Weißt du über den auch etwas, was ich nicht weiß?«

Endlich wandte er sich um.

»Die Knochen gehören nicht Marcel Degenhardt. Er war aus dem Heim verlegt worden.«

»Wann?«, fragte Katja. »Vor dem Mord? Nachher? Oder am Ende gar nicht wirklich? Hast du nie daran gedacht, dass seine Überreste auch noch dort oben irgendwo liegen könnten? Wir haben sie vielleicht nur noch nicht ausgegraben.« Jetzt hatte sie seine Aufmerksamkeit. Eindringlich musterte er ihre Miene. Katja nickte. »Doch, das hast du, stimmt's? Du denkst, er lebt nicht mehr. Genau wie Peter Lorenz. Trotzdem ziehst du den Leuten das Geld aus der Tasche für deine Schnüffeleien. Und nebenbei nimmst du dann Typen wie Brinkmann hopp, damit alle das Gefühl haben, dass du wenigstens zu irgendetwas gut bist. Günther Schlichthorn, der Rächer der verlorenen Kinder. Kommst du dir jetzt nützlich vor, ja?«

Ihr Vater schob das Kinn vor. Sie kannte die Geste und straffte die Schultern. Doch statt des Donnerwetters kam nur ein knappes: »Willst du noch was, oder war's das?«

»Ich will tatsächlich noch was«, antwortete sie. »Ich bin nämlich nicht so wie du. Ich halte dich über meine Untersuchungen auf dem Laufenden. Gebe dir Tipps, wo es hilft. Wie man das unter Familienmitgliedern so macht. Man hilft sich.« Ihre Stimme war spröde vor Ironie. Sie ignorierte den Wechsel in seinem Blick und fuhr fort. »Ich wollte dir nur sagen, dass wir wissen, wer Dr. Born getötet hat. Der Täter hat unter den Nägeln seines Opfers DNA hinterlassen. Und er ist in unserem System.«

Sie wandte sich ab, um zu gehen. An der Tür blieb sie stehen. Gegenüber an der Wand über der Bank hing ein

Bild, das letztes Mal noch nicht dort gewesen war. Dem Geschmack nach gehörte es ihrem Bruder. Marco, immer am Zappeln. Ständig hatte er was kaputtgemacht und war dann zu ihr ins Bett gekrochen, damit Papa ihn nicht schimpfte. Anscheinend hatte er vor, sich hier auf Dauer einzurichten. Sie versuchte, das ohne Emotionen zu registrieren. Verstanden die beiden sich eben wieder. Familie war doch etwas Schönes. Noch einmal schaute sie ihren Vater an. Sie sah an seinem Blick, dass er überlegte, ob sie log.

»Der Mörder ist Marcel Degenhardt«, sagte sie, ohne besondere Betonung. »Er oder ein anderes leibliches Kind der Degenhardts, muss man wohl exakt sagen.« Über den Ausdruck in seinem Gesicht hätte sie sich freuen sollen. »Du kannst seinen Eltern von mir ausrichten, dass ich ihn vor ihnen finden werde. Und du wirst der Erste sein, der es erfährt.«

KAPITEL 20

Ob es stimmte, was Katja ihm erzählt hatte? Vielleicht flunkerte sie nur. Er war sich nicht sicher. Angenommen, es war wahr, dann bedeutete es, dass Marcel Degenhardt noch lebte. Während er die verkrustete Pfanne unter den Wasserstrahl hielt und schrubbte, dachte er darüber nach, wo er ansetzen konnte. Ihm fiel das Musikvideo ein, das sein Sohn ihm und Radek gezeigt hatte. Da war dieser Friedhofsgärtner, dieser Maik Engel zu sehen gewesen, wie er an dem frischen Kindergrab herumhantiert hatte, von dem man dachte, es würde die Knochen von Kevin Jacobi beherbergen. Schlichthorn legte die Pfanne beiseite und ließ den Schwamm sinken. Plötzlich hatte er eine Eingebung: Und wenn es Maik Engel gewesen war, der das Querbrett an dem Kreuz ausgewechselt hatte? Man konnte es nicht genau erkennen auf dem Video, aber möglich war es durchaus.

»Maik Engel«, sprach er nun laut und bedächtig. Dann trocknete er sich die Finger an einem Spültuch ab, sah kurz auf die Uhr und verließ seine Laube.

Er hatte die Adresse Maik Engels durch einen Besuch beim Einwohnermeldeamt ermittelt. Sie hatte ihn überrascht: Der Junge wohnte, wo er arbeitete. Jetzt stand Schlichthorn vor dem Eingang des Hauptfriedhofs und ließ seinen Blick über die Fassade der Verwaltung gleiten. Die Rundbogen und Säulen in der Mitte verliehen dem Gebäude beinahe etwas Herrschaftliches. Es stand kaum zu erwarten, dass Maik hier hauste, oder? Als er das Eingangstor passiert hatte, sah er sich den Übersichtsplan des Geländes genauer an. Hinter dem Hauptkomplex befanden sich viele kleinere Bauten, mehr, als man erwartete. Schlichthorn entschied sich dafür, den Wirtschaftshof aufzusuchen. Vielleicht würde er hier fündig werden.

Neben einer überdachten Halle, in der Paletten, Schubkarren und Grabsteine untergebracht waren, stand eine kleine Holzhütte. Da niemand zu sehen war, bei dem er sich erkundigen konnte, trat er näher und klopfte an die Tür.

»Wollen Sie zu Maik Engel?«

Schlichthorn drehte sich um. Ein Mann in Arbeitskleidung steckte den Kopf aus einem der Fenster. Schlichthorn nickte.

»Der ist nicht da«, sagte der Mann.

»Wissen Sie denn, wo er ist?«

Der Mann schüttelte den Kopf.

»Hat heute seinen freien Tag«, antwortete er. Dann zog er den Kopf wieder zurück.

Schlichthorn wartete, bis er das Fenster geschlossen

und die Gardinen vorgezogen hatte. Dann drückte der Detektiv die Klinke. Die Tür war unverschlossen.

Mann, Mann, Mann, dachte Schlichthorn, während er sich in der Hütte umsah. Das reinste Chaos. Das hier machte selbst Marco Konkurrenz. Die Hütte bestand aus einem einzigen großen Raum. Auf dem Boden lagen Kleidungsstücke, dazwischen Bücher, manche von ihnen aufgeschlagen, dazwischen lose Blätter, auf denen wirre Kritzeleien zu sehen waren. Schlichthorn hob eines der Bücher auf. Kafkas *Verwandlung*. Da waren wilde Unterstreichungen, Anmerkungen am Rand, Ausrufezeichen. Ob er sich über diese Dinge mit Radek unterhielt? Schlichthorn sah auf. Eine Wand des Raumes bestand aus Bücherregalen. Dieser Maik schien ein belesenes Kerlchen zu sein. Wahrscheinlich schätzte ihn Radek deshalb so sehr. Ein *angry young man*, zu dessen Hobbys es gehörte, sich durch die Weltliteratur zu beißen.

Das Bett war ungemacht und sah aus wie ein Hundelager. Es musste lange her sein, dass es mal jemand abgezogen und gewaschen hatte. Das Auffälligste an Maik Engels Bude waren allerdings die Wandmalereien. Abgesehen von der Regalwand waren alle Wände inklusive der Decke bemalt. Teilweise handelte es sich um Graffiti, teilweise war ganz konventionell der Pinsel benutzt worden, so viel konnte Schlichthorn erkennen. Die Farben waren bunt und schreiend. Da gab es Wesen, die sich aus verschiedenen Tieren zusammensetzten. Der Körper eines Löwen, aus dessen Hals sich eine Schlange wand. Aus ihrem Maul blakte eine riesige Zunge, die den Betrachter zu verschlingen schien. Ein Gesicht, blutüberströmt, daneben eine Hand, die sich nach oben reckte. Manche Malereien waren so verwischt und unklar in ihrer Form, dass es schwer zu erkennen war, worum es sich handelte. Das Konkrete ging in das Abstrakte über. Doch eines hatten all diese Darstellungen gemeinsam: Sie wirkten bedrohlich und strahlten eine tiefe Angst aus. Der Mensch, der sie gemalt hatte, hatte vermutlich ein großes Problem, dachte Schlichthorn. Er versuchte die Wörter oder Wortfetzen zu lesen, die sich zwischen den Darstellungen befanden. *Verzicht*, stand da und *Abgrund*, *Wahrheit*, *Janus*. Stellenweise waren da angefangene Sätze: *Wenn das Leben*, *Das Ziel überschritten*, *In dir fließt*. Schlichthorn atmete durch. Er sah an die Decke. So etwas Ähnliches wie eine schwarze Sonne, deren Strahlen sich in einer Ecke bündelten, war da oben. In der Mitte der Sonne stand in weißen, wabernden Buchstaben: *Maik ist nicht Maik*.

Er setzte sich an einen kleinen Tisch, auf dem Spraydosen, Pinsel, Lappen und Farbtöpfe lagen. Wer war dieser Maik Engel?, fragte er sich. Zwischen den Utensilien auf dem Tisch erkannte er ein Notizbuch mit schwarzem Einband. Er schlug es auf. Es war voll mit Skizzen und Textstücken. Auf einer Seite begann Schlichthorn zu lesen: *Ich stehe im Schwarz. Neben mir die Mauern, die enger werden, versuchen mich zu erdrücken, ich muss mich entscheiden. Zwischen ihnen kein Weg. Ich muss trotzdem voran. Der Boden unter meinen Füßen zerbricht. Ich falle.* Er starrte auf die Zeilen. Entweder war dieser Maik Engel ein verkappter Künstler oder dem Wahnsinn verfallen. Vermutlich stimmte beides, dachte Schlichthorn und schlug das Büchlein zu. Ob Radek den jungen Mann immer noch so sympathisch fände, wenn er diese Zeilen kennen würde?

Wenn Maik Engel hier nicht anzutreffen war, dann würde er es woanders versuchen, beschloss er. Auf dem Einwohnermeldeamt hatte er noch eine andere Anschrift erfahren. Die Adresse, unter der er gemeldet gewesen war, bevor er diese Hütte hier auf dem Friedhof zu seiner Heimstatt gemacht hatte.

KAPITEL 21

Ina Wuttke schnaufte, als sie auf dem Petersberg ankam. Sie mochte die Zitadelle nicht, alles Militärische war ihr zuwider. Aber es war ein Ort, an dem man sich sicher sein konnte, nur Touristen zu begegnen. Sie suchte ein Plätzchen, von dem aus sie auf den Domplatz schauen konnte, und ließ den Wind durch ihre verschwitzten Haare fahren. Martina Degenhardt ließ nicht lange auf sich warten.

»Ich hab dich gar nicht gesehen«, begrüßte Ina sie mit einem Kuss auf die Wange.

»Ich bin über die Straße gekommen. Muss nachher eh noch aufs Arbeitsgericht.« Frau Degenhardt stopfte die geballten Fäuste in die Taschen und hob den Kopf. »Schöner Wind.«

Ina beschloss, sie nicht lange auf die Folter zu spannen.

»Hier.« Sie hielt ihr einen Pappbecher mit Kaffee hin. Kaffee musste sein. Den Hefter hielt sie in der anderen Hand. Er war dünn. Sie hatte sich mit den notwendigsten Kopien begnügt.

Die Anwältin ignorierte den Kaffee. Sie wendete die Blätter und ging mit routiniertem Querleser-Blick durch die Seiten. Ina sah, dass ihre Hände zitterten. Sanft nahm sie ihr die Dokumente wieder ab.

»Es ist Folgendes«, sagte sie. Und dann erklärte sie ihrer alten Freundin, was sie wusste. Dass der ehemalige Leiter des Heimes, aus dem Marcel verschwunden war, ermordet worden war. Dass er unter seinen Fingernägeln DNA hatte, mutmaßlich die des Täters. Dass diese DNA von jemandem stammen musste, der ein leibliches Kind des Ehepaares Degenhardt war.

»Dafür durften die die Proben, die wir abgegeben haben, gar nicht verwenden.« Martina Degenhardt schmetterte den Satz förmlich heraus. Wie einen Schlag im Tennis, schneller, harter Return. Es war die effektivste Weise, das, was Ina ihr erzählt hatte, erst einmal nicht an sich heranzulassen.

»Sicher«, bestätigte die Sekretärin. »Sicher, wenn du es sagst. Und das kannst du später bestimmt vor Gericht gegen sie verwenden.« Sie legte ihre Hand auf die der Freundin, musste aber erleben, dass diese ihre Finger wegzog.

»Das, das ist …« Frau Degenhardt suchte nach Worten. Dann fiel ihr Blick wieder auf den Hefter. »Und das steht alles da drin?« Als Ina nickte, nahm sie die Unterlagen erneut entgegen. Diesmal verstaute sie sie in der Aktentasche, die sie bei sich trug. Sachlich bleiben, funktional, ermahnte sie sich. Immer in Bewegung.

»Hier, nimm den Kaffee.«

Jetzt folgte Martina Degenhardt der Aufforderung.

Eine Familie kam den steilen Fußweg hoch. Mutter, Vater und zwei kleine Kinder in bunten Windjacken. Ein

Mädchen in Rosa versuchte hartnäckig, sein Laufrad hinaufzuschieben, ohne abzusteigen. Der Junge wollte vom Vater seine Spielkonsole zurück. Er jammerte und schimpfte. Die Mutter versprach ihm ein Eis, wenn er aufgab. Der ganze Trupp verschwand in Richtung des Spielplatzes auf der gegenüberliegenden Seite der Bastion.

»Weißt du«, sagte Martina Degenhardt. »All die Jahre hab ich versucht mir vorzustellen, wie er wohl sein würde. Ich wusste ja, dass er wächst und sich verändert und groß wird.« Sie hörte selbst, wie dumm sich dieser Gemeinplatz anhörte, und machte ein entschuldigendes Gesicht. »Ich meine, klar, jeder weiß das. Also habe ich es versucht. Habe mir Bilder aus Zeitschriften angesehen, im Fernsehen, Gesichter in der Menge.« Sie machte eine vage Geste in Richtung der Stadt. »Gesichter, die wie seines aussehen konnten. Aber in Wahrheit, in Wahrheit habe ich immer nur den kleinen Jungen vor mir gesehen, der mir damals …« Sie konnte nicht weitersprechen und tat, als nähme sie einen Schluck Kaffee.

Ina unterdrückte den Impuls, noch einmal ihre Hand zu nehmen. Auch sie wandte sich der Stadt zu. Die Wolken wanderten schnell über den Himmel an diesem Tag, Licht und Schatten wechselten über den lebhaften Straßen.

»Man fragt sich, wie er aussieht. Die meiste Zeit. Wie seine Stimme klingt. Und manchmal, aber seltener, versucht man sich auch vorzustellen, was er tut. Ob er Freunde hat, mit ihnen herumalbert. Ob er Fahrrad fährt. Mit einem Mädchen Händchen hält, irgendwo. Ob er glücklich ist.«

»Martina!«

Die Anwältin wandte sich ihrer Freundin zu.

»Ob er manchmal auch in einem Lokal sitzt vor einem Glas Wein und es sich schmecken lässt. Solche Sachen, weißt du. Solche dummen, unwichtigen Sachen fragt man sich.«

»Aber das ist doch nicht dumm.« Ina Wuttke suchte nach Worten. »Jeder würde das tun, glaub mir, Martina.«

Grimmig schüttelte ihre Freundin den Kopf. »Man fragt sich lieber so etwas, als zu überlegen, ob er wohl Bettnässer geworden ist. Oder Tiere quält. Herumzündelt. Oder ob er ein Mörder ist.« Den letzten Satz haspelte sie gerade noch zu Ende, ehe sie sich die Hände vor den Mund schlug. Es kam kein Ton mehr heraus.

Ina vergaß ihre Zurückhaltung und nahm Martina in den Arm. Wie bei einem Kind strich sie der Anwältin über den Rücken. »Schsch«, sagte sie, »schsch.« Bis sie spürte, dass die Verkrampfung sich allmählich löste. Martina Degenhardt schnappte nach Luft. »So ist es gut.« Ina begann damit, der Freundin zu erklären, dass noch nichts sicher war. Die Hautreste unter den Nägeln von Born bewiesen allenfalls, dass Marcel dort gewesen war und, ja, dass die beiden Männer wohl Streit hatten. Dass Marcel der Mörder war, bewiesen sie nicht.

Martina Degenhardt kannte Gerichte, die das anders sahen, aber sie schwieg. Inas Worte taten ihr gut, auch wenn sie kaum zuhörte. Es waren einfach Laute, freundlich, ruhig. Sie halfen ihr, sich zu beruhigen. Sie drehten sich in ihrem Kopf und ersparten es ihr, einen klaren Gedanken fassen zu müssen. Nicht jetzt schon. Jetzt noch nicht. Das würde später kommen. So war es immer. Irgendwann, egal, was war, hob man den Kopf und begann, wieder zu denken und zu planen und zu handeln. Man marschierte. Weiter und weiter. Aber nicht jetzt.

Weiter hinten am Horizont rissen die Wolken auf und ließen eine Industrieanlage aus hellem Metall aufblitzen. So fern sah sie schön aus. Auf sie selbst fiel kein Licht, und der Wind wurde kälter. Der Dom hockte düster über den Häusern.

»Und weißt du was?«, sagte Martina Degenhardt plötzlich, mitten hinein in Inas Ansprache. Die hielt inne. »Weißt du was? Es ist mir völlig egal. Was er getan hat, meine ich. Ich will ihn nur wiederhaben.«

»Ja«, sagte Ina Wuttke. Dann schauten sie beide schweigend über Erfurt.

KAPITEL 22

Friedrichsdorf war ein kleiner Ort nordwestlich von Erfurt. Wenn hier zweihundert Leute lebten, wäre es viel, dachte Günther Schlichthorn und parkte den Corolla an einem kleinen Platz gegenüber von ein paar Altglascontainern. Es war die einzige Stelle im Ort, wo man einen Wagen abstellen konnte. Er stieg aus. Das Auto mit seinen schreienden Bemalungen fiel auf, keine Frage. Eine diskrete Ermittlung sah anders aus. Aber er hatte keine Wahl.

Er griff nach dem Zettel in der Innentasche seiner Jacke. Darauf hatte er sich die Adresse notiert. Sie bestand lediglich aus einer Hausnummer, Straßennamen gab es nicht. Er ging bergab und sah die Hauptstraße entlang. Mit seinen zum Teil frei stehenden Häusern sah der Ort beinahe malerisch aus. Da waren Gebäude aus Fachwerk und Backstein, eine Toreinfahrt in einen Bauernhof, ein Uhrentürmchen auf einem zentral gelegenen Haus. Die großzügigen Rasenflächen zwischen den Häusern und der Straße machten den Raum weit. Am Ende der Straße ragte ein kleiner Turm auf, in dem eine Glocke hing. Von irgendwoher drang das charakteristische Tuckern eines Traktors an sein Ohr.

Es dauerte nicht lange, bis er die Nummer 10 gefunden hatte. Ein einfaches Haus, einstöckig, von einem engen Holzzaun umgeben. Die Fensterscheiben waren kaum noch transparent. Die Vorhänge alle zugezogen. Schlichthorn ging zur Tür. Auf der Klingel stand kein Name. Er drückte sie trotzdem herunter. Und klopfte. Keine Antwort. Schlichthorn umrundete den geduckten Bau, um in den Hof zu gelangen. Überall schoss Unkraut empor. Neben einem Haufen alter Ziegel lagen Holz, Reisig und zerbrochene Obstkisten. Schräg hinter dem Haus befand sich ein zweites Gebäude, das zu dem Anwesen gehören musste. Es hatte auf den ersten Blick den Eindruck erweckt, als könnte es sich um ein weiteres Wohnhaus handeln, jetzt erkannte er, dass es nichts weiter als eine Scheune war. Insgesamt war das Gelände ziemlich verwahrlost. Schlichthorn bezweifelte, dass er hier jemanden antreffen würde. Wieder sah er auf den Zettel in seiner Hand. Maik Engel war hier bis 2012 gemeldet. Konnte es sein, dass danach niemand mehr auf diesem Grundstück gewohnt hatte?

Er überlegte. Er musste diesen Maik Engel aufspüren, musste dringend mit ihm sprechen. Maik Engel wusste, dass die Knochen in dem Kindergrab die Knochen von Peter Lorenz waren. Peter Lorenz war zusammen mit Marcel Degenhardt in *Waldfrieden* gewesen. Es bestand also durchaus die Wahrscheinlichkeit, dass dieser Maik Engel auch Marcel Degenhardt kannte oder gekannt hatte.

Schlichthorn blickte durch einen Maschendrahtzaun auf das Nachbargrundstück. Irgendetwas bewegte sich da. Er sah genauer hin. Am anderen Ende des Gartens war eine Frau damit beschäftigt, mit einer Hacke ein Beet zu bearbeiten.

»Hallo! Hallo, entschuldigen Sie …« Er hatte die Hand in die Luft gehoben und winkte. Die Frau hielt inne und drehte sich um. Schlichthorn trat an den Zaun.

Ihren Falten nach zu urteilen, hatte die Frau die siebzig bereits überschritten. Sie trug ein Kopftuch und eine graue Kittelschürze. Ihre Hände erschienen grob und waren voller Erde. Man sah, dass sie körperliche Arbeit gewohnt war.

»Ja bitte?«

»Sagen Sie, wohnt hier noch jemand?«

Die Frau schüttelte den Kopf.

»Das Haus steht seit über einem Jahr leer.«

»Ich suche einen Maik Engel, kennen Sie den?«

Die Frau nickte. »Der Sohn von Marga. Der ist schon vor Jahren ausgezogen. Noch bevor die Marga ins Heim gekommen ist.«

»Was …?«

»Nun ja, ihr Mann ist ja vor einiger Zeit schon gestorben. Der Maik ist ausgezogen, sie war dann ganz allein.«

»Und Maik?«

»Der hat sich hier nicht mehr blicken lassen. Drogen soll er genommen haben. Ein undankbares Kind. Am Schluss war die Marga ganz allein, ohne irgendeine Hilfe.

Sie hat die ganze Arbeit nicht mehr gepackt. Das war mal ein schönes Anwesen, müssen Sie wissen.«

»Gibt es denn keine anderen Verwandten?«

»Also von Verwandten weiß ich nichts. Die Engels waren schon immer anders. Lebten stark zurückgezogen. So richtige Eigenbrötler, wissen Sie. Die wollten für sich sein. Aber fleißig waren sie. Damals hat es hier anders ausgesehen. Wir wollten die Scheune kaufen. Aber die Marga war stur. Hat immer weiter gewirtschaftet. Am Ende hat sie ganz schlecht gerochen. Und Sachen gemacht, ganz unsinnig, da konnte man Angst kriegen. Hat das Hühnerfutter auf die Straße geworfen. Auf die Straße! Und hat nicht mal mehr Hühner gehabt! Wir haben dann die Polizei und den Notarzt gerufen. Das war letztes Jahr.«

»Und jetzt?«

Die Frau stützte sich stärker auf ihre Hacke.

»Tut mir leid. Wir haben nie mehr was von der Marga gehört.« Einen Moment lang hielt sie inne. Dann fragte sie: »Sie kennen den Maik?«

Schlichthorn nickte.

»Wenn Sie ihn sehen, dann sagen Sie ihm bitte, wir wollen die Scheune immer noch kaufen. Ist jetzt natürlich nicht mehr so viel wert wie damals.«

»Natürlich nicht«, pflichtete Schlichthorn ihr bei. »Haben Sie eine Ahnung, wo ich Marga Engel finden kann?«

»Also, man hat sie ins Heim gebracht.«

»Ins Heim«, echote Schlichthorn. »Wissen Sie in welches?«

Die Frau schüttelte den Kopf. Dann sagte sie: »Das mit

der Scheune, das wäre schon wichtig. Sie sagen dem Maik Bescheid, nicht wahr?«

»Sicher«, log Schlichthorn. »Die Scheune.« Schließlich verabschiedete er sich, und die Frau nahm ihre unterbrochene Arbeit wieder auf. Marga Engel, dachte er. Er würde es über sie versuchen. Auf dem hiesigen Rathaus sollte er ihre Adresse erfahren können. Doch heute war es dafür schon zu spät.

Er ging zurück zum Wagen. Als er einstieg, erinnerte er sich daran, dass Marco gesagt hatte, er müsse am Abend das Auto wieder seinem Besitzer, diesem Rocky, zurückgeben. Doch da war noch eine Sache, die er erledigen wollte. Schlichthorn ließ den Motor an und schlug den Weg zurück nach Erfurt ein.

Er achtete darauf, dass das Auto von Dr. Minh Nguyens Wohnung aus nicht zu sehen war, als er parkte. Dann ging er zu Fuß das letzte Stück zu dem Pflegeheim, in dem er sie neulich hatte verschwinden sehen. Am Empfang brachte sein seit langem nicht mehr geölter Charme nur mäßige Erfolge.

»Und Sie sind sicher, dass keiner Ihrer Patienten den Namen Nguyen trägt?«, fragte er die ältere Schwester, die dort die Auskünfte gab.

Die rollte mit den Augen. »Ganz sicher. Aber wenn Sie wollen, können Sie die Liste noch mal selbst durchgehen. Vielleicht habe ich ja etwas übersehen.«

Schlichthorn ignorierte den ironischen Unterton und streckte seine Hand aus. »Darf ich?«

Sein Gegenüber sah ihn mit verkniffenem Gesicht an, überließ ihm die Liste dann aber doch.

Das Pflegeheim *Phönix* zählte knapp achtzig Bewohner. Schlichthorn konnte tatsächlich niemanden finden, der Nguyen hieß. Doch da war ein anderer Name, der seine Aufmerksamkeit erregte. Die leichte Gedrücktheit, die er bisher empfunden hatte, weil sein Gewissen ihm sagte, dass es nicht richtig war, in Nguyens Privatleben herumzuschnüffeln, verschwand. Zurück blieb ein reines Glücksgefühl. Es war wie eine kleine Belohnung, die erste in diesem mühsamen Fall: Er würde nicht mehr das Rathaus oder Einwohnermeldeamt aufsuchen müssen, um Marga Engel zu finden. Sie war hier.

KAPITEL 23

»Auszeit«, verlangte Thorsten. »Was wir brauchen, ist eine Auszeit.« Sie hatten jetzt elf Stunden am Stück Akten durchgeackert. Der Tag war vorbei. Die Kollegen bis auf den Nachtdienst nach Hause gegangen. Die Nachos vom Lieferservice schon lange aufgeweicht.

»Was?«, fragte Katja streng. Sie starrte auf die Pinnwand, an der über vierzig Bilder von jungen Männern hingen. Männer, die heute alt genug waren, um Marcel Degenhardt sein zu können. Sie alle kamen für den Mord an Born in Frage.

Die Männer waren Doktoranden aus Jena, junge Wissenschaftler des Lehrstuhls, für den Born tätig war, Assistenten der Geschäftsleitungen, mit denen Born in Erfurt Geschäfte gemacht hatte, Referenten, Handwerker. Männer, die Born in den letzten Monaten begegnet sein und ihn als ehemaligen Heimleiter von *Waldfrieden* wiedererkannt haben konnten.

Sie hatten sich stundenlang mit den Fotos befasst. Aber bei keinem der Verdächtigen war eine Heimvergangenheit aktenkundig. Nicht einer war offiziell adoptiert. Es gab keine Spuren von unerklärlichen Brüchen im Lebenslauf. Wenn ihnen etwas verborgen geblieben war, dann war es gut versteckt worden. Aber wer hätte die Verbindungen gehabt, eine solche Vertuschung durchzuziehen?

»Wir sollten ins Kino gehen. Irgendein Film, Katja. Irgendwas Blödes, Belangloses. Um mal auf andere Gedanken zu kommen.«

Sie ignorierte Thorstens Vorschlag und überlegte weiter. Sie konnte die Leute nicht durch ein Sieb schütteln und die Guten von den Bösen trennen.

»Wieso sollte ich mir zwei Stunden lang irgendetwas Belangloses anschauen?«, sagte sie jetzt laut.

»Weißt du, was dein Problem ist, Katja? Du kannst nicht abschalten.« Thorsten setzte sich auf ihren Schreibtisch.

Sie neigte sich zur Seite, um den Blick auf die Gesichtergalerie an der Pinnwand zu behalten. Hinter einem dieser Gesichter verbarg sich Degenhardt. Sie hatte ihrem Vater angekündigt, ihn als Erste zu finden.

»Kann ich wohl.«

»Wann warst du zum letzten Mal im Kino?«, fragte Thorsten.

»Ich mag Kino nicht besonders.«

»Wir könnten einen trinken gehen.«

»Ich steh nicht auf Kneipen.«

»Du stehst auf gar nichts, Katja.« Sein Ton war säuerlich geworden.

Sie verschränkte die Arme. »Das ist nicht wahr, ich ...« Sie überlegte. Sie war eine durchschnittliche, gesunde

Frau. An ihr war nichts unnormal. »Ich liebe meine Arbeit, zum Beispiel.«

»Und?«

»Was und?« Sie griff nach ihren Unterlagen. »Wie viele von den Nachwuchsakademikern haben wir anhand der Original-Geburtsurkunde überprüft?« Als Thorsten nicht antwortete, fuhr sie fort. »Ich habe ein Trimmrad.«

»Da sitzt du drauf und starrst die Wand an?«

»Das muss ich mir nicht anhören.« Sie sprang auf und packte zusammen.

»He, wo gehst du hin?«

»Ich gehe aus«, sagte sie und knallte die Tür zu.

Erst auf dem Parkplatz wurde sie langsamer. Vom Metro-Parkplatz strömten die letzten Kunden heim. Vor dem Spielkasino fuhren die ersten Kunden vor. Schöner Zeitvertreib, dachte sie. Münzen in einen Kasten stecken und auf rotierende Bildchen starren. Gab es etwas Armseligeres? Sie könnte in die Stadt fahren. An einem Tresen stehen. Auf einen blöden Anmachspruch warten. Von Bier bekam sie außerdem Kopfweh. Menschenmengen machten, dass sie sich allein fühlte. Sie könnte sich was vom Chinesen holen. Süßsauer in Styropor. Sie mochte Süßsaures. Sich aufs Sofa setzen. Fernseher hatte sie keinen. Die Wand anstarren. Katja zog die Autotür heftig zu und fuhr in die Brühlervorstadt.

»Herr Schnabel.« Katja stellte das Aufnahmegerät an. »Schön, dass Sie sich für mich Zeit genommen haben.«

Der alte Mann antwortete mit einem Kopfnicken. Er

war bereits um die achtzig, so drahtig wie sein Brillengestell, der beinahe kahle Schädel schmal und hoch. Wie bei so dünnen Menschen zu erwarten, war er stark faltig, doch seine Augen leuchteten blau und lebhaft.

»Wird es denn lange dauern?«, fragte er. »Ich habe Mandy im Wagen.«

»Ihre Enkelin?« Katjas Augen wanderten zu dem Pfleger, der auf der anderen Seite des Bettes an der Wand lehnte.

»Mein Labrador. Er begleitet mich immer zur Arbeit.«

Katja zog die Brauen hoch. Dr. Schnabel war nicht mehr berufstätig, höchstwahrscheinlich nur noch eingeschränkt fahrtüchtig, und Tiere waren, soweit sie wusste, im Heim nicht erlaubt. Pfleger Stefan schüttelte den Kopf und machte eine Geste, die wohl »vergiss es« besagte. Sie nickte. Sie hatten vorab darüber gesprochen. Wenn Demenzpatienten sich in ihren Erinnerungen verloren, war es am besten, nicht zu widersprechen. Das regte sie nur auf.

»Ein Labrador. Das ist so ein Schwarzer, nicht wahr«, sagte sie also und erwiderte das anerkennende Lächeln, das in Stefans Gesicht aufkeimte. Er sah gut aus. Es war nicht so, dass sie das nicht bemerkte. Sie konnte sehr wohl abschalten. »So einen hatte ich als Kind auch.«

»Mandy liebt Kinder«, stellte der alte Doktor zärtlich fest. »Immer, wenn ich hoch zum Heim fuhr, war sie die Sensation. Alle wollten sie anfassen, ha!«

»Das Heim, ja.« Dankbar griff Katja den Faden auf. »Sie waren ja bis 1989 der betreuende Arzt für das Heim *Waldfrieden.*« Das war der Grund für ihr Kommen. Wenn es dort Missbrauchsfälle gegeben hatte, war der Kinderarzt sicher eine der Personen, die davon wissen konnten. Der ihr Namen nennen, ein Gesicht beschreiben konnte.

»Über zehn Jahre lang.« Stolz schwang in der Stimme des Arztes mit. »Neben meiner Praxis und der Tätigkeit im Krankenhaus.«

»Das war sicher sehr anstrengend«, lobte Katja. »Ein bewundernswertes Engagement. Erinnern Sie sich noch an die Zeit?«

»Selbstverständlich«, sagte er bestimmt, zog aber ein verwirrtes Gesicht, das seine autoritätsgewohnte Stimme Lügen strafte.

»Sie und Mandy im Auto auf den Ringelberg«, versuchte Katja seinem Gedächtnis auf die Sprünge zu helfen. »Sie saß bestimmt auf dem Beifahrersitz, oder?«

»Ist was mit Mandy?«

Der Arzt wirkte jetzt alarmiert.

»Nein, nein«, beeilte Katja sich zu versichern, die sah, dass Stefan sich von der Wand abstieß, um im Notfall einzugreifen.

Der Pfleger hatte sie ermahnt, das Gespräch dürfe nur so lange dauern, wie Schnabel nicht unruhig werde. Er bekäme ohnehin schon Ärger, weil er sie außerhalb der Besuchszeit hineinließ. »Sie verstehen, die Kollegen freuen sich nicht, wenn sie sich auf einen tobenden Greis werfen und ihn sedieren müssen.« Sie beneidete ihn so wenig um den Job wie die Kollegen, die am Wochenende die Betrunkenen auf dem Domplatz aufsammelten.

»Nein«, wiederholte sie also. »Mandy geht es gut. Aber einem der Jungen im Heim nicht, Doktor. Ihm ist etwas Schlimmes zugestoßen.« Sie ignorierte den fragenden Ausdruck, der auf Stefans Gesicht entstand. »Erinnern Sie sich an den kleinen Jungen?«, fragte sie sanfter und neigte sich vor. Sie nahm die Hand des Arztes. »Jemand hat ihm etwas sehr, sehr Schlimmes angetan.«

Die großen wasserblauen Augen des Mannes waren hilflos und fragend auf sie gerichtet. Seine Finger, zweigdürr in den ihren, zitterten.

»Er war etwa sechs Jahre alt, Doktor.«

»Oh, ja. Ja. Ich erinnere mich.« Der Arzt richtete sich auf. Sein Blick glitt an die gegenüberliegende Wand. Ein abstraktes Bild schmückte dort die Strukturtapete. Ob er etwas darin sah? Möglich, dass eine der vagen Formen, die dort abgebildet waren, das Gefäß für seine Erinnerung wurde. Katja folgte seinem Blick und wartete.

Für einen Moment kam Leben in Schnabels Gesicht. Es wurde fester, gegenwärtiger. Er wirkte mit einem Mal nicht mehr unsicher und abwesend, sondern klar und so zuversichtlich und selbstsicher, wie er einst als Mann gewesen sein musste. Er entzog ihr seine Finger und machte eine energische Geste. Ein Schnippen mit den Fingern, wie ein Kommando.

»Mandy!«, rief er. »Fuß!« Dann, als bemerke er Katja eben erst, wandte er ihr den Kopf zu. »Dass mir keiner den Hund anfasst«, verlangte er. Seine Miene verdüsterte sich. »Ständig Blessuren«, sagte er. »Was die einander antaten!«

»Wer?«

»Na, diese Kinder, diese Bengel!« Schnabels Stimme klang noch immer streng. Aber jetzt kam ein neuer Ton hinzu. Noch immer schaute er Katja mit dem Blick von damals an. Er winkte sie näher. Sie starrte auf seine dürren Finger und gehorchte. Als ihr Gesicht dicht an seinem war, sagte er: »Das war alles Abschaum. Abschaum!« Das letzte Wort hatte er so laut gebrüllt, dass Katja zurückfuhr. »Die hatten es doch nicht anders verdient!«

»Sie müssen jetzt gehen.« Stefan war vorgetreten. Er wirkte blass. Katja sah, dass er die Hände, die er in die Taschen schob, zu Fäusten geballt hatte.

»Sicher«, sagte sie. Jetzt war sie es, die zitterte. »Sicher. Ich gehe.« So rasch sie konnte, raffte sie ihre Unterlagen zusammen. Mit einem Mal hatte sie das Bedürfnis, dieses Zimmer mit seiner krankheitsgeschwängerten Luft so schnell wie möglich zu verlassen. Als wäre es von Schnabels Erinnerungen vergiftet.

Der Pfleger nickte nur. Katja atmete erst auf, als sie die Tür zwischen sich und den beiden Männern geschlossen hatte. Einen Moment noch blieb sie davor stehen. Doch aus dem Raum drang kein Laut.

Vor der Tür des Heimes stieß sie beinahe mit Minh Nguyen zusammen.

»Oh«, sagte Katja überrascht. »Kommen Sie gerade …?« Ihr war, als hätte die Frau das Pflegeheim angesteuert.

»Ich bin auf dem Weg nach Hause«, sagte die Ärztin. »Ich wohne gleich um die Ecke.« Sie verstummte.

»Ja, dann …«

Katja blieb kurz stehen. Nguyen ebenfalls. Die Kommissarin ertappte sich einen Moment lang dabei, dass sie hoffte, auf ein Glas Wein eingeladen zu werden. Ein Gespräch unter Frauen, zwanglos, selbstverständlich. Sie hätten über den Fall sprechen können. Über Frauendinge. Über ihren Vater. Im Moment hätte sie viel dafür gegeben, nicht zu ihrem Trimmrad zurückkehren zu müssen. Die Pause, die die Gerichtsmedizinerin machte, ließ Katja hoffen.

»Also dann …«, sagte Nguyen.

»Ja. Also dann.« Katja blieb stehen, Nguyen ging weiter.

Als die Schritte der Medizinerin auf dem Pflaster leiser wurden, schaute sie lange auf den Boden. Sie fühlte sich zurückgewiesen. Ihr Unbehagen wurde zu Unruhe. Dann wandelte es sich in eine Eingebung. Sie griff zu ihrem Handy.

»Thorsten?«, sagte sie. »Ich habe eine Idee.«

KAPITEL 24

»Das ist keine gute Idee«, sagte Thorsten, als sie zum dritten Mal durch die enge kleine Straße kurvten, in der Brinkmann zu Hause war. Er lebte in einer kleinen Siedlung aus den Fünfzigern, Häuschen mit Garten, in drei parallelen Straßen aneinandergekuschelt, mitten zwischen Grünanlagen, Gewerbegebieten und Hochhaussilos, eine kleine, spießige Insel im vorstädtischen Nirgendwo. Der Vogelbeerweg war zudem eine Sackgasse – also Wenden in drei Zügen zwischen Gartenzäunen und geparkten Wagen.

»Auffälliger geht's nicht mehr«, beschwerte Thorsten sich weiter, als Katja den Motor aufheulen ließ.

»Ich bin nicht hier, um unauffällig zu sein, ich will mit Brinkmann reden.« Katja hatte es geschafft und ließ das Auto erneut an der aussichtslos dichtbesetzten Front der Zäune entlangrollen. »Unfassbar, dass er überhaupt auf freiem Fuß ist.«

»Guter Anwalt, keine Verdunkelungsgefahr.« Thorsten zuckte mit den Schultern. »Sein Traineramt lässt er ruhen, freiwillig, ›aus gesundheitlichen Gründen‹. Personenschutz hat er abgelehnt.«

»Personenschutz? Sonst noch was? Er hat vielleicht einen Menschen auf dem Gewissen. Verdammt! Ist die Parklücke in diesem Teil der Welt noch nicht erfunden worden, oder was?«

»Es ist nach zehn, die Leute sind alle zu Hause.« Thorsten fügte nicht hinzu, dass er fand, sie beide sollten sich ebenfalls dort befinden: daheim, bei einem späten Abendessen oder einem Bier vor der Glotze. »Da!«, sagte er und zeigte nach vorn.

Katja meinte zuerst, er habe eine Parkmöglichkeit gesehen. Dann begriff sie. Bei Brinkmanns Adresse, Vogelbeerweg 28, hatte sich die Haustür geöffnet. Es war ein typisches Arbeitersiedlungshäuschen der Nachkriegszeit, in den Neunzigern renoviert, mit Dachfenstern, einem Anbau mit Sprossenfenstern und moderner Dämmung versehen. Der Garten war eingewachsen und dicht bepflanzt. Sogar einen Vogelbeerbaum gab es, der seine roten Beeren über den Zaun auf den Asphalt fallen ließ. Und einen Wetterhahn auf dem Dach.

»Da! Da, er geht aus!«

»Er hat keinen Hausarrest«, wandte Thorsten ein.

Das stimmte. Brinkmann durfte gehen, wohin er wollte. Er hatte ein paar Jungs beim Duschen angefasst. Kein Hund würde mehr ein Stück Brot von ihm nehmen, wenn sich das erst herumgesprochen hatte. Aber Mord war eine andere Sache. Zum Mörder machte ihn das noch lange nicht. Sie beobachteten Brinkmann, der auf seinem Gartenweg stand und sich die Turnschuhe fester band.

»Sieht aus, als wollte er joggen.«

»Von wegen.« Katja hatte angehalten und öffnete bei laufendem Motor die Fahrertür. Thorsten versicherte sich, dass der Gang raus und die Handbremse angezogen war. Durch die Windschutzscheibe sah er Katja. Sie war drei Schritte vor ihm, ihren Ausweis in der Hand, und eben dabei, Brinkmann anzusprechen. Noch hatte der Mann sie nicht entdeckt. Er richtete sich gerade wieder auf, um zum Gartentor zu gehen. Doch dazu kam er nicht mehr. Eine Gestalt in schwarzem Kapuzenshirt brach hinter ihm aus den dichten Gartenbüschen, packte ihn und zog ihn Richtung Haus, ehe auch nur einer der beiden Polizisten reagieren konnte.

»Was verd…«, murmelte Thorsten. Hektisch fummelte er nach dem Schlüssel und betätigte versehentlich den Scheibenwischer. Ein Wimpernschlag aus Gummi, ein Quietschen. Noch immer dieselbe Szene. Mit einem Fluch schaltete er den Motor ab und sprang aus dem Auto. »Ein Messer, er hat ein Messer!«

»Hab ich gesehen«, knurrte Katja, die endlich den Bann abschüttelte. Sie steckte den Ausweis ein und zog ihre Waffe. Laut rief sie: »Stehen bleiben! Polizei!«

Der Entführer hielt kurz inne. Unter der Kapuze hervor starrte er sie an. Er schien zu zögern, aber nur für einen Moment. Dann zerrte er Brinkmann weiter mit sich.

Katja fluchte. Nicht einmal sehen hatte sie ihn können. Sein Gesicht war verschattet und durch Brinkmanns Kopf verdeckt gewesen. Zu Thorsten rief sie: »Gib es durch, wir brauchen Verstärkung!« Der kletterte zurück in den

Wagen. Sie näherte sich dem Grundstück im Laufschritt. Das Gartentor hatte einen heftigen Tritt abbekommen und schwang durch. Sie stieß es nach innen und trat auf den Plattenweg, gerade noch rechtzeitig, um die aufgerissenen Augen des Erziehers zu sehen, der durch die Haustür ins Innere geschleift wurde. Die Tür wurde so heftig zugeworfen, dass der daran befestigte Kranz aus Stroh und Hagebutten erzitterte. An der blaukarierten Schleife, die herabhing, baumelte ein Holzschild mit dem eingebrannten Namen des Hausbesitzers. Hilflos klapperte es gegen die Tür, zweimal, dreimal. In den Häusern ringsum gingen die Lichter an.

»Bleiben Sie drinnen! Drinnen bleiben!«, hörte sie Thorsten draußen auf der Straße rufen. Sie ging ums Haus, an einem Sandkasten vorbei, an einer Gartenbank mit abblätternder weißer Farbe. Hinten war ein altes Schaukelgestell, ein kniehohes Fußballtor. Katja musste daran denken, dass Brinkmann keine eigenen Kinder hatte.

In den Fenstern rechts von ihr ging das Licht an, doch ehe sie einen Blick erhaschen konnte, wurden die Rollläden heruntergelassen. Das ratternde Geräusch drang laut in den stillen Garten. Katja schlich weiter ans Ende des Hauses, wo quer zum Haupthaus der Anbau angebracht worden war. Im Stillen dankte sie der Mode der Bauzeit, die überall Wintergärten angebracht hatte. Von Büschen gut verborgen, trat sie an die großen Scheiben heran. Im äußersten Winkel, dicht unter dem Liguster, der sich an das Glas schmiegte, konnte Katja einen Blick in den Raum werfen, der das Wohnzimmer zu sein schien. Sie überschaute nur einen kleinen Ausschnitt. Doch sie hatte Glück. Ganz am Rand waren die vorderen Beine eines Stuhles sichtbar, dazwischen zwei Füße in Joggingschuhen. Eben trat eine dunkle Gestalt vor, bückte sich und umwickelte die zappelnden Fußgelenke mit silberfarbenem Tape. Dann kamen die Knie an die Reihe. Danach verschwand die Person aus Katjas Blickfeld. Wer war der Kidnapper? Und was hatte er vor? Würde er Forderungen vorbringen? Glaubte er ernsthaft, er könnte der Polizei entkommen? Da, jetzt konnte sie ihn sehen. Er hatte sich vor seinem Gefangenen aufgebaut. Offenbar hatte er vor, sein Opfer samt Stuhl und Teppich weiter außer Sicht zu zerren. Der Rücken unter dem Shirt wirkte mager und schlank. Ein junger Mann. Nicht sportlich, es sei denn, er war Langstreckenläufer. Billiges Shirt, billige Jeans. Turnschuhe. Noch immer stand er da und schien jetzt auf Brinkmann einzureden. »Nimm die Kapuze ab«, murmelte Katja und hob die Waffe. »Nimm endlich die verdammte Kapuze ab.«

Hinter ihr raschelte es. Eine Hand legte sich auf ihre Pistole. Es war Thorsten, der einen Zeigefinger auf seine Lippen legte und ihr mit der anderen Hand die Waffe abnahm.

KAPITEL 25

Günther Schlichthorn öffnete die Tür. Das Erste, was er bemerkte, war der Geruch. Desinfektionsmittel und altes PVC.

Den Großteil des Zimmers nahm ein Krankenbett ein. Die seitlichen Gitter waren hochgeklappt. In dem Bett lag eine Frau. Ihre Augen waren geschlossen. Man konnte ihre langen, regelmäßigen Atemzüge hören. Schlichthorn sah aus dem Fenster, vor dem sich ein Balkon befand. Gestutzter Buchs in Töpfen, kleine Grasflächen, gepflasterte Wege, auf denen niemand lief, und verwaiste Bänke. So aseptisch, wie sich die Umgebung ausnahm, so war es um dieses Zimmer, um das ganze Gebäude bestellt. Hier wurden kranke und gebrechliche Menschen verwaltet.

Schlichthorn sah der Frau ins Gesicht. Ihr Kopf wurde von langem grauem Haar umrahmt, das seitlich zu lächerlich dünnen Zöpfen geflochten war. Eingefallene Wangen, hervortretendes Kinn, faltige Stirn und eine leicht gebogene Nase. Ihre Hände lagen links und rechts neben dem schmalen Körper auf der Decke. Zwischen den Altersflecken konnte man die hervortretenden Adern auf den Handrücken erkennen.

Das Zimmer war spartanisch eingerichtet. Man merkte, dass es nicht eigentlich bewohnt wurde. Ein schmaler Schrank, ein leerer Tisch, ein Stuhl. Auf einem Sideboard stapelten sich Tetrapaks verschiedener Größe. Nahrungsergänzungsmittel, Eiweißdrinks und so weiter, stellte Schlichthorn fest, nachdem er sich die Packungen genauer angesehen hatte. Die Wand darüber hing voller Fotos, sie waren das einzige echte Lebenszeichen. Schlichthorn beugte sich vor. Bilder von Familienfeiern, Kaffeerunden in der Sommersonne. Im Hintergrund das Haus, das er von seinem Besuch in Friedrichsdorf her kannte. Dann ältere Bilder mit ausgeblichenen Farben. Eines zeigte einen Jungen, der vier bis fünf Jahre alt sein mochte. Ein schüchternes Kinderlächeln. Den Stoffteddy, der beinahe genauso groß war wie er, hielt er fest umklammert. Blaue Kinderaugen, die hoffnungsvoll in die Welt blickten. Derselbe Junge als Ritter verkleidet, in seiner Hand ein Schwert aus Holz. Dann mit Fahrrad, mit Schultüte und Schirmmütze. Junge unter dem Weihnachtsbaum. Junge mit Hund …

Aber da war auch ein anderer Junge, zwei, drei Jahre älter, von dem es fast genauso viele Aufnahmen gab. Er ähnelte dem Kleinen, war blond wie dieser, jedoch unterschieden sich die Gesichtszüge. Dieser zweite Junge war offenbar genauso oft geknipst worden. Schlichthorn fiel auf, dass es keine einzige Aufnahme gab, die beide Jungen zusammen zeigte. Komisch, dachte er. Wenn das die

Kinder von Marga Engel waren, dann hatten sie wohl nie miteinander gespielt. Schlichthorn erinnerte sich an das Gespräch mit der Nachbarin. Hatte die nicht gesagt, die Engels hätten nur ein Kind? Und die Unterlagen vom Einwohnermeldeamt sagten dasselbe: Marga, Johann, Maik. Das war die Familie Engel. Er fasste sich ans Kinn.

Plötzlich hörte er seltsame Geräusche in seinem Rücken. Das ruhige Atmen von Marga Engel war vorbei. Dafür drang nun ein Röcheln aus ihrem Mund, das nach und nach zu einem Husten wurde.

Schlichthorn trat an das Bett. Von dem nebenstehenden Wagen nahm er eine Packung Papiertaschentücher, öffnete sie und entnahm ein Tempo, das er Marga Engel reichte. Mit ihren zerbrechlichen Fingern griff sie danach und hielt sich das Tuch an Nase und Mund. Während der Husten langsam abklang, sah sie zu Schlichthorn. Ihre Augen strahlten eisblau, und doch umgab sie ein Schleier, der ihren Blick abwesend erscheinen ließ.

Er nahm ihr das vollgeschnupfte Tempo ab und legte es auf den Wagen. Marga Engel machte eine deutende Handbewegung. Schlichthorn brauchte eine Weile, bis er begriff, dass er mittels einer elektronischen Bedieneinheit die Rückenlehne des Bettes hochfahren sollte. Er tat, wie ihm geheißen. Er lächelte Marga Engel an und diese lächelte zurück.

»Grüß dich, Johann«, begann Frau Engel, nachdem sie sich geräuspert hatte. Schlichthorn nahm die Hand, die ihm dargeboten wurde.

»Grüß dich, Marga«, erwiderte er.

»Schön, dass du vorbeischaust. Sag, wie geht's den Schafen? Ist alles in Ordnung?«

Schlichthorn überlegte einen kurzen Moment, dann nickte er. »Alles bestens. Wie geht es dir?«

»Gut, sehr gut. Wie immer. Das sieht man doch.« Die Frau versuchte ein Lachen.

»Und wie geht es Maik?« Schlichthorn hatte beschlossen, sofort in medias res zu gehen.

Das freudige Gesicht von Marga Engel war schlagartig verschwunden. Nachdenklich und beinahe ein wenig traurig sah sie nun drein. »Der Maik, ja. Der macht mir Sorgen, große Sorgen.«

»Warum? Was hat er getan?«

»Der Junge isst einfach zu wenig.« Marga Engel sah ihr Gegenüber mit großen Augen an.

»Das ist schlimm«, sagte Schlichthorn. Er versuchte, verständnisvoll zu klingen.

»Wenn das so weitergeht, muss ich zum Doktor mit ihm. Aber das geht ja nicht.«

»Hm. Marga, hilf mir, ich hab's vergessen«, wagte Schlichthorn zu sagen. »Warum geht das nicht?«

Marga Engels machte ein entgeistertes Gesicht. »Aber der Doktor würde doch sofort alles merken. Er kennt den Maik doch von klein auf. Das ist doch viel zu gefährlich.«

Was würde der Doktor merken?, wollte Schlichthorn schon fragen. Dass es zwei Maiks gab? Dass der eine Junge etwa im Alter von sechs Jahren durch einen anderen ersetzt worden war? Er war sich fast sicher, dass das stimmte. Die Fotos ließen kaum einen anderen Schluss zu.

Was zum Teufel war damals geschehen? Aber Marga Engel hatte seine Hand gepackt, mit einer Kraft, die er in der zarten Gestalt nicht vermutet hätte. Es war die Kraft der Bäuerin, die jahrelang alleine auf ihrem Hof zurechtgekommen war, die schuftete und machte und die Nachbarn auf Abstand hielt. Ein wenig beunruhigt wollte er sich ihr entziehen. Aber sie hielt ihn fest.

»Johann«, sagte sie, »wenn du das nicht mehr weißt, hast du dann etwa auch vergessen, wo du ihn begraben hast?«

KAPITEL 26

»Und immer schön voll auf die Zwölf.«

Katja kommentierte das mutmaßliche Geschehen im Haus so seelenruhig, dass Thorsten eine Gänsehaut bekam. Nicht dass viel zu sehen gewesen wäre. Der Geiselnehmer bot ihnen nach wie vor nur seine Kehrseite. Von Zeit zu Zeit sah man ihn den rechten Arm heben und kräftig auf etwas einschlagen. Wahrscheinlich Brinkmanns Gesicht. Thorsten musste an den eingeschlagenen Schädel von Born denken.

»Die Kollegen vom Spezialeinsatzkommando sind gleich so weit«, sagte er.

Katja wandte keinen Blick vom Geschehen dort drinnen.

»Wer nimmt die Verhandlungen auf? Es gibt doch einen Unterhändler?«

»Der Chef persönlich. Er wird in …«, er sah auf seine Armbanduhr, »… in fünf Minuten bei Brinkmann anrufen. Laut einer Nachbarin steht das Telefon im Wohnzimmer. Wir sollten es von hier aus mitbekommen. Wolltest du vorhin echt schießen?«

Drinnen schlug der Geiselnehmer erneut zu. Katja sagte: »Wenn der Chef ihn anruft, soll er ihn mit Marcel Degenhardt ansprechen. Das wird ihn verwirren.«

»Du scheinst dir ja sehr sicher zu sein«, meinte Thorsten.

»Das da ist Marcel Degenhardt. Er hat Born getötet und erledigt gerade den zweiten Peiniger seiner Kindheit. Wer sollte es sonst sein?«, gab Katja zurück.

»Ina ist schon mit vier Leuten dran, abzuchecken, ob das ein Angehöriger von einem der Jungen ist, die Brinkmann in der Dusche belästigt hat. Die meisten waren ziemlich sauer, als sie erfuhren, dass er nicht in U-Haft sitzt. Aber es kann natürlich auch jemand sein, der keine Anzeige erstattet hat.« Wieder ein Schlag. »Der das lieber auf eigene Faust erledigen will.«

Katja rührte sich nicht vom Fleck. »*Ich* muss mit Brinkmann reden, verflucht noch mal. Erst lasst ihr ihn laufen, und jetzt hat ihn vielleicht so ein Rambo in seiner Gewalt.«

»Die gute Nachricht ist, dass Brinkmann sich diesmal freuen wird, uns zu sehen.« Thorsten zog die Gurte seiner Schussweste fest.

»Wenn ich recht habe und das da wirklich Degenhardt ist, wird ihn nie wieder etwas freuen. Der wird ihn töten.« Katja schaute Thorsten an, der offensichtlich volle Montur angelegt hatte. »Was soll das? Er hat nur ein Messer.«

Thorsten blinzelte sie an. »Ja, aber die Kollegen nicht.«

Sie stöhnte. »Wenn die hier aufräumen, bleibt am Ende

nichts von unserem Täter übrig. Wie ist die Stimmung beim SEK?«

»Angespannt.«

»Scheiße!« Sie wollte mehr sagen, doch im selben Moment stolperte der Kidnapper. Für einen Augenblick geriet der Mann vollständig in ihr Blickfeld. Er fing sich schnell wieder, doch seine Kapuze war verrutscht. Sofort fingerte Katja in ihrer Tasche nach dem Handy. »Komm schon, komm schon, komm schon!« Endlich bekam sie es zu fassen, richtete es auf den jungen Mann und drückte den Auslöser.

»Bist du verrückt?«, zischte Thorsten. »Was, wenn er uns entdeckt?«

Sie krochen wieder hinter den Liguster. Dort aktivierte Katja das Bildprogramm.

Sie betrachteten das leicht unscharfe Foto. Es zeigte einen Mann von vielleicht fünfundzwanzig, dreißig Jahren, ohne Bart, mit kurzen Haaren. Er wirkte ein wenig verwahrlost. Oder müde. Oder er war betrunken. Es war schwer zu beurteilen.

»Kennst du den?«, fragte sie Thorsten flüsternd.

»Ich war nicht bei den Vernehmungen der Fußballer-Familien dabei. Schick es zur Dienststelle.«

»Damit die gute Ina es gleich an die Degenhardts weiterreicht?«, gab Katja scharf zurück. Sie suchte in ihrem Telefonbuch. »Ich geb es lieber direkt an die Sitte durch. Sollen die feststellen, ob einer von ihnen mit einem der belästigten Jungen verwandt ist.«

In dem Moment raschelte es wieder im Gebüsch. Diesmal war es einer der Männer vom SEK. »Ich hab gehört, hier hat man Sichtkontakt mit dem Zielobjekt.«

Katja hielt ihr Handy hoch. »So sieht er ohne Kapuze aus. Und so möchte ich ihn nachher auf dem Revier. In einem Stück. Okay, Cowboy?«

Der Mann verzog das Gesicht. Sein Blick blieb an der Aufnahme hängen.

»Den kenn ich«, sagte er.

Im selben Augenblick gab es drinnen eine Bewegung. Die drei duckten sich und warteten, bis sie sicher waren, dass der Geiselnehmer nicht in den Wintergarten kommen und sie entdecken würde.

»Was macht er?«, flüsterte Thorsten und reckte vorsichtig den Hals. »Mist, er verschiebt Brinkmanns Stuhl.«

»Du kennst den?«, fragte Katja, immer noch im Flüsterton.

Der SEK-Mann lehnte sein Präzisionsgewehr gegen den Oberschenkel, um das Mobiltelefon mit beiden Händen nehmen zu können.

»Ja, absolut. Aus meiner Zeit bei der Drogenfahndung. Das war Anfang zweitausend«, fügte er hinzu, um Katjas Frage zuvorzukommen. »Meth war damals noch etwas absolut Neues. Hat mich dann bald angekotzt.«

»Wie heißt er?«

»Der? Maik. Mit ›ai‹, nicht die amerikanische Variante. Maik Engel. Trieb sich damals viel am Bahnhof rum. Obdachloser Jugendlicher. Machte Ärger. Soll sich dann später gefangen haben, hab ich gehört. Glaub's aber nicht. Wenn ihr mich fragt, der hätte in die Klapse gemusst. Bei dem stimmte noch mehr nicht im Kopf. Mit dem war absolut nicht zu reden.«

Aus dem Haus drang ein durchdringender, langgezogener Schrei. Thorsten und Katja schauten den SEK-Mann an. Der sog an seiner Lippe.

»Maik Engel«, wiederholte Katja. An Thorsten gewandt, fügte sie hinzu. »Du bleibst hier.«

Geduckt kletterte sie aus dem Liguster und lief zur Straße. Noch von unterwegs rief sie Nguyen an. In der Klinik hob sie nicht ab. Aber als Katja die Handynummer wählte, ging sie ran.

»Hallo?«, meldete die Rechtsmedizinerin sich knapp.

»Es eilt«, sagte Katja statt einer Begrüßung. »Wo sind Sie? Können Sie an Ihre DNA-Dateien?«

»Einen Moment.« Es knackte und raschelte kurz. Dann meldete sich die Rechtsmedizinerin wieder mit einem kurzen: »Bin auf dem Weg. Reden Sie.«

»Maik Engel«, sagte Katja schnell. »Mit ›ai‹. Anfang zweitausend aktenkundig geworden als Drogenkonsument und Kleinkrimineller. Ich brauche einen DNA-Abgleich.«

»Haben Sie das Material bei sich?«, fragte die Rechtsmedizinerin. Katja konnte jetzt das Klacken von Absätzen hören. »Können Sie es im Labor vorbeibringen?«

»Das haben Sie alles schon. Maik Engel ist in den Datenbanken der Drogenfahndung.« Katja holte kurz Luft. »Und verglichen werden soll sein Material mit einer unserer aktuellen Proben. Es ist die Tatort-DNA vom Fall Born. Die DNA von Marcel Degenhardt.« Kurz war es still in der Leitung. Eine Tür klappte.

»Doktor Nguyen?«, fragte Katja. Keine Antwort. »Es ist wirklich, wirklich dringend.«

Endlich war Minh Nguyen wieder am Apparat. Ihre Stimme wirkte angespannt, und sie atmete schnell. »Frau Schlichthorn, im Moment ist es schwierig«, sagte sie. »Ich melde mich.«

»Aber …« Katja erhob die Stimme. »Ich brauche sofort …« Sie hielt inne.

Aufgelegt. Das Tuten war unüberhörbar. Katja fluchte.

Sie schaute sich um. Der Vogelbeerweg hatte nichts Friedliches mehr. Einsatzfahrzeuge verstopften jeden freien Platz. Das Blaulicht glitt über die Fassaden der Häuser und tauchte sie in ein dramatisches Licht. Die Anwohner drängten sich hinter den Absperrungen und starrten auf die schwerbewaffneten Männer mit den schwarzen Sturmhauben. Angst lag in der Luft, und eine gewisse Gespanntheit, die eine Katastrophe herbeisehnte. Keiner wollte auf das Kommando hören, das alle in ihre Häuser zurückbeorderte. Der Einsatzleiter kam auf Katja zu. »Sie sollten sich auch zurückziehen«, sagte er. »Gleich geht es los.«

Sie widersprach nicht. Blieb jedoch noch einen Moment, wo sie war. Die Männer redeten miteinander. Schon machte die Nachricht die Runde, dass man es mit einem durchgeknallten, unberechenbaren Junkie zu tun hatte, mit dem zu verhandeln sinnlos war. Und das Opfer, um das es ging, war ein Kinderschänder. Auch nicht der Mühe wert. Sie sah es in den Gesichtern. Sie las es aus der Körpersprache. Nichts von dem, was sie sah, gefiel ihr.

Hier war eine Maschinerie in Gang gesetzt worden, deren Ergebnissen sie nicht traute. Eine Kleinigkeit nur, und alles würde in einem Blutbad enden. Sie wollte Brinkmann und diesen Maik Engel, wer immer er war. Lebend. Vernehmungsfähig. Sie wollte verdammt noch mal wissen, was es mit den Knochen auf dem Berg und dem toten Born und all diesen vagen Verdächtigungen und Erinnerungen auf sich hatte. Sie wollte den Fall lösen und ihre Fragen beantwortet haben.

»Dann machen wir es anders«, murmelte sie. Sie wählte noch einmal, diesmal die Nummer von Ina Wuttke. Sie würde Ina, die gute Seele, bitten, den Abgleich der DNA von Maik Engel aus der Drogendatenbank mit der des vermeintlichen Marcel Degenhardt in Auftrag zu geben. Jede Wette, dass Ina die brisante Information weitertratschen würde. Die Eltern Degenhardt würden in Kürze auf der Matte stehen. Und sei es nur auf den Verdacht hin, dass es sich hier um ihren Sohn handelte. Zwei Anwälte mit besten Kontakten zur Presse. Bessere Zeugen gab es nicht, um dafür zu sorgen, dass hier und heute niemand erschossen wurde. Die Anwesenheit besorgter, juristisch versierter Eltern würde die schießwütige Bande schon stoppen. Katja lächelte. Und ihre Hände waren sauber. Das war im Übrigen offizielles Vorgehen; Thorsten hatte es ja sogar vorgeschlagen. Sie wusste von nichts. Im Zweifelsfall würde alles auf Ina zurückfallen.

Na kommt schon, kommt schon, dachte sie, während sie auf das Geräusch quietschender Reifen, empörter Rufe und ankommender Aufnahmewagen des MDR wartete. Jetzt könnt ihr mit eurer Mediengeilheit auch mal was für mich tun.

Beinahe liebevoll betrachtete sie das Haus von Brinkmann. Wer immer du bist, dachte sie. Maik Engel oder Marcel Degenhardt. Ich krieg dich.

KAPITEL 27

»Was machen Sie da? Gehen Sie sofort von dem Bett weg, Stefan.« Dr. Nguyen stand in der Tür des Krankenzimmers, das Handy noch in der Hand, und starrte das Bild an, das sich ihr bot. Stefan Fink stand über ihrem Mann, eine Spritze in der Hand. Es stand keine Injektion an. Ihr Kopf arbeitete rasend schnell. Sie kannte den Behandlungsplan ihres Mannes; er stammte praktisch von ihr. Eine Medikation war heute nicht vorgesehen. »Gehen Sie zurück!«

Der Pfleger kam auf sie zu.

»Was haben Sie da eben gesagt?«, fragte er. Seine Augen glänzten verdächtig. »Marcel Degenhardt?«

»Gehen Sie zurück, an die Wand!« Nguyen stellte sich vor das Gerät, das sie heruntergefahren hatte, als müsste sie es schützen und nicht sich selber. »Stefan, geben Sie mir die Spritze!« Pfleger durften keine Injektionen verabreichen. »Was haben Sie vor?«

»Was? Ach die.« Zu ihrer Überraschung hielt er ihr ohne Umstände die Kanüle mit der Injektionsnadel hin.

Nguyens Erleichterung hielt nur einen Moment. Dann hatte sie gelesen, was auf der Einheit stand.

»Mitoxantron.« Ihre Stimme wurde tief vor Verachtung. Sie hielt die Spritze wie eine Waffe vor sich. »Das hätte ihn umgebracht, Stefan. Sie wissen das.«

»Nein, hätte es nicht.«

Wilhelm in dem Bett hinter ihnen regte sich im Schlaf. Er stöhnte, aus seinem Mundwinkel rann Speichel.

»Lügen Sie mich nicht an. Seine Lebensdosis ist verbraucht. Das wissen Sie.« In dem Moment verlor sie ihre Beherrschung. »Sie wissen es, Stefan. Ich habe es Ihnen neulich selber gesagt.«

Er hob beide Hände.

»Ist ja gut«, sagte er beschwichtigend. »Ist ja gut, ja. Sie haben es mir gesagt, Doktor.«

»Sie wollten ihn töten.«

Erbittert schaute sie von Stefan Fink zu ihrem Mann. Sie war müde. Und sie fühlte sich, ja wie? Sollte sie nicht empört sein? Angsterfüllt? Sollte sie nicht irgendetwas fühlen? Etwas anderes als die leise Enttäuschung über den Jungen, dem sie zu vertrauen begonnen hatte?

»Was soll das?«, fragte sie. Er schaute sie noch immer groß an. Mit seinen blauen Augen, auf die sie mal hereingefallen war. »Haben Sie so was schon öfter gemacht?«

»Ich? Sie meinen …?« Jetzt kam Farbe in seine Wangen. »Sie verstehen das alles ganz falsch, Dr. Nguyen.«

»Dann erklären Sie es mir, Stefan.« In ihrer Stimme vibrierte Wut. Sie sollte Angst haben, ja, das war es. Sie stand mit einem Mörder in einem Raum, allein und ungeschützt. Er war einen Kopf größer als sie und um vieles kräftiger. Er konnte ihr das Genick gebrochen haben, ehe sie die Patientenklingel an Wilhelms Bett erreichte. Warum hatte sie keine Angst?

Langsam senkte er die ausgestreckten Arme, ging rückwärts und ließ sich auf einem Besucherstuhl nieder. Es entging Nguyen nicht, dass es der Stuhl neben der Tür war.

»Okay«, setzte er an. »Wir machen bei Ihrem Mann jetzt seit zwei Jahren die Immunmodulation mit Mitoxantron. Das ist alles dokumentiert.«

Sie tat ihm nicht den Gefallen, zu nicken.

»Was aber keiner weiß«, fuhr er fort, »ist, dass ich die letzten beiden Male einen Fehler gemacht habe. Es war ein Fehler, okay?«, sagte er schnell, als sie reagieren wollte. »Kein schlimmer Fehler. Im Gegenteil, es sieht so aus ...« Er versuchte es anders. »Ich hab mich in der Dosis vertan. Um ehrlich zu sein, nicht ganz unabsichtlich. Das war alles viel zu hoch dosiert. Das müssen Sie doch selber sagen. Sie hatten doch auch Ihre Einwände der ärztlichen Leitung gegenüber.«

»*Ich* bin Ärztin«, sagte Nguyen steif.

»Und ich studiere Medizin. Ich versuche es jedenfalls. Nebenbei.« Stefan klang beinahe ein wenig stolz. »Vor allem aber bin ich ein denkender Mensch.«

»Sie sind ...«, brauste Nguyen auf. Das alles konnte doch gar nicht wahr sein.

Stefan Fink ließ sie nicht ausreden: »Alles, worüber Sie jetzt nachdenken müssen, ist, dass Ihr Mann bisher weniger Mitoxantron bekommen hat als angenommen. Haben Sie das verstanden?«

Er redete mit ihr wie mit einem Kind, dachte sie. Oder mit einem Patienten, der unter Schock steht.

»Er hat also noch etwas gut, richtig? Die Lebensdosis ist noch nicht voll. Wir können es für diesmal noch mit dem Mittel versuchen.«

Langsam begriff Nguyen, was sie hörte. Sie schaute auf die Spritze, die sie entgegen seiner Forderung noch immer in der Hand hielt.

»Sie wollten ihn nicht töten?«

»Nein, im Gegenteil. Ich will ihm helfen. Sie sehen doch selber, dass wir mit den Glucocorticoid-Stößen nicht weiterkommen.«

Da hatte er recht, Nguyen wusste es. Sie waren in einer Sackgasse. Es würde bald etwas geschehen. Entscheidungen müssten getroffen werden. Sie hatte darüber nachgedacht. Das war es, was sie in letzter Zeit so müde gemacht hatte. Jetzt auf einmal eröffnete sich ihr die Chance, all das noch ein Vierteljahr aufzuschieben. Drei Monate, die Wilhelm leben konnte. Drei Monate, in denen sie nicht darüber nachdenken musste, was für ein Mensch sie war.

»Wir haben also noch eine Chance«, sagte sie.

»Ja, genau, davon rede ich. Für diesmal wird es noch gutgehen.« Ein Lächeln begann sich in seinem Gesicht auszubreiten.

Sie hob den Kopf.

»Wenn Sie mich nicht anlügen.«

»Was?« Der Gedanke schien ihm völlig neu zu sein. »Wieso sollte ich …? Also hey!« Er suchte offenbar nach den richtigen Worten. »Ich lüg Sie nicht an. Das wäre doch total irre. Ich wollte nur helfen. Was Gutes aus meinem Fehler machen.«

»Ich muss das mit den zuständigen Ärzten besprechen.« Nguyen schüttelte den Kopf, langsam und widerwillig.

»Aber die werden mich entlassen!« Als er ihren ruhigen Blick bemerkte, überlegte er schnell und fügte hinzu: »Und die werden Ihrem Mann die Injektion nicht geben, überlegen Sie mal. Die werden auf Nummer sicher gehen.«

»Das werde ich auch«, sagte Nguyen. Aber sie bewegte sich nicht. Klingelte nicht nach der Schwester. Griff nicht nach dem Telefon.

»Ich hab es nur gut gemeint.« Stefans Stimme war leiser geworden. »Ich hätte es ja auch lassen können.«

Sie schaute ihn an. Erwog die Situation.

»Sie wollten helfen.«

»Und sitze jetzt in der Scheiße.«

Sie überlegte. Dann nahm sie die Spritze. Sie holte ein Taschentuch aus ihrer Handtasche, wischte das Ding sorgsam ab und übergab es, in das Tuch gewickelt, an den Pfleger. Drei Monate; das war besser als nichts.

»Nur *Ihre* Fingerabdrücke«, sagte sie. »Und ich mache ein Handyfoto davon, wie Sie die Injektion setzen. Sollte ihm irgendetwas zustoßen.«

»Schon klar. Wird es aber nicht.« Mit entschlossenem Gesicht nahm er die Spritze entgegen und setzte die Injektion. Sie beobachtete alles durch den Sucher ihrer Kamera. Es kam ihr vor wie nicht wahr.

KAPITEL 28

Sie war im Hof beschäftigt, mit energischen Bewegungen streute sie das Hühnerfutter in den Auslauf, als sie ihren Sohn reden hörte. Sie richtete sich auf und legte die Hand an die Stirn. Da war er, oben auf dem alten Heuboden, dessen dreieckige Front zum Hof hin offen war. Ein anderer Junge war bei ihm. Sie spielten. Marga freute sich. Maik war viel zu oft allein. Sie ging hinüber, um zu fragen, ob sie etwas zu trinken wollten.

»Mama, schau!«, rief ihr Sohn. Aber es war der andere, der sprang. Als er sich zu ihren Füßen aus dem Heu aufrappelte, bemerkte Marga, dass sie ihn nicht kannte. Überrascht fasste sie ihn am Arm. Nicht unfreundlich. Nur, um ihn näher anzusehen. Er war so alt wie Maik. Genauso blond. Von den Dorfbuben war es keiner. Dafür war er auch viel zu schmutzig, die Kleider schon fast zerlumpt. Liebe Güte, der Junge sah aus, als hauste er im Wald. Er wollte gleich erschrocken weg.

»Warte doch«, sagte Marga, erstaunt über die Heftigkeit, mit der er sich loszureißen versuchte. »Ich tu dir doch nichts.« Der Junge sagte kein Wort und war scheu wie ein Tier. »Warte!«, rief auch ihr Sohn und sprang. Sprang ebenfalls. Er rief auch: »Schau!«

Marga schaute. Sie sah es. Hörte es. Der leichte Schlenker in der Flugbahn, der Balken, an den er geriet. Das Knacken, das vom Kopf her gekommen sein musste. Ihr Sohn fiel kaum gebremst, fiel bis ganz unten. Fiel wie eine Puppe ins Heu. Sie wusste, dass er tot war. Den anderen, den ließ sie nicht los. Ihr Griff war jetzt wie Eisen. Johann kam aus dem Werkstattschuppen angerannt. Sie schrie. Der Mann nahm den Sohn auf die Arme. Trug ihn ins Haus. Er war es auch, der ihn am Abend wieder hinaustrug. Marga schloss jedes Mal die Augen, um nicht zu sehen, wie willenlos der Kopf ihres Sohnes hin und her pendelte. In ihren Armen der andere. Der fremde Junge, widerstrebend, ängstlich. Den sie keinen Moment losließ.

»Wo hast du ihn hin?«, fragte Marga, als Johann zurückkam.

»Willst du nicht wissen.«

Noch immer hielt sie die Hand des fremden Kindes.

»Wo kommt der her?«, fragte Johann.

»Will ich nicht wissen.« Sie bockte. Sie wusste, es war nicht fair. Aber sie konnte nicht anders.

Ihr Mann sah sie nicht an. Er machte ein paar Anläufe, den Jungen zu fragen, wie er hieß, wo er herkam. Auf keine seiner Fragen gab der eine Antwort. Das Kind schien vom Himmel gefallen. Extra für sie. Und jetzt merkte sie: Es klammerte sich ebenso fest an sie, wie sie sich an ihm festhielt. Johann gab auf. Er protestierte nicht, als sie dem Kind ein Abendessen machte, das es verschlang, als hätte es Tage nichts gegessen. Er schwieg, als sie den mageren Körper auszog und gründlich wusch, die blauen Flecken und Kratzer mit Salben versorgte, ihm einen Pyjama anzog und den Jungen dann in das Bett legte, in dem in der Nacht zuvor noch ihr Sohn gelegen hatte.

Am nächsten Tag räumte sie die Schaufel weg. Und das Leben ging weiter.

»Wo, Johann, wo?« Marga Engel schaute Schlichthorn noch immer mit ihren eisblauen Augen an. »Schau, du hast gesagt, ich will's nicht wissen. Und du hast ja recht gehabt. Ich wollt's nicht wissen. Ich wollte nur das Kind. Aber all die Jahre hab ich nicht verkauft. Nichts. Es hätt' ja sein können, dass unser Junge dort liegt.«

Schlichthorn schaute sie an. Er begriff nur langsam, was sie ihm gerade erzählt hatte. Er räusperte sich, versuchte, in seine Rolle zurückzufinden. Wie es aussah, war es die Rolle eines Mannes, der seinen Sohn sang- und klanglos verscharrt hatte. Damit seine Frau ein fremdes Kind als das eigene ausgeben konnte.

»Was meinst du, Marga?« Er musste sich noch einmal räuspern. Hastig erhob er sich und ging zur Anrichte. Dort standen kleine Flaschen mit Mineralwasser. Er schraubte eine auf und trank daraus. Dabei wanderten seine Augen noch einmal über die Bilder. Maik Engel, dachte er. Und der Fremde aus dem Heuschober. Ein Junge, der von irgendwoher gekommen war und nach dem niemand gefragt hatte. Marcel Degenhardt? Schlichthorn wandte sich wieder um.

Gegen seinen Willen rührte ihn der Anblick der Alten auch dieses Mal. So dünn. So durchsichtig. Wie die Mumie eines Engels. Marga Engel hatte alleine gelebt, bis man sie hilflos herumirrend fand. Er dachte an seinen Schrebergarten, an sich und die Badelatschen, in denen er zur Wirtschaft vor zu schlappen pflegte, um noch ein paar Bier zu holen. Was, wenn er eines Tages den Weg nicht mehr fand? Ebenfalls umherirrte zwischen Gartenzwergen und Osterglocken? Verlorengegangen. Die Menschen konnten auf vielerlei Weise verlorengehen.

»Was meinst du, Marga«, wiederholte er. »Wo ist der Junge nur hergekommen?«

»Nicht fragen.« Jetzt lächelte sie. »Das hast *du* immer gesagt. Nicht fragen, Johann.« Sie schloss kurz die Augen. Als sie sie wieder öffnete, schien sie in einer anderen Welt zu sein. »Er hat schlimme Träume«, sagte sie nachdenklich. »Immer träumt er schlecht. Aber das ist jetzt vorbei.« Sie streckte die Hand aus. Schlichthorn konnte nicht anders, als sie zu ergreifen. Der Ärmel des Nachthemds rutschte zurück. Erst jetzt bemerkte er die Kanüle, die mit vielen Pflasterstreifen auf der Haut fixiert war. Er konzentrierte sich darauf, um ihr nicht ins Gesicht sehen zu müssen. »Du bleibst bei mir«, sagte sie. »Keine Angst.«

»Ich habe keine Angst«, sagte Schlichthorn. Ihm war unwohl.

Sie lächelte. Seine Hand hielt sie mit derselben, unerwarteten Kraft wie zuvor. Keiner hat's gemerkt. Sie lächelte noch immer. Keiner hat je auch nur gefragt. Ihr Lächeln verschwand.

»Du bleibst bei mir«, wiederholte sie.

Als sie eingeschlafen war, kam ein Pfleger herein. Peinlich berührt löste Schlichthorn seine Hand aus der von Marga Engel.

»Sie hat mich für ihren Mann gehalten.«

»Kein Problem. Mich hält sie immer für ihren Sohn.« Der Pfleger zwinkerte.

Stefan Fink stand auf dem Namensschild an seinem blauen Kittelhemd.

»Tja.«

Schlichthorns Handy klingelte, und er war dankbar dafür. Es herrschte eine seltsame Atmosphäre in diesem Zimmer, als wäre die Zeit stehen geblieben. Er hatte das Bedürfnis, sich zu bewegen. Aber auch auf dem Gang wich das unsichere Gefühl nicht. Wem war er eben begegnet? Marcel Degenhardts Retterin, die ihn vor dem Heim beschützt hatte? Oder einer unglaublichen Egoistin, die das Kind seiner Vergangenheit und seiner Identität beraubte? Er ballte die Faust und war versucht, gegen die Wand zu schlagen. Stattdessen nahm er den Anruf entgegen.

»Frau Degenhardt?«, fragte er betont ruhig. Doch sehr schnell war es mit seiner Ruhe vorbei. »Meine Tochter hat *was?*«

Frau Degenhardt klang ebenfalls aufgeregt: »Ina Wuttke

hat mich angerufen. Sie sagt, Ihre Tochter hat vermutlich unseren Sohn gefunden. Und er soll, also ich versteh das nicht: Er soll in eine Geiselnahme verwickelt sein.«

»Jemand hat Marcel als Geisel genommen?« Mit rasender Geschwindigkeit ging Günther Schlichthorn die Optionen durch. Friedrichsdorf stand ihm vor Augen. Hatte dort jemand seinen Wagen gesehen? Gehört, was er gefragt hatte? War dadurch jemand aufgestört worden?

»Nein, er soll eine Geisel *genommen* haben. Herr Schlichthorn!« Das Letzte klang wie ein Hilferuf. Ihr Sohn: erst ein Phantom, das unter Mordverdacht steht. Jetzt ein Geiselnehmer. Er konnte ihre Verwirrung verstehen.

»Helfen Sie uns!«, bat sie.

»Was kann ich tun?«

»Ina hat vorgeschlagen, wir sollen hingehen und mit ihm reden. Das will ich auch! Aber mein Mann hält das für eine schlechte Idee.«

»Natürlich ist es das!« Schlichthorn hatte wieder zu seiner sicheren Stimme zurückgefunden. »Wir kennen die Situation nicht und können nicht einschätzen, was Ihr Auftauchen für Marcel bedeuten würde. Wenn er es ist.«

»Ich möchte nicht, dass er Schwierigkeiten bekommt.«

»Das kann ich gut verstehen, Frau Degenhardt.«

»Aber ich will ihn auch sehen!« Jetzt war er wieder da, der Anflug von Panik in ihrer Stimme. Schlichthorn hörte Gemurmel im Hintergrund, vermutlich Herr Degenhardt, der auf seine Frau einzuwirken versuchte.

»Frau Degenhardt, hören Sie zu.« Schlichthorn packte

den Apparat fester. »Ich will Ihnen jetzt nicht mit dem dummen Spruch kommen, dass es nach so vielen Jahren auf ein paar Stunden mehr nicht ankommt.«

Ihre Antwort kam prompt: »Dafür bin ich Ihnen auch sehr dankbar, Herr Schlichthorn.«

»Aber«, fuhr er fort, ohne auf ihren Kommentar einzugehen, »wir wissen einfach zu wenig, um Sie so einem Stress auszusetzen. Im Grunde wissen wir nicht einmal, ob die Polizei den Richtigen hat.«

»Der DNA-Abgleich läuft noch, ja. Aber ...« Sie brachte den Satz nicht zu Ende.

Er überlegte. Er würde anbieten, selbst hinzugehen, sich ein Bild von der Lage zu machen. Und erst, wenn er überzeugt wäre, dass es sich wirklich um Marcel Degenhardt handelte, und dass Marcels Eltern in dieser Situation helfen konnten, würde er sie dazurufen. Halten Sie sich in Bereitschaft, wollte er gerade mahnen.

Da sagte Frau Degenhardt: »Ina sagt, unser Sohn hätte die ganze Zeit hier in der Nähe gelebt. Unter dem Namen Maik Engel.«

»Verdammt!«, entfuhr es ihm.

»Stimmt das, Herr Schlichthorn? Herr Schlichthorn?«

Er überlegte. Sollte er sich rechtfertigen? Er hatte es schließlich selbst eben erst erfahren. Sollte er lügen und sagen, er wisse es noch nicht?

Frau Degenhardt meldete sich wieder.

»Es *ist* Marcel, richtig?«

Günther Schlichthorn beschloss, Erklärungen auf später zu verschieben. »Sagen Sie mir, wo ich hinmuss.« Er zückte Stift und Notizbuch. Sie gab ihm die Adresse. Schlichthorn war so geistesgegenwärtig, aufzulegen, ehe er fluchte. Verdammte Scheiße, er konnte es fühlen. Der Junge hatte Mist gebaut. Großen Mist.

KAPITEL 29

Als ihr Vater zwischen den stumm rotierenden Blaulichtern im Vogelbeerweg auf sie zukam, verschlug es Katja für einen Moment den Atem.

»*Dich* haben sie geschickt?«, fragte sie. »Die Degenhardts trauen dir ja ganz schön was zu.«

»Wen hast du sonst erwartet? Hast du wirklich vorgehabt, betroffene Eltern in so eine Situation zu bringen?« Ehe Katja etwas sagen konnte, fuhr ihr Vater fort. »Lasst *mich* mit ihm reden. Ich kann ihn überzeugen. Er wird mir zuhören, wenn ich ihm von seinen Eltern erzähle.«

»Von seinen Eltern? Es *ist* also Marcel Degenhardt«, stellte Katja fest. Die Reaktion ihres Vaters sprach Bände. Er war sich sicher. Ihre Gedanken überschlugen sich. »Wie lange weißt du es schon?«

»Seit gerade eben.«

Sie schnaubte ungläubig.

»Er wird mir vertrauen.«

»Ja, aber ich tue es nicht.«

»Kommt es darauf jetzt an?«

Katja erwog ihre Möglichkeiten. Drinnen war inzwischen alles still. Nach dem letzten Schrei hatten sie nichts mehr gehört. Zu sehen war ebenfalls nichts. Die beiden Männer konnten sich irgendwo im Haus befinden. Da es sich bei dem Geiselnehmer wirklich um Marcel Degenhardt handelte, war er vermutlich darauf aus, Brinkmann zu töten, wie er es mit Born getan hatte. Möglicherweise hatte er es schon getan. Nach allem, was sie wussten und annahmen, könnten sie es sogar mit einem erweiterten Suizid zu tun haben. Sie mussten mit allem rechnen, aber sie hatten keine Ahnung, was vor sich ging. Und das Telefon nahm Degenhardt nicht ab. Es gab also keine Verhandlungen, keinen Zugang, der irgendwie versprach, dass man um eine Stürmung des Hauses herumkam. Ihr Vater hatte recht. Wenn sie eine Chance haben wollte, das hier friedlich zu lösen, kam es nicht auf ihren verletzten Stolz an.

»Also gut. Ich rede mit den Leuten. Du gehst zum Gartentor.«

Es war eine Menge Palaver notwendig. Doch am Ende ließ Katjas Chef sich davon überzeugen, dass sich das Risiko einer Geiselnahme ihres Vaters mit der Chance aufwog, die Situation durch ein Gespräch zu lösen. Geduldig stand Schlichthorn da und ließ sich abtasten. Eine Wanze lehnte er ebenso ab wie eine Waffe. Nicht einmal eine Schutzweste wollte er tragen. »Ich gehe da als Zivilist rein. Der Junge soll mir schließlich vertrauen.« Katja wies den SEK-Mann, der ihren Vater durchcheckte, mit einem Kopfnicken an, zurückzutreten. Ehe er ging, flüsterte der Mann Schlichthorn zu: »Lass dich nicht auf einen Geiselaustausch ein. Dieser Brinkmann ist das Risiko nicht wert.«

»Los jetzt!«, kommandierte Katja.

Mit erhobenen Händen ging Schlichthorn durch das Gartentor und dann auf die Eingangstür zu. Katja hielt den Atem an. Schlichthorn hielt vor der Tür an. Schließlich läutete er. Alles wurde still.

»Was macht er denn da?«, fragte Thorsten, der sich neben Katja positioniert hatte.

»Er zündet sich eine Zigarette an.« Ein Raunen ging durch die Mannschaft, das abrupt stoppte, als die Tür aufging.

Man sah einen dunklen Spalt. Schlichthorn neigte den Kopf dicht an den Rahmen und sagte etwas. Sie konnten nicht verstehen, was es war.

»Warum wollte er sich eigentlich nicht verkabeln lassen?« Thorsten schüttelte den Kopf. »Vertrauen hin oder her.«

»Er macht das schon.« Katja war selber erstaunt, dass sie das sagte. Aber sie fühlte, es war die Wahrheit. Ihr Vater würde den Jungen überzeugen. Marcel würde sich ihm anvertrauen. Sie selbst hatte das auch einmal getan. Der junge Degenhardt konnte einem leidtun.

»Hallo«, sagte Schlichthorn zu dem jungen Mann, der vor ihm stand. Er hatte ihn ja schon einmal gesehen, vor ein paar Tagen auf dem Friedhof. Damals war ihm nicht aufgefallen, wie unglaublich dünn er war. Seine Haut hob sich blass von dem rotblonden Haar ab. Die blauen Augen lagen tief in den Höhlen. Maik oder vielmehr Marcel war krank, da gab es keinen Zweifel. Und Schlichthorn fragte sich auch, ob er wirklich je von den Drogen losgekommen war. »Hallo«, wiederholte Schlichthorn seinen Gruß. »Die Eltern von Peter schicken mich. Von deinem Freund Peter Lorenz. Und deine Eltern. Sie machen sich Sorgen um euch.«

Es war nicht zu erkennen, was in dem jungen Mann vorging. Schlichthorn zog das schwarze Buch heraus, das er in der Behausung des Friedhofsgärtners entdeckt hatte.

»Du weißt nicht, wer du bist, nicht wahr? Du weißt nur, dass Maik nicht dein richtiger Name ist.«

Die Hand des jungen Mannes fuhr vor.

»Woher haben Sie das?« Er nahm sein Tagebuch an sich.

»Dein richtiger Name ist Marcel. Deine Eltern haben mir das gesagt. Sie schicken mich.«

»Meine Eltern?« Der Ton war leise, fragend.

»Deine leiblichen Eltern. Nicht die Engels, denn das sind nicht deine Eltern, nicht wahr?«

»Ich ... die ... keine Ahnung. Ich weiß nichts von meinen Eltern.«

»Aber sie wissen von dir, Marcel. Sie haben dich gesucht, die ganze Zeit. Seit du ihnen weggenommen wurdest.«

»Ich wurde entführt?«

»Ja, Marcel. Das wurdest du.«

Das Gesicht des jungen Mannes verzerrte sich. »Ich wurde verschleppt und festgehalten? Genau wie ich es immer geträumt habe?«

»Ja. Das war alles wahr.«

»Von Außerirdischen, wie ich es mir dachte?«

Schlichthorn unterdrückte ein Lächeln.

»Nein, nicht von Außerirdischen. Du bist Opfer eines Verbrechens geworden, Marcel. Ich erklär's dir. Komm, lass mich rein.«

Der junge Mann weinte jetzt hemmungslos.

»Alle haben immer gesagt, ich würde spinnen, ich sei schizophren. In der Klinik, ich, ich ...« Seine Hände zitterten, der Rotz lief ihm aus der Nase. Er konnte kaum sprechen.

Schlichthorn nahm das Tagebuch wieder an sich und steckte es hinten in seine Jacke. Mit den freien Händen schob er die Tür vorsichtig weiter auf. Marcel Degenhardt ließ es widerstandslos geschehen. Das war der kritische Moment. Wenn Katja alles richtig mitbekam und jetzt reagierte, hätte sie den Jungen. Er musste schneller sein.

»Wir sollten reingehen«, sagte Schlichthorn betont gelassen und sanft. »Hier draußen ist es nicht sicher.«

»Verfolgen sie mich immer noch?« Marcel riss die Augen auf.

Schlichthorn konnte sehen, wie groß und blau sie waren. Er fragte sich, wie oft Martina Degenhardt diese Augen in ihren Träumen sah. »Ja, sie verfolgen dich noch.« Sacht drückte er Marcel nach drinnen und war erleichtert, als dessen Körper nachgab und er sich führen ließ. Mit Nachdruck schloss er hinter sich die Tür, sperrte ab mit dem Schlüssel, der noch steckte, und legte die Kette vor.

»Was ist jetzt?«, fragte Thorsten nervös.

»Wir warten.« Über Katja war mit einem Mal eine große Ruhe gekommen.

Der SEK-Einsatzleiter kam herüber.

»Der Chef sagt, wir haben zehn Minuten.«

»Zehn Minuten«, wiederholte Katja und fragte sich, ob das reichen würde, das Leben von Marcel Degenhardt zu erklären. Sogar für jemanden wie ihren Vater war das knapp. Sie nickte und wandte sich wieder an ihren Partner.

»Ich will, dass du dich hinter dem Haus umschaust.«

»Das haben die Kollegen doch alles im Visier.«

»Dann bleib aus dem Visier. Aber behalte alles im Auge, verstanden? Ich will dort hinten jemanden, der nicht bis zum Kragen voll ist mit Adrenalin oder Mitgefühl.«

»Na, ich weiß nicht.« Thorsten atmete tief ein. Aber er gehorchte. »Ich pass für dich auf«, versprach er.

»Und ich steh an der Vordertür.« Sie lächelte. »Dann wird uns wohl keiner entkommen.«

»Achtung! Da kommt jemand!«

Katja wirbelte herum und griff instinktiv nach ihrer Waffe, ehe sie sich erinnerte, dass ihre Dienstpistole angesichts der geballten Feuerkraft ringsum eher lächerlich wirkte. Sie steckte sie wieder weg.

»Es ist Brinkmann!« Die Nachricht wurde vielfach über Mikrofone durchgegeben. »Brinkmann!« »Es ist die Geisel!« »Die Geisel kommt raus!«

In der Tat stand der Erzieher in der Tür seines Hauses. Das Klebeband um seine Beine war gelöst worden, nur seine Hände waren noch gefesselt. Er hob sie krampfhaft über den Kopf und brüllte wieder und wieder: »Nicht schießen!« Sein Jogginganzug und sein Gesicht waren blutverschmiert. Eines der Augen war zugeschwollen. Unsicher blieb er in der Mitte des Plattenwegs stehen, genau im Kegel der Scheinwerfer. »Hilfe!«, rief er. »Bitte!«

Katja stürzte vor. Etwas war komisch an der Sache, aber erst einmal musste sie sich darum kümmern, dass Brinkmann, der im Moment von zwei SEK-Leuten in Sicherheit gezerrt wurde, in Polizeigewahrsam kam. Schon setzten sich die Sanitäter in Bewegung.

»Augenblick!« Katja hob ihren Dienstausweis. »Der Mann ist ein Verdächtiger in einem Mordfall und geht nirgendwohin.«

Einige Minuten verbrachte sie damit, mit dem Notarzt darüber zu diskutieren, ob Brinkmann in ein Krankenhaus gehörte oder nicht, und wer dort seine Überwachung übernahm. Dann erst kam sie dazu, über Funk ihren Partner zu rufen.

»Alles klar, Thorsten?«

»Alles ruhig hier hinten.« Im Hintergrund hörte man Rascheln und Gelächter. Offenbar klatschte er sich mit jemandem ab. »Gratuliere auch zur Geiselbefreiung. Das hat dein Vater prima hingekriegt. Noch nicht mal zehn Minuten.«

»Ja«, gab Katja zu. Sie schaltete das Funkgerät ab. »Ein voller Erfolg«, murmelte sie für sich selbst und voller Zweifel. Ihr Blick blieb auf das Haus gerichtet.

Sieben Minuten später war noch immer alles still im Vogelbeerweg 28. Acht Minuten später stürmte eine

Gruppe des SEK unter knappen Kommandorufen mit automatischen Waffen und Rammbock das Haus. Man hörte Holz krachen, Glas klirren und das Stampfen schwerer Stiefel, immer wieder unterbrochen von dem Ruf: »Sicher!«, der bis auf die Straße zu hören war. Dann wurde es erneut still. Schließlich der Funkspruch: »Das Haus ist sicher.«

»Und?«, brüllte Katja, die sich nicht beherrschen konnte, in das Gerät.

»Es ist leer.«

Katja und der SEK-Leiter schauten einander an. Katja nahm ihr Funkgerät in die Hand.

»Thorsten«, schrie sie. »Wie sieht es aus?«

»Ich weiß nicht. Moment.«

Katja wartete die Antwort nicht ab. Sie war bereits auf dem Weg in den rückwärtigen Garten. Rannte an der Schaukel vorbei, an dem Sandkasten. Sie sah die SEK-Beamten aus den Büschen kommen; sie machten sich daran, den Garten zu durchkämmen. Aber Katja wusste, dass es zu spät war. Inmitten der Unruhe blieb sie stehen und schaute sich um. Wie hat er das gemacht?, fragte sie sich. Wie hätte ich es gemacht? Ihr Blick wanderte und blieb an einem Kellerfenster hängen. Es war ein ganz normales mit einem Metallrost verbundenes, geschlossenes Fensterchen. Aber es wäre groß genug. Ihr Blick wanderte weiter. Wo sich das nächste Fenster befinden musste, wenn die Abstände regelmäßig waren, schmiegte sich ein riesiger, dichter Winterjasmin an das Haus. Katja ging hinüber. Mit beiden Armen hob sie die Zweige an. Sie war nicht erstaunt, darunter ein Kellerfenster zu finden. Das Gitter war nur angelehnt. Der Busch bot Sichtschutz und einen Hohlraum, in dem früher einmal Kinder gespielt haben mussten. Das verriet die Anwesenheit von uraltem, längst zerbrochenem Sandspielzeug. Der Blutfleck auf der Erde daneben allerdings war frisch. Katja ließ die Zweige sinken und überschlug, wie lange die beiden da unten gelegen haben mochten. Vermutlich genau bis zu dem Moment, in dem Brinkmann vor das Haus getreten war und für Ablenkung gesorgt hatte. Der Arme hatte seine Rolle gespielt, ihm war auch keine Wahl geblieben. Vermutlich hatte er gar nicht begriffen, dass er bloß ein Köder gewesen war. Er hatte sein Glück, einfach so freizukommen, ja selber kaum fassen können. Während dann alle auf die Vordertür starrten, hatten ihr Vater und sein Schützling sich aus dem Gebüsch gerollt. Der Sandkasten war der nächste logische Stopp; wahrscheinlich waren sie auf dem Bauch in seinen Sichtschutz gerobbt. Oder … Katja hastete zurück zu dem kniehohen Kasten und packte die Plane, die ihn bedeckte. Mit einem Ruck zog sie sie ab. Sand, und noch mehr kaputtes Spielzeug. Daneben im Gras frische Abdrücke. »Verdammt!«

Thorsten kam an ihre Seite. Sie zeigte auf die Spuren.

»Durch den Keller«, sagte sie, mit ausgestrecktem Arm die Route markierend. »Dann hierher und wahrscheinlich dort durch die Hecke.« Sie ging hinüber. Der Drahtzaun hinter den Büschen war niedergetreten. Natürlich. »Und das alles vor euren Augen!«, fuhr sie den nächstbesten Beamten an, der zu ihnen trat. Thorsten senkte den Kopf.

»Dein Vater hat ihn hier rausgeschafft? Aber warum?«

»Er ist Teil seiner Kundschaft.«

»Aber …«

»Ja«, sagte Katja Schlichthorn. Mehr nicht. Sie betrachtete die Lichter eines entfernt liegenden Hochhauses, das wie ein Riegel vor den drei kleinen Wohnstraßen lag, zu denen die Vogelbeerstraße gehörte.

»Wir werden Hunde brauchen«, stellte Thorsten fest, »wenn wir sie verfolgen wollen.«

»Das dauert zu lange.« Katja war sich sicher. »Aber wir kriegen sie.«

»Wie denn, sollen *wir* sie verfolgen?«

Katja lächelte. Im Grunde war die Entwicklung gar nicht so übel. Sie war zumindest das Zweitbeste, was ihr hatte passieren können. Alle lebten und sie hatten einen Verdächtigen in Gewahrsam. Den zweiten würde sie auch noch einfangen.

»Nein«, antwortete sie. »Nicht jagen. Wir werden ihnen einen Schritt voraus sein.«

KAPITEL 30

Ehe sie das Haus verließen, löschten die Degenhardts das Licht und beobachteten lange die stille Wohnstraße, auf der sich um diese Uhrzeit keine Fußgänger mehr befanden. Ein Mann mit Hund kam vorbei, doch sie kannten ihn. Trotzdem zögerte Martina Degenhardt. Ihr Atem ging schwer.

»Wir werden ihn sehen«, flüsterte sie. Ihr war, als gebe der Boden unter ihren Füßen nach. »Wir werden ihn sehen.«

»Ja.« Mehr brachte ihr Mann nicht heraus. In seiner Aktentasche lag das Fotoalbum, das sie all die Jahre aufgehoben hatten. Bilder von Marcel, Martina und ihm. Aus der Zeit vor ihrer Verhaftung. Babybilder, Sandkastenbilder, Schnappschüsse von einem Ausflug auf den Petersberg. Alles so harmlos. Die Farben verblichen, tausendmal durchblättert. Gerhards Mutter hatte es über die Zeit ihrer Haft gerettet und ihnen später wieder in die Hand gedrückt. Schweigend, mit abgewandtem Kopf. Als zeige das Album nur Tote. Jetzt, zum ersten Mal, sollte es etwas Gutes tun. Marcel sollte sich erkennen, sollte sich erinnern.

Durch die Verbindungstür gingen sie in die Garage. Per Knopfdruck öffnete er das Tor und nutzte die Gelegenheit, um noch einmal straßauf, straßab zu blicken. Nirgendwo gingen plötzlich Lichter an. Kein Motor brummte auf. Die Limousine mit seiner Frau am Steuer schob sich an seine Seite, schnell stieg er in den Wagen.

»Links«, kommandierte er. Sie gehorchte ohne Rückfrage. »Erst einmal auf den Ring. Und gib Gas.« Der Verkehr um diese Zeit war spärlich. Nach einer Weile fiel ihnen ein Scheinwerfer-Paar auf, das konstant hinter ihnen blieb. »Links«, kommandierte Herr Degenhardt wieder. »Und durch die Stadt.« Er behielt den Rückspiegel im Auge, während seine Frau lenkte. Ihre Hände zitterten, doch ihrem Fahrstil merkte man nichts davon an. »Jetzt ist er abgebogen. Fahr in die Andreas-Straße.«

Schweigend sahen sie die dunkle Silhouette der Zitadelle an sich vorbeiziehen. Vor ihnen lag der Domplatz. Sie fuhren jetzt Schritt, ganz bewusst. Hier in der Innenstadt gab es mehr Fußgänger. Ihre Gedanken waren bei dem Tag vor über zwanzig Jahren, an dem die Männer in ihre Wohnung eingedrungen waren. Sie hatten Gerhard und ihr Handschellen angelegt. Sie konnte das Metall noch fühlen. Es hatte sie gehindert, ihren Sohn zu berühren, der ihre Knie umklammert hielt. Jemand hatte ihn von ihr weggerissen. Sie hörte noch seine Stimme.

»Martina! Bieg ab, sag ich. Ins Parkhaus.« Sie kam zu sich und gehorchte. Die Erinnerung an diese Stimme war das Schlimmste gewesen. Nicht die Anschuldigungen, nicht die Verhöre. Marcels Stimme.

»Glaubst du?«, begann sie. Er legte den Finger auf die Lippen, als könnten ihre Verfolger sie hören. Martina Degenhardt steuerte eine Parklücke an, wartete, bis der Wagen, der hinter ihnen hereingekommen war, langsam das Deck abgefahren hatte und auf dem Weg zu einem tieferen Stockwerk war. So schnell sie konnte, fuhr sie wieder zum Ausgang. Um diese Zeit war der Absperrbalken oben. Unbehelligt kamen sie hinaus.

»Und jetzt zum egapark, schnell.«

»Glaubst du, die waren hinter uns her?«, fragte sie, während sie sich in den Verkehr einfädelte.

»Keine Ahnung, aber falls ja, sind sie es jetzt nicht mehr.« Er griff hinüber und drückte ihren Unterarm. »Wir werden ihn sehen«, sagte er mit warmer Stimme.

»Ja.« Diesmal war sie es, die kein weiteres Wort herausbrachte.

»Wir übernehmen«, sprach Katja in das Funkgerät. »Ich sehe sie kommen, danke.«

Thorsten wartete noch ein paar Autos ab, ehe er sich hinter der Limousine in den Verkehr einreihte.

»Sachte«, verlangte Katja trotzdem. Sie kniff die Augen zusammen und ließ zu, dass das Licht der Scheinwerfer des Wagens, der jetzt direkt vor ihnen war, verschwamm. Im Kopf ging sie die Namen durch, die ihr einfielen.

»Sie werden rechts abbiegen«, sagte sie, fast im selben Moment, als der Wagen, ohne den Blinker gesetzt zu haben, nach rechts ausbrach. »Fahr weiter und nimm vorne die Abzweigung links.

»Aber …«, begann Thorsten.

»Rechts und wieder rechts. Ich weiß, wo sie hinwollen.«

Katja sollte recht behalten. Als sie von der anderen Seite in die Straße einbogen, sahen sie den entgegenkommenden Wagen der Degenhardts am Straßenrand halten. »Sie wollen in die Nummer zehn. Da wohnt ein alter Kumpel von meinem Vater.«

Thorsten und Katja waren aufs äußerste gespannt, als sie ausstiegen. Beide hatten die Hände am Holster: Thorsten unsicher, die Augen immer auf seine Chefin gerichtet. Katja mit grimmigem Blick. Unter dem Vordach der Haustür standen die Degenhardts, dicht aneinandergedrängt wie verängstigte Kinder. Er schaute sich immer wieder nervös um. Sie drückte auf die Klingel, wieder und wieder.

»Vergiss es«, murmelte Katja, die geduckt hinter dem Metallzaun des Grundstücks entlangkam. Erst in der Hofeinfahrt richtete sie sich auf. »Polizei!«, rief sie, gerade in das Summen des Türöffners hinein. »Gehen Sie aus dem Weg. Sie behindern einen Polizeieinsatz.«

Zögernd hob Herr Degenhardt die Hände. Die Aktentasche baumelte schwer an seinem Handgelenk. Seine Frau hingegen trat vor.

»*Sie* richten keine Waffe auf mich«, rief sie fordernd.

»Martina, bleib ruhig.« Das war ihr Mann. »Wir werden das in aller Ruhe regeln.«

»Sie«, schrie Martina Degenhardt und wies mit der Hand auf Katja. »Sie verdammte Stasi-Schlampe werden sich nicht einmischen!«

»Mama?« Die Stimme kam aus dem Hausflur. Frau Degenhardts Kopf wirbelte herum. Der Anblick war ein Schock. Kein kleiner Junge im karierten Hemd, kein Sechsjähriger. Ein fremder Mann stand da. Schmuddeliges Shirt, größer als sie. Sie wischte sich über die Stirn.

Katja nutzte den Moment, um sie zu packen, ihr die Hand auf den Rücken zu drehen und sie gegen die Hauswand zu drücken.

»Katja, lass den Unfug, verdammt noch mal.« Das war die Stimme ihres Vaters, laut, autoritätsgewohnt. Aber das konnte er vergessen.

»Thorsten.« Katja gab ihrem Partner durch ein Kopfnicken zu verstehen, dass er Marcel Degenhardt festnehmen sollte. »Oder möchtest du wieder ein Husarenstück abziehen, Papa?« In ihrer Stimme lag leise Verachtung. Aus den Augenwinkeln bemerkte sie, wie ihr Vater und Degenhardt ein leises Kopfschütteln austauschten. Die beiden gaben auf. Die Frau vor ihr aber wehrte sich wie eine Furie.

»Was werfen Sie ihm vor? Was wollen Sie von ihm?«

»Martina, Martina.« Mit einem Blick suchte Herr Degenhardt um Katjas Erlaubnis nach, die Hände herunternehmen zu dürfen.

Er nahm seine Frau bei den Schultern. Katja trat zurück und überließ sie ihm.

»Martina, wir regeln das auf unsere Weise.« Leise redete er auf sie ein. »Wir bekommen unseren Sohn. Niemand kann ihn uns mehr wegnehmen. Nie mehr.«

Als sie in Tränen ausbrach, steckte Katja ihre Waffe weg. Der letzte kritische Moment kam, als Thorsten Marcel Degenhardt die Treppe herunterführte, an seinen Eltern vorbei. Mit großen Augen schaute Marcel von einem zum anderen. Sein Vater versuchte ein Lächeln.

»Wir werden uns um dich kümmern«, sagte er.

Dann fiel Marcels Blick auf Martina Degenhardt.

Die streckte die Hand aus, um ihren Sohn zu berühren. Kurz bevor sie ihn erreichte, hielt sie inne. Für einen Moment sahen sich die beiden in die Augen. Thorsten blieb mit seinem Gefangenen stehen. Der Moment schien für Mutter und Sohn mehr zu bedeuten, als sie selbst begreifen konnten. Dann stieß Katja ihren Partner an und er setzte sich wieder in Bewegung.

»Was …?«, fragte Herr Degenhardt. Er musste sich räuspern. »Was werfen Sie unserem Sohn vor?«

»Mord«, antwortete Katja prompt. »Mord an Dr. Theodor Born. Sie kennen den Namen, nehme ich an.«

»Sie verdammter IM-Spitzel.«

Katja schob das Kinn vor.

»Sie sollten besser aufpassen, was Sie da sagen.«

Herr Degenhardt nahm seine Frau beim Arm. »Komm, Martina. Wir haben zu tun.« Er zog sie mit sich. Über die Schulter sagte er noch: »Diesmal kämpfen wir mit den gleichen Waffen.«

Katja kam nicht zu einer Antwort. Ihr Vater trat neben sie.

»Verdammt«, seufzte er nur.

Katja wartete auf das Donnerwetter, doch es kam

nicht. Irgendwann, als von dem Ehepaar nichts mehr zu sehen war, schüttelte er den Kopf.

»Ich sollte dich übers Knie legen«, sagte er.

»Günther Schlichthorn, immer auf dem Weg, das Richtige zu tun.« Sie war so wütend, dass sie kaum sprechen konnte. Auf sich, auf ihn, auf die ganze Welt. Sie streckte die Arme nach oben, um sich zu dehnen. Endlich fiel ihr ein, dass sie zu Thorsten in den Wagen musste. Sie hatte eine Nacht voller Arbeit vor sich. »Ich muss los«, sagte sie, erleichtert, dass es so war. »Aber ich sag's dir: Dein Verhalten heute Nacht wird Folgen haben.«

KAPITEL 31

Das Ehepaar Degenhardt bestand darauf, als Anwälte bei der Befragung von Maik Engel alias Marcel Degenhardt dabei zu sein. Besorgt bemerkte Katja, dass Frau Degenhardt nicht darauf verzichtete, die Hand ihres Sohnes zu halten.

»Möchten Sie nicht die DNA-Probe abwarten?«, fragte sie, erhielt jedoch keine Antwort.

»Ihr Name?«, sagte sie also, nachdem sie das Band angestellt sowie Ort und Uhrzeit festgestellt hatte.

»Ich bin nicht Maik Engel«, sagte Marcel. »Das bin ich nicht, das habe ich schon immer gewusst.«

Seine Mutter lächelte und drückte seine Hand. Herr Degenhardt wischte sich mit einem Taschentuch über die Stirn. Eine Geste, hinter der er sich für einen Moment zu verstecken schien.

»Das wissen wir inzwischen«, sagte Katja. »Ihren richtigen Namen bitte.«

Über das hagere Gesicht des jungen Mannes glitt ein Lächeln, so strahlend, dass man eine Gänsehaut bekommen konnte.

»Marcel«, sagte er, leise, probehalber, als koste er von jeder Silbe. Er lauschte dem Namen nach und wiegte den Kopf. »Mein richtiger Name.« Er lachte auf. Dann ging der Ton in ein Weinen über. Er ließ Martina Degenhardts Hand los und presste sich beide Fäuste an die Stirn. Sein Körper wippte vor und zurück. »Und die haben alle gesagt, ich sei wahnsinnig. Mein Leben lang haben die mich für verrückt erklärt.«

Schließlich räusperte Gerhard Degenhardt sich. »Frau Kommissarin, ich habe starke Bedenken, dass mein … Mandant überhaupt in der Lage ist, befragt zu werden. Ich beantrage die Hinzuziehung eines Arztes und eines Psychiaters.«

Katja Schlichthorn beneidete Thorsten darum, sich mit Brinkmann herumschlagen zu dürfen.

»Hören Sie, das mit den Fotos, das kann ich erklären, das ist alles ganz harmlos. Eine Sache unter Kumpeln. Die Jungs mögen mich, da können Sie fragen, wen sie wollen. Ich nehm mir Zeit für die, ich mach was mit denen. Letztes Jahr haben wir sogar die Stadtmeisterschaft in unserer Altersgruppe gewonnen …«

Thorsten lehnte sich zurück und ließ den Mann reden. Über Kinder. Darüber, dass sie Zeit brauchten und Zuwendung. Und Vertrauen. Dass ein Klaps oder ein Abklatschen oder ein In-den-Arm-Nehmen einfach dazugehöre. Auch Jungen brauchten Nähe. Die Gesellschaft gestehe so etwas nur Frauen zu. Seine Jungs würden für ihn durchs Feuer gehen. Und so weiter und so fort. Thorsten ließ eine ganze Weile verstreichen, in der er nur hin und wieder an seinem Kaffee nippte. Brinkmann hatte er keinen angeboten. Dem Mann war das noch gar nicht aufgefallen. Er war zu beschäftigt, sich über die Missverständnisse der vergangenen Zeit auszulassen, die seine wertvolle Arbeit um Jahre zurückwürfen. Letztlich seien die Kinder die Leidtragenden dieser Hexenjagd. Denn das sei es doch, eine Hexenjagd, jawohl. Unter kräftiger Mithilfe der Behörden. Was jetzt seine Nachbarn denken sollten, und der Verein. Die Eltern. Einfach alle. Wie die Polizei ihn wie einen Verbrecher habe aussehen lassen.

Er presste das Kühlkissen, das der Notarzt ihm gelassen hatte, auf sein geschwollenes Auge. Unter seiner Nase war eine Spur geronnenen Blutes zurückgeblieben. Die Oberlippe war aufgeplatzt, hatte aber nicht genäht werden müssen. Alles in allem sah er weniger übel aus, als Thorsten erwartet hatte. Marcel schien einen großen Teil seiner Wut und Frustration an den Möbeln des Erziehers ausgelassen zu haben. Vielleicht hatte er auch einfach zu wenig Übung darin, Leute effektiv zu verprügeln.

»Ein Verbrecher!«, fuhr Brinkmann fort. »Dabei bin ich in Wirklichkeit das Opfer in dieser Geschichte. Ich werde Anzeige erstatten, jawohl. Anzeige erstatte ich. Wegen Hausfriedensbruchs! Und Körperverletzung. Der Typ hätte mich beinahe umgebracht. Das muss ich mir nicht bieten lassen. Ich bin ein unbescholtener Bürger. Ich bin …«

Thorsten neigte sich vor. Die leichte Bewegung genügte, den Mann zum Schweigen zu bringen. Ein Moment der Stille entstand. Thorsten stellte den Kaffeebecher weg.

»Sehen Sie«, sagte er schließlich. Er verschränkte die Hände auf dem Tisch. »Der Punkt ist, dass mich das null Komma null interessiert.«

Brinkmanns einsetzenden Protest unterbrach er einfach, indem er aufschaute.

»Wir sind hier nicht beim Einbruchsdezernat. Oder bei der Sitte. Oder der Bürgerbeschwerdestelle.« Er blickte auf die drögen beigefarbenen Wände des Zimmers, als könnten sie ihnen alles Notwendige verraten. »Wissen Sie überhaupt, wo Sie sich hier befinden, Herr Brinkmann?«

Der Erzieher versuchte ein Grinsen.

»Bei der Polizei?«, fragte er. »Meinem Freund und Helfer?«

Thorsten erwiderte das Grinsen, was den anderen dazu brachte, den Mund zu schließen. »Fast richtig«, sagte er. »Wir sind hier bei der Mordkommission. Und genau darum geht es.« Er gönnte sich eine weitere Pause. »Um Mord.«

»Möchtest du uns etwas über die Zeit erzählen, nachdem du aus dem Heim weggelaufen bist?«, fragte Katja Schlichthorn.

Angstvoll riss Marcel die Augen auf.

»Die Engels sind nicht meine Eltern, nicht wahr? Das sind sie doch nicht? Ich muss das nicht mehr sagen, oder? Ich muss das nicht mehr …« Er verbarg sein Gesicht. Frau Degenhardt legte den Arm um ihn.

»Nein, das waren nicht deine Eltern, Marcel«, bestätigte Katja. Sie notierte sich den Namen *Engel* und fügte ein

Fragezeichen hinzu. Bei wem hatte der Junge die Zeit nach dem Heim verbracht? Sie würde Vornamen brauchen, Adressen. Es schien nicht so, als wäre Marcel in der Lage, ihr diesen Teil der Geschichte zu erzählen. Gleichzeitig versuchte sie, ihre Stimme so ruhig und sanft wie möglich zu halten. Langsam wünschte sie sich, der Psychiater würde sich auf dem Weg hierher beeilen. Sie versuchte es anders und zog ein Bild aus ihren Unterlagen. Sie hielt es so, dass die Anwälte es sehen konnten. Als Gerhard Degenhardt zögernd nickte, schob sie Marcel das Bild hin. »Du kennst das Grab, nicht wahr?«, sagte sie. »Es gibt Aufnahmen, die dich dort zeigen.«

Zu ihrer Erleichterung hob der den Finger und tippte auf das Grabkreuz.

»Dort liegt Peter«, sagte er.

»Ja«, stellte sie erleichtert fest. Ein Schritt immerhin. »Peter Lorenz.«

Ehe sie weitersprechen konnte, hob Marcel den Kopf.

»Peter ist etwas sehr Schlimmes passiert.« Er atmete krampfhaft ein. Seine ganze Gestalt zitterte.

»Ja«, gab Katja zu. Sie erwog, wie weit sie gehen konnte. »Etwas sehr Schlimmes. Was weißt du darüber?«

»Keinem Kind sollte so etwas zustoßen.«

»Da hast du recht, Marcel.«

Ermutigt von der Zustimmung, fuhr er fort: »Peter wollte weglaufen. Aus dem Heim.«

Alle Anwesenden hielten die Luft an. Katja schrieb. Das war schon besser. Auch die Degenhardts mussten nun begreifen, was das bedeutete. Ihr Sohn wusste von Peter

Lorenz. Von seinem Verschwinden aus dem Heim. Unter Umständen war er ein direkter Zeuge seiner Ermordung gewesen. Das konnte diesen beiden allein schon aus beruflichen Gründen nicht gleichgültig sein – immerhin vertraten sie auch Frau Lorenz. Mehr für die Eltern als für den Jungen sagte sie daher: »Weißt du, Peters Mutter ist hier, in einem Krankenhaus. Sie fragt sich, was aus ihrem Jungen geworden ist.«

Marcel nickte vage. Die Degenhardts protestierten nicht. Katja verbuchte das als Punkt für sich.

»Peter wollte also weglaufen«, wiederholte sie Marcels letzte Aussage. »Und du, wolltest du auch weg?«

Er hob den Kopf und schaute sie so intensiv an, dass sie beinahe erschrak. Seine blauen Augen in dem blassen, vom Drogenkonsum gezeichneten Gesicht leuchteten förmlich.

»Ich bin immer weggelaufen«, sagte er leise. »Mein Leben lang. Immer wieder.«

»Das brauchst du jetzt nicht mehr.« Frau Degenhardt sagte es so leise, dass es kaum zu verstehen war.

Marcel starrte vor sich hin.

»Immer bin ich gelaufen. Ich erinnere mich nicht, von wo nach wo.« Er lachte bitter. »Ein, zwei Jahre lang bin ich vor den Außerirdischen weggelaufen. Im Ernst, ich dachte, sie würden mich fressen. Das waren wohl die Drogen. Danach bin ich von dem Arzt fortgelaufen, der mir helfen wollte.«

Katja schob ihr Mitgefühl beiseite.

»Was ist auf dem Ringelberg passiert, Marcel?«

Er neigte den Kopf nach unten.

»Peter ist nicht schnell genug gelaufen?« Es klang seltsam fragend.

»Und du?«, wagte Katja zu fragen. Sie spürte förmlich, wie das Zucken durch Marcels Körper lief.

Es hob ihn halb vom Stuhl.

»Ich war nicht dabei«, sagte er, flüsternd, hastig. Er wiederholte den Satz. Und wiederholte ihn wieder. Und wieder. Am Ende so laut, dass seine Mutter sich die Ohren zuhielt. »Ich war nicht dabei!« Jetzt sprang er auf. Sein Vater hielt ihn an den Schultern fest, redete leise auf ihn ein. Endlich setzte Marcel sich wieder. »Maik Engel war nicht dabei«, sagte er schließlich.

Katja betrachtete ihn. Er tat ihr leid. Er hatte mehr erlebt, als er ertragen konnte. Aber er war der Zeuge eines Mordes, da war sie sich sicher. Er wollte es nicht mehr wissen, verdrängte das Ganze, das war verständlich. Er wollte die Bilder nicht mehr sehen. Zwei Jungen, die um ihr Leben rannten. Einer war zu langsam, der andere stolperte später in Wahn und Drogen. Versteckte sich vor seiner wahren Identität. Aber das Versteck war nicht sicher genug gewesen. Mehr noch, es gab Teile in ihm, die sich erinnern wollten, erinnern mussten, daran, wer er war. Aber andere Teile hatten sich bemüht, ihm genau das zu verschleiern. Kein Wunder, dass Marcel verrückt geworden war. Außerirdische. Sie schüttelte den Kopf.

Er bemerkte die Geste und deutete sie falsch.

»Ich bin nicht Maik«, brüllte er.

Katja versuchte, seine Hand zu nehmen.

»Nein«, sagte sie, »das bist du nicht. Du bist Marcel Degenhardt. Und so leid es mir tut, Marcel war dabei, als Peter starb.«

Er hob den Kopf. »Glauben Sie?«

Sie lächelte traurig. »Was glaubst du?«

Der junge Mann wandte den Kopf. Erst schaute er seine Mutter, dann seinen Vater an. Die beiden bemühten sich, zugleich neutral und zuverlässig zu lächeln.

»Ich bin Marcel«, wiederholte er. Nun lächelte auch er. »Marcel.«

Ja, dachte Katja, das bist du. Mein Zeuge. Und ein Mörder.

»Das ist alles verjährt. Längst verjährt.« Der Erzieher verschränkte die Arme.

»Was ist verjährt, Herr Brinkmann?«

Keine Antwort.

»Herr Brinkmann, ich wiederhole mich ungern, aber wie gesagt, wir sind hier bei der Mordkommission. Und Mord ist bekanntlich ein Verbrechen, das nicht verjährt.«

»Ich habe niemanden umgebracht.« Auch diesen Satz brachte er im Ton eines trotzigen Kindes vor.

»Wer sagt denn, dass wir *Ihnen* einen Mord vorwerfen?«, fragte Thorsten mit dem größten Maß an Überraschtheit, das er zu heucheln vermochte. Als er das Gesicht Brinkmanns sah, wäre er am liebsten in schallendes Gelächter ausgebrochen. Der Mann guckte dermaßen verdutzt drein bei der Vorstellung, man könne ihm hier *keinen* Mord vorwerfen. Besser ging es nicht.

»Ich meine … das ist … ich bin natürlich …« Der Erzieher ruderte noch eine Weile in irgendwelchen nervösen Phrasen herum, ehe er sich wieder beruhigte und zu der Feststellung zurückkehrte, dass er ein anständiger Bürger war. »Ich habe nichts getan.«

»Sie haben damals im Heim *Waldfrieden* keine Kinder missbraucht?«

»Nein!«, rief er empört. »Warum hätte ich das tun sollen? Kinder mögen mich!«

Thorsten überging das.

»Und Sie haben keinen Jungen namens Peter Lorenz getötet? Vielleicht, weil er Sie nicht so mochte wie die anderen?«

»Peter wie?« Auf der Stirn des Mannes standen Schweißtropfen. »Von wem reden Sie da?«

»Peter Lorenz«, sagte Thorsten so zuvorkommend, als reichte er ihm ein Taschentuch. »In den Akten von *Waldfrieden* wurde er ab 1989 nicht mehr erwähnt. Vermisst gemeldet. Seine Knochen liegen gleich beim Heim auf dem Ringelberg. Aber wem erzähle ich das.«

»Ich war das nicht.«

»Gut«, sagte Thorsten. »Dann sage ich das dem Marcel so.«

»Wem?« Brinkmann fuhr auf.

»Marcel Degenhardt, dem Jungen, der heute Abend bei Ihnen war. Ich sage ihm, dass Sie es nicht waren. Dann wird er Sie ja wohl künftig in Ruhe lassen.«

»Kann ich was zu trinken haben?« Brinkmann sah fahl aus.

»Kaffee?«, bot Thorsten an.

»Einfach Wasser.«

»Wasser?«

»Herrgott ja, Wasser, einfach Wasser.« Brinkmanns Hände auf dem Tisch zitterten. Er sah aus, als bräche er gleich in Tränen aus.

»Also Wasser.«

Brinkmann zuckte heftig zusammen. Thorsten wies den Beamten an der Tür mit einem Nicken an, das Gewünschte zu bringen. Von nebenan war ein lauter Schrei zu hören. Dann noch einer. Brinkmann hob den Kopf.

Thorsten griff erneut zu seinem alten Kaffee und unterdrückte den Ekel vor der trockenen Brühe. Er tat, als trinke er in aller Gemütsruhe.

»Sie kriegen ihn doch dran, oder?«, fragte Brinkmann, der angespannt lauschte.

Thorsten zuckte mit den Schultern.

»Wegen der paar blauen Flecken? Und natürlich der Hausfriedensbruch«, fügte er mit leiser Ironie hinzu. »Ehrlich gesagt«, er schnalzte mit der Zunge. »Meinem Eindruck nach ist der Junge ganz schön hinüber. Hat gute Anwälte. Und einen Arzt. Der Gutachter ist auch schon unterwegs. Unzurechnungsfähigkeit et cetera. Wenn Sie mich fragen, kriegt er am Ende einen Therapeuten, und das war's.«

»Aber doch nicht für Mord«, sagte Brinkmann. Er hatte sich verschwörerisch vorgeneigt. »Mit Mord kann er doch nicht einfach so davonkommen! Das geht doch nicht?!«

»Mit welchem Mord denn? Sie sind doch quicklebendig, Mann.«

»Ja, aber der Born … Der kann doch nicht erst den Born … und dann mich. Da müssen Sie doch irgendwas machen. Sie müssen mich schützen.«

Die Tür ging auf, das Wasser kam. Thorsten nahm es entgegen, betrachtete erst die Flüssigkeit, in der die Kohlensäure aufstieg, dann Brinkmanns Gesicht. Der Erzieher hatte wirklich einen Schluck nötig. Seine Lippen waren aufgesprungen, die Zunge, mit der er über sie fuhr, weißlich verfärbt.

»Tja.« Thorsten stellte den Becher in die Mitte des Tisches. »Dann erzählen Sie mir jetzt mal, warum der Marcel Degenhardt den Born umbringen sollte. Und Sie.«

In Brinkmanns Gesicht blitzte erst so etwas wie Triumph auf, dann Betroffenheit. Danach war da nur noch Angst. Er nahm den Becher und trank, als hoffte er, niemals damit aufhören zu müssen.

KAPITEL 32

»Na?«, sagte Katja und lehnte sich mit Schwung gegen die Wand.

»Selber na«, gab Thorsten zurück. »Brinkmann hat gestanden. Ich habe meinen. Und du?«

»Musterschüler«, sagte sie und klopfte ihm auf die Schulter. Dann seufzte sie und starrte auf den Rollschrank gegenüber. Irgendjemand hatte ihn schon vor Jahren dort abgestellt. Ein Aschenbecher stand darauf, der seither überquoll. Um Rauchverbote kümmerte sich hier keiner.

»Er tut dir leid«, stellte Thorsten fest, der ihre Miene eine Weile studiert hatte.

Sie hob das Kinn.

»Begnüg dich bitte damit, deine Verbrecher zu überführen, ja?« Nach einem Moment allerdings fügte sie hinzu: »Dieser Marcel ist eine seltsame Mischung. Einerseits total durchgeknallt. Andererseits lügt er wie ein Profi. Bei Born zum Beispiel will er nicht mal in der Wohnung gewesen sein.«

»Und?«, fragte Thorsten. »Was ist er deiner Meinung nach? Professioneller Lügner oder Irrer?«

»Irgendwie beides, um ehrlich zu sein. Manchmal, da …« Katja rief sich das Gesicht des jungen Mannes ins Gedächtnis. Hübsch, verletzlich. Genau der Typ, der auf Partys mit seiner Gitarre für sich in der Ecke sitzt und die Empfindsamen unter den Mädchen anzieht. Seine langen Finger, knochig, ungebräunt trotz seines Jobs auf dem Friedhof. Er fühle sich den Toten näher als den Lebenden, hatte er erzählt. Und bei ihm klang es nicht nach Pose. »Jetzt muss ich bloß noch rauskriegen, wo er lügt und wo sein kaputtes Hirn ihm einen Streich spielt.«

»Vielleicht hat er den Mord an Born ja verdrängt. Das scheint er ja mit den meisten Tatsachen seiner Vergangenheit zu tun.«

»Vielleicht«, gab Katja zu. Sie stieß sich von der Wand ab. Sie war müde. Ihr war kalt. Sie hasste es, hier in der Gegend herumzustehen. »Ist jedenfalls nicht besonders schlau, gerade das zu leugnen, wofür wir einen DNA-Beweis haben.«

»Und ansonsten?«

»Er war ziemlich sicher dabei, als Peter Lorenz getötet wurde.«

Thorsten pfiff überrascht. »Heftig. Ich meinte allerdings: Wie geht es *dir* ansonsten?«

Katja sah ihn erstaunt an.

»Ich muss aufs Klo.« Mit diesen Worten wandte sie sich so schwungvoll um, dass ihr Pferdeschwanz noch hin und her wippte, als sie die Tür zur Toilette aufstieß. Abrupt blieb sie stehen. Etwas war nicht, wie es sein sollte. Sie verharrte einen Moment lang in der offenen Tür, dann hatte sie das Geräusch identifiziert, das sie so verwirrte. Frau Degenhardt stand vor dem Handtuchspender. Sie hatte die Stirn gegen das Gerät gedrückt. Von Zeit zu Zeit hob sie den Kopf an und schlug ihn gegen die Plastikverkleidung. Jetzt hörte Katja auch, was sie murmelte: »Einfach weitermachen. Einfach weitermachen. Einfach weitermachen.« So leise sie konnte, trat Katja wieder zurück und schloss die Tür.

Auf dem Flur hatte sich Herr Degenhardt postiert. Sie sah, wie Thorsten ihn ansprach.

»Ja«, hörte sie Gerhard Degenhardt sagen. »Wir werden uns ganz der Verteidigung unseres Sohnes widmen.«

»Und was wird aus Ihrem Verein?«, fragte sie, als sie neben ihm stand. Es klang nicht so scharf, wie sie vorgehabt hatte.

Er betrachtete sie von oben bis unten und wippte einmal auf den Zehenspitzen, ehe er antwortete: »Wir hatten das Glück, eine größere Spende zu erhalten. Dafür werden wir eine Fachkraft einstellen, die den Verein für uns leitet. Wir werden natürlich alles eng absprechen.«

»So, so«, bestätigte Katja. Sie schaute Thorsten an.

Die Toilettentür ging auf, Frau Degenhardt kam heraus und wurde von ihrem Mann am Arm genommen. Die beiden gingen vor Katja her zurück in den Verhörraum.

Wenige Momente später kam Günther Schlichthorn hinter Ina in den Flur. Er bemerkte Thorsten und grüßte ihn mit einem knappen Nicken. Einen Moment schwiegen die Männer. Schließlich verzog Schlichthorn den Mund.

»Ich bin hier wohl wieder überflüssig«, sagte er. Er nickte. Sein Blick wanderte in der anonymen Büroetage herum, die die Mordkommission neuerdings beherbergte, ehe er sich abwandte. »In einen Scheißkasten haben sie euch da gesetzt.« Das »zu meiner Zeit« schwang ungesagt im Raum.

Thorsten wartete, bis Schlichthorn außer Sicht war. Erst auf dem Parkplatz holte er ihn ein.

»Na, was ist?«, wollte der Alte wissen. »Hat sie meinen Haftbefehl wegen Beihilfe schon ausgestellt?«

»Herr Schlichthorn«, er wies mit dem Kinn hinüber zu dem Industriebau mit dem Kasino darin. »Wollen wir beide nicht einen trinken gehen?«

KAPITEL 33

»Also, ich muss schon sagen«, meinte Schlichthorn, als er seinen Hintern auf einem der Barhocker zurechtrückte und dabei zusah, wie Thorsten eine lächerlich hohe Summe für zwei Bier bezahlte. Um sie herum blinkende Lichter, Lack und Farben, die das nackte Elend noch betonten. An allen Wänden verkündeten Plakate, wie glücklich es machte zu spielen. Spaß, Glück, Freunde. Wenn man kein so dickes Fell hätte, hätte man heulen können.

»Sind Sie einsam, Kommissar?«, fragte Schlichthorn halb im Spaß.

»Herr Schlichthorn, heute bei der Verhaftung von Marcel hat Frau Degenhardt Ihre Tochter eine Stasi-Schlampe genannt.«

»Ja, und?«

»Ich mag Katja. Ich wüsste gern Bescheid.«

Es dauerte eine Weile, bis der alte Detektiv getrunken, sich den Schaum vom Mund gewischt, seine Umgebung noch einmal ausgiebig studiert und sich entschieden hatte. »Vielleicht lag es daran, dass ihre Mutter gestorben war«, begann er. »Aber verdammt, das war damals schon fünf

Jahre her und alles lief prächtig.« Er hielt inne. »Jedenfalls dachte ich das.«

Thorsten unterbrach den Alten nicht, nicht einmal mit einem Nicken. So erfuhr er, dass Katja, als sie siebzehn war, einen Mann mit nach Hause gebracht und als ihren Freund vorgestellt hatte.

»Ich meine: *so einen*«, sagte Schlichthorn. »Man hat es gegen den Wind gerochen, verstehen Sie, dass dieser Typ … Ich dachte einfach, ich hätte sie besser erzogen.« Er winkte ab, trank erneut, und Thorsten bestellte das zweite Bier. Katja, die sonst immer nachgiebig und verständig gewesen war, wollte diesmal von den väterlichen Vorhaltungen nichts wissen. Sie war verliebt, so viel hatte der Alte verstanden. Aber konnte man deshalb derart blind sein? Je mehr er gegen den Stasi-Mann vorbrachte, der im Übrigen ein ganzes Stück älter als Katja war, desto störrischer wurde sie. Sie trug die Kleider, die er ihr schenkte. »Westkleider, da hätte man es doch wirklich wissen müssen!« Sie ging anders, sprach anders. Sie war wie behext. Sie wollte nach Ungarn mit ihm, in den Urlaub. Der Alte hatte es nicht erlaubt. Sie wurde gebraucht. Der Haushalt. Der Bruder. Und überhaupt, sie war immer noch erst siebzehn und der Kerl ein Spitzel. Einer von der ganz glatten Sorte, denen Schlichthorn alles zutraute. »Sie verlangte, dass ich ihr vertraue! Vertraue! Ha, schönes Wort. Sie hätten den Typen mal sehen sollen.«

Thorsten enthielt sich jeden Kommentars.

»Jedenfalls blieb ich bei meinem Nein. Zwei Monate darauf wurde sie achtzehn, und sie fuhr. Als sie wiederkam, hatte sie unterschrieben. Als Informeller Mitarbeiter des MfS. Er hatte ihr auch schon einen Job besorgt, in dem sie sich nützlich machen sollte. Alles war arrangiert. Mit *meinem* Kind. Und sie tat, als wäre sie eine Heldin in einem Film oder so. Dann ging alles ganz schnell. Die Mauer fiel. Der Mann verschwand. Katja reiste ihm nach, fand ihn aber nicht. »Zwei Jahre blieb sie damals weg. Ich habe versucht, sie zu finden, aber … Sie wollte nie mit mir reden. Keiner wusste, wie sie lebte oder wovon. Irgendwo bei München.«

Es war das erste Mal, dass Thorsten nickte.

»Dann kam sie wieder und stellte sich dem Verfahren. Sie war ja nie aktiv geworden. Es war nichts passiert. Nach langem Hin und Her wurde sie für die Polizeiausbildung zugelassen. Ich habe nie verstanden, wieso sie das wollte.«

»Zeigen, dass sie gut genug war? Für Sie?«

»Eher zeigen, dass sie besser war. Schauen Sie mich an.«

Thorsten hielt seinen Mund. Schlichthorn griff zum Glas. Er schien gar nicht zu bemerken, dass es bereits das zweite war.

»Also ja, um Ihre Frage zu beantworten. In gewisser Hinsicht ist meine Tochter eine Stasi-Schlampe.«

»Tut mir leid, dass Sie das so sehen.« Thorsten stand auf.

»Ich habe nie gesagt, dass ich es so sehe.« Schlichthorn blieb sitzen.

Thorsten wandte sich noch einmal um. »Wissen Sie eigentlich irgendetwas über diese Spende, von der Herr Degenhardt eben erzählt hat?«

»Was wird aus Marcel?«

Thorsten lächelte. »Wir haben starke Indizien dafür, dass er Born umgebracht hat.«

»Welche Indizien?«

»Marcel Degenhardts DNA an der Leiche.«

Schlichthorn studierte sein Bier, ehe er sagte: »Es war eine anonyme Spende. Eingeworfen in den Briefkasten am Vereinsbüro.«

»Bar?«

»Bar. An die hunderttausend.«

»Da hatte jemand viel Vertrauen in die Erfurter Briefkästen.«

Die beiden trennten sich beinahe mit einem Lächeln. Doch es galt nicht einander und nicht den Umständen. Es war nur die bessere Alternative.

KAPITEL 34

»Ja, klar, ich meine, München und BMW, das sagt doch alles, oder?«

Schlichthorn enthielt sich eines Kommentars und nickte. Er dankte dem Nachbarn des Degenhardt'schen Vereins. Da zusammengewachsen war, was zusammengehörte, wusste man nun auch in Erfurt, was von Münchener BMW-Fahrern zu halten war: Sie fuhren rücksichtslos, parkten im Halteverbot und galten als unendlich arrogant. Ein Hoch auf die Vorurteile, denn sie stützten das gute Gedächtnis. Ohne sie hätte sich wohl kaum jemand gemerkt, was für ein Wagen es gewesen war, der an jenem Abend in der Großen Arche gehalten hatte, um einen unscheinbaren Umschlag, der hunderttausend Euro enthielt, in den Briefkasten des Vereins zu werfen.

Blau war der Wagen gewesen, dunkelblau, natürlich. Und irgend so ein Wunschkennzeichen habe er gehabt, das erkenne man ja 100 Meter gegen den Wind. Wenn die Zahl hinten 666 war, oder so eine glatte 100 wie in diesem Fall. Es kostete Schlichthorn nur einen Anruf bei einem alten Bekannten, um herauszufinden, dass das Ehepaar

Lorenz einen dunkelblauen BMW fuhr, mit der Nummer M-RL 100. Vermutlich hatte er den Wagen für seine Frau gekauft. Was in gewisser Weise für ihn sprach. Offenbar war Holger Lorenz ein Familienmensch.

Günther Schlichthorn hatte sein Telefon schon in der Hand. Doch er zögerte.

Eine Viertelstunde später war sein Gesicht von dem kurzen Fußmarsch gerötet. Er sah an der Fassade des Pflegeheims hinauf. Noch konnte er sich einreden, die Blumen, die er unterwegs erstanden hatte, wären nicht für Minh Nguyen, sondern für Frau Engel. Als kleine Entschuldigung dafür, dass er ihr nach all den Jahren doch noch den Sohn geraubt hatte. Aus Maik war wieder Marcel geworden. Nun, sie würde nichts mehr davon mitbekommen. Niemand würde die Bilder an den Wänden ihres Zimmers abhängen. Er trat ein. Die Gänge des Heims kamen ihm mittlerweile fast schon vertraut vor. Links lag das Zimmer, aus dem Minh Nguyen ihm damals entgegengekommen war. Ein Pfleger kam vorbei und riss Schlichthorn aus seinen Gedanken. Vor dem professionell freundlichen Gesicht verließ Schlichthorn der Mut.

»Die sind für Frau Engel.« Zerstreut hielt er dem jungen Mann den Strauß hin. Der nahm den Bund. »Sie wird sich freuen«, sagte er. »Chrysanthemen mag sie.«

Wir wissen beide, dass das eine Lüge ist, sagte Schlichthorn zu sich. Niemand wusste, was Frau Engel gefiel, und sie selber hatte es längst vergessen. »Wie schön«, erwiderte er. »Bekommt sie oft Besuch?«

Der Pfleger zeigte noch immer dasselbe milde, professionelle Lächeln.

»Ganz regelmäßig«, sagte er. »Ich hole eine Vase.«

Schlichthorn nickte. Nun stand er mit leeren Händen da und nichts hinderte ihn mehr daran, das zu tun, weswegen er eigentlich gekommen war. Er öffnete die Tür zu dem Raum, den er in Gedanken Minhs Zimmer nannte.

Im Bett lag ein Mann. Alt genug, um ihr Vater zu sein, aber kein Asiate. Er konnte das Gesicht nicht einordnen. Auf dem Tisch am Fenster stand Nguyens Laptop. Er erkannte ihre Ledertasche und ihre Aktenmappen. Es war ein richtiger kleiner Arbeitsplatz. Nebenan rauschte die Toilettenspülung. Kurz darauf ging die Tür. Einen Moment lang wünschte er sich, er hätte die Chrysanthemen noch. Vielleicht hätte sie diese Blumen gemocht.

Minh Nguyen blieb im Türrahmen stehen. Hinter ihr erkannte er das Blassgelb der Fliesen und die Dusche mit der Vorrichtung für Rollstuhlfahrer. Sie drückte auf den Lichtschalter.

»Sind Sie jetzt zufrieden?«, fragte sie.

Er hob die Hände ein wenig, eine Geste der Entschuldigung, die nicht genug ausdrückte, wie sehr er sich wünschte, in diesem Moment nicht hier zu stehen. Aber wenn er schon da war, konnte er genauso gut fragen.

Sie verschränkte die Arme. Er öffnete den Mund.

»Wer ist das?«

»Mein Mann. Und falls Sie es wissen wollen: Nein: Er war nicht immer so. Ja: Es geht nun schon sehr lange. Und ja: Ich habe es verschwiegen, weil Frauen mit pflegebedürftigen Angehörigen nicht zu dem Personenkreis gehören, die bevorzugt universitäre Fördergelder und Protektion erhalten.«

»Deshalb also.« Er konnte es nicht ändern, dass seine Stimme ein wenig spöttisch klang.

Sie löste die Haltung ihrer Hände nicht.

»Unter anderem.«

»Was hat er?«

»Multiple Sklerose. Und damit ist das Gespräch beendet, Herr Schlichthorn.«

Sie ging rasch an ihm vorbei und positionierte sich so, dass das Bett zwischen ihnen stand.

»Sie vergraben sich hier«, stellte er fest. »Sie wohnen beinahe hier.«

»Ich wohne woanders«, widersprach sie.

»Ja, aber praktisch über den Flur.«

»Dann lassen Sie es mich so ausdrücken: Ich wohne zu meiner Zufriedenheit.«

»Das ist eine Lüge.«

Er sah ihr empörtes Gesicht und dass sie den Mund öffnete, um in scharfem Ton etwas zu erwidern. Doch er schaffte es, ihr zuvorzukommen.

»Ich möchte Sie nicht beleidigen, und wirklich, ich will Ihnen nicht zu nahe treten. Ich mache mir auch keine Hoffnungen, ehrlich. Aber …« Er suchte nach den richtigen Worten und fand sie nicht. »Ich würde Sie wirklich gern zum Essen einladen.«

Sie setzte sich. Ihre Finger spielten auf ihrem Laptop. Automatisch las sie noch einmal die Mail, in der Katja sie dringend bat, ins Labor zu kommen. Die Proben, die von dem verhafteten Marcel Degenhardt genommen worden waren, mussten mit denen vom Tatort Born verglichen werden. Das war eine reine Formsache. Es war nicht anzunehmen, dass das Ehepaar Degenhardt noch andere, bislang unbekannte leibliche Kinder hatte, die Born attackiert haben konnten. Doch es musste getan werden.

Zum ersten Mal in ihrem Leben fühlte sie nicht die Energie in sich, es anzugehen. Sie hatte die Nacht an Wilhelms Bett verbracht, immer mit dem Schlimmsten rechnend. Doch ihr Mann schlief ruhig, und das Fieber war gesunken. Noch einmal ein Aufschub. Es würde noch eine Weile weitergehen mit Wilhelm und ihr. Sie wandte den Kopf zum Fenster. Ein seltsames Viertel. Nichts sprach dafür, hier zu wohnen. Außer der Nähe zum Heim.

»Ich habe eine Katze«, sagte sie.

»Dann erzählen Sie mir von der Katze«, sagte Schlichthorn. Als er sie lächeln sah, von der Seite, wagte er sich zu setzen.

Es war beinahe eine Stunde vergangen, als er wieder vor dem Pflegeheim im kühlen Wind stand. Er ging bis vor an den Bergstrom, ein Rinnsal, aber immerhin etwas Lebendiges inmitten der sauber renovierten Fassaden. Wieder hatte er sein Mobiltelefon in der Hand, doch diesmal zögerte er nicht, Katjas Nummer zu wählen. Ihre Mailbox ging ran. Er verzog den Mund zu einem bitteren Lächeln. Dann sprach er auf die Mailbox.

»Hallo, Katja. Erinnerst du dich noch an Frau Lorenz?

Bist du eigentlich sicher, dass sie noch in der Klinik ist? Jemand mit einem Münchner BMW hat kürzlich bei Degenhardts eine Spende für den Verein eingeworfen. Hunderttausend Euro. Ich weiß nicht … Es würde sich vielleicht lohnen … Ich hab da so ein Gefühl …« Er unterbrach sich. »Du machst das schon«, sagte er. Dann legte er auf. Vertrau mir. Das war es, was sie von ihm verlangt hatte. Es war das erste Mal seit langem, dass er seiner Tochter etwas Freundliches gesagt hatte. Im Grunde war es ganz leicht.

KAPITEL 35

Katja wusste nicht, ob ihr Vater ihr mit seinem Hinweis helfen wollte. Oder ob er ihr nur einen Grund anbieten wollte, ihn nicht wegen Beihilfe zu einer Straftat und Behinderung der Ermittlungen anzuzeigen. Sie selbst hatte auch noch einiges herausgefunden. Rita Lorenz hatte München einen Tag früher verlassen, als sie in Erfurt beim Kommissariat aufgetaucht war. Wo sie gewesen war: Fehlanzeige. Und wenn sie bei Born gewesen war, ehe sie die Polizei besuchte?, spekulierte sie. Es wollte ihr immer noch nicht aus dem Kopf, dass Marcel Degenhardt so überzeugend versicherte, mit dem Tod von Born nichts zu tun zu haben. Er war wirr, aber nicht verlogen. Gegen jede Vernunft neigte sie dazu, ihm seine Aussagen zu glauben. Dass er dort gewesen war, belegte der DNA-Fund unter Borns Fingernägeln. Aber war er deshalb auch der Mörder?

Frau Lorenz hätte für die Tat jedenfalls kein Alibi. Und ein mehr als gutes Motiv. Und was war mit der Spende? 100 000 Euro waren für das Ehepaar Lorenz keine Kleinigkeit. Sie hatte sich über die Finanzen der beiden informiert: Die Summe war alles, was sie an Ersparnissen hatten; die Konten der beiden waren leer geräumt. Es war mehr als eine Geste, all das wegzugeben; es war eine einschneidende, fast schon finale Tat. Katja fragte sich, was wohl noch folgen würde.

Sie erinnerte sich an den Zustand, in dem sie Rita Lorenz den Ärzten überlassen hatte. Die Frau war in die geschlossene Abteilung gekommen, hochgradig suizidgefährdet. So viel war selbst Katja als psychologischem Laien klar. All ihr Geld wegzugeben, das würde zu ihrem Zustand passen. Aber wie gesagt: Die Frau saß in der Geschlossenen. Katja griff zum Hörer und rief in der Klinik an. Die Nachrichten waren nicht gut.

»Nicht da? Wie kann sie nicht da sein?« Sie lauschte den Erklärungen. »Von einem Termin in der Röntgenabteilung nicht wiedergekommen? Wie ist das möglich? Passt ihr auf eure Leute nicht besser auf?« Sie lauschte den lauter werdenden Erklärungen. »Das weiß ich auch, dass sie nicht in der Forensik saß. Ja! Nein! Natürlich will ich nicht, dass die Patienten Fußfesseln tragen. Hör doch auf mit dem Quatsch.« Katja ließ den empörten Stationsleiter noch eine Weile schimpfen, dann fragte sie knapp: »Und wann war das alles? Danke.« Sie legte auf. Auch für den Einwurf des Geldes also hatte Frau Lorenz Zeit und Gelegenheit gehabt. Und jetzt lief sie irgendwo dort draußen rum. Katja war nicht der intuitive Ermittlertyp. Aber ihr ganzer Körper sagte ihr, dass diese Frau noch etwas vorhatte. Die Logik sagte Katja, dass sie Brinkmann wollte. Sie griff nach ihrer Jacke. Sie würde der Frau etwas bieten müssen.

Es war schwierig, vom Kriminalrat und dem Staatsanwalt die Erlaubnis zu bekommen, Brinkmann gehen zu lassen, damit er ihnen als Köder diente. Beide glaubten nicht daran, dass der wahre Mörder von Born noch dort draußen herumlief und nur darauf wartete, sich auch Brinkmann zu schnappen. Hatte man diesen Mörder nicht eben gefangen? Marcel Degenhardt hatte das Motiv und die Gelegenheit für die Tat. Dass er leugnete, je bei Born gewesen zu sein, war eine offensichtliche, dreiste Lüge. Alles andere Unfug, weibliche Intuition, nichts, womit man sich abgeben sollte. Marcel Degenhardt war bei Brinkmann aufgekreuzt und hatte ihn misshandelt, nicht Rita Lorenz. Die ganze Sache war rund. Was wollte man mehr?

»Er ist unzurechnungsfähig«, hatte der Kriminalrat diagnostiziert. »Das erklärt die verbliebenen Widersprüche in seiner Aussage.«

»Er ist nicht unzurechnungsfähig«, hatte Katja entgegnet. »Und eben deshalb würde jeder gute Anwalt uns vor Gericht zerlegen.«

»Er hat seine DNA bei Born hinterlassen. Dr. Nguyen ist gerade dabei, einen Abstrich bei Degenhardt vorzunehmen. Die Auswertung ist aber reine Formsache. Das wissen wir alle.«

»Die DNA beweist seine Anwesenheit, nicht den Mord.«

»Wo ist diese Frau jetzt?«, fragte der Staatsanwalt zweifelnd.

Dass er die Sache überhaupt erwog, da war Katja sich sicher, hing vor allem damit zusammen, dass er sich nichts Schlimmeres vorstellen konnte, als gegen ein traumatisiertes, misshandeltes Heimkind vor Gericht zu ziehen. Politisch kam das gar nicht gut. Schon gar nicht mit medienerfahrenen Gegnern wie dem Ehepaar Degenhardt.

Katja witterte ihre Chance. »Diese Frau ist hochgradig selbstmordgefährdet, sagt ihr Arzt. Sie hat es früher schon versucht und in der Klinik noch einmal.« Sie legte die Krankenakte auf den Tisch, die sie sich in aller Eile hatte faxen lassen. Widerwillig blätterten die Männer darin.

»Im Moment irrt Rita Lorenz durch unsere Stadt. Wir wissen nicht, wo sie ist, wir wissen nicht, wie und was sie vielleicht sonst noch plant. Und unsere Möglichkeiten, sie schnell zu finden, sind begrenzt. Aber wir könnten ihr ein Ziel geben. Sie anlocken und in sicheren Gewahrsam nehmen.«

»Jetzt wollen Sie also auf einmal keine Mörderin mehr fangen, sondern eine Selbstmörderin retten, wie?«, fragte der Kriminalrat, dem der Wechsel in ihrer Taktik aufgefallen war.

Katja hätte ihm am liebsten gesagt, dass es ihr scheißegal war, auf welche Argumentation er einstiege, wenn er ihr nur geben würde, was sie wollte.

Der Staatsanwalt zog es vor, sich dumm zu stellen. »Und wo wollen Sie sie in Gewahrsam nehmen?«

»Heute Nacht vor Brinkmanns Wohnung.«

»Ein geständiger Mörder als Köder für eine Suizidantin. Das passt zu Ihnen.« Der Staatsanwalt knallte die Akte auf den Tisch. »Was für Methoden.«

Katja schwieg trotzig.

»Da werden Sie höchstens ein paar empörte Kinderschützer treffen. Allenfalls«, wiegelte der Kriminalrat ab. »Sie werden sehen.«

»Ja«, sagte sie. »Genau das würde ich sehr gerne.«

Katja und Thorsten mussten versprechen, Brinkmann persönlich nach Hause zu fahren, und wurden verdonnert, ein zweites Team für die Überwachung anzufordern. »Die öffentliche Aufmerksamkeit ist in diesem Fall enorm«, wurden sie beschworen. »Also bauen Sie keinen Mist.«

Sie hatten zugestimmt, aber auf das zweite Team verzichtet. Je weniger Leute dort herumhingen, desto besser.

»Glaubst du, er wird versuchen abzuhauen?«, fragte Thorsten.

Sie saßen im Wagen und schauten zu, wie Brinkmann, den sie ohne Erklärung einige Häuser von seinem Heim entfernt abgesetzt hatten, auf seine Haustür zuhumpelte. Er sah mittlerweile genauso ramponiert aus wie sein Wetterhahn. Die ganze Zeit über hatte der Erzieher seinen üblichen Sermon vom unschuldigen Bürger und dem Opfer abgesondert, der nach dem Geständnis vollends sinnlos geworden war. Doch er hielt daran fest; egal, was er getan hatte, es war seine Grundüberzeugung, zu den braven Bürgern zu gehören. Weder Thorsten noch Katja hatten ihm widersprochen. Sie waren nur froh, dass sie ihn endlich aus dem Auto hatten. Thorsten holte die Schokoriegel aus dem Handschuhfach.

»Ein Fluchtversuch? Wäre vielleicht nicht das Dümmste«, meinte Katja gleichgültig und riss das Stanniolpapier auf. Sie hielt inne. »Allerdings glaube ich nicht, dass er dafür die Zeit haben wird.« Sie packte Thorsten an der Schulter. »Da!«

»Ist sie das? Mensch, Katja, am Ende hast du recht, und es ist echt die Lorenz!«

»Es ist ein Mann!«

Uninteressant, wollte Thorsten schon erwidern, als klar wurde, dass der Neuankömmling tatsächlich auf die Nummer 28 zuhielt.

»Wenn das jetzt bloß keiner von den angekündigten Kinderschützern ist.« Sie neigte sich vor und kniff die Augen zusammen. Der Mann bewegte sich mit Vorsicht und Bedacht. Zielstrebig überquerte er die Straße.

»Was ist das in seiner Tasche?«, fragte Thorsten. Schon öffnete er die Autotür.

»Ein stumpfer Gegenstand?«, tippte Katja. Auch sie stieg aus. »Oder auch nur eine Versicherungspolice. Egal, wir müssen ihn aus dem Verkehr ziehen. Bevor er uns unsere schöne Falle versaut.«

Der Fremde war inzwischen am Gartentor von Brinkmann angekommen. Der machte sich zehn Meter weiter an seiner Haustür zu schaffen. Sie hatte den Einzug des SEK am Vorabend nicht völlig unbeschadet überstanden, und er rüttelte fluchend an der kaputten Klinke. Vergeblich, die Tür ließ sich nicht öffnen.

Der Fremde sagte etwas. Katja und Thorsten konnten ihn nicht verstehen, sahen aber Brinkmanns verkniffenes

Gesicht. Plötzlich machte der Erzieher kehrt und kam den Gartenweg wieder zurück.

»Ist der verrückt?«, flüsterte Katja aufgeregt. »Nach allem, was passiert ist? Wenn er jetzt was abkriegt, ist er reif für den Darwin-Award.«

»Wenn er jetzt was abkriegt, sind wir unseren Job los«, flüsterte Thorsten zurück. Er sah die Sache pragmatisch. »Komm, lass uns das jetzt beenden und auf die Lorenz warten.« Er hielt inne. »Sie gehen zum Haus.«

Brinkmann ging voran. Der Mann hinter ihm schaute sich um, die Straße hinunter, die Straße hinauf. Dabei sahen sie zum ersten Mal sein Gesicht deutlich.

»Herr Brinkmann?« Die hohe Stimme gehörte einer Nachbarin. In Kittel und Pantoffeln kam sie vom Nachbargrundstück her an den Zaun geschlurft. Um ihr Mitgefühl zu bekunden oder nachbarliche Empörung, oder um einfach ihre Neugier zu befriedigen, das sollten Thorsten und Katja nicht mehr erfahren.

Brinkmann fuhr zusammen und wandte sich um. Auch sein Besucher schien zu erschrecken. Er packte seine Tasche mit beiden Händen und stieß sie Brinkmann zwischen die Schulterblätter. Überrascht taumelte der Erzieher gegen die Haustür, die sich unter dem Aufprall öffnete.

Katja und Thorsten stürmten vor, an der verdutzten Nachbarin vorbei. Die Tür wurde von drinnen mit derselben Vehemenz zugestoßen, mit der Brinkmann hindurchgeschoben worden war. Doch die beiden Kriminalbeamten hatten Glück. Das defekte Schloss rastete nicht ein. Die Tür knallte gegen den Rahmen, sprang zurück und schwang weit auf. Sie gab den Blick frei auf Holger Lorenz, der einen Totschläger erhoben hatte, bereit zum Zuschlagen.

Thorsten packte Lorenz und drehte ihm den Arm auf den Rücken. Der Mann wehrte sich nicht. Mit vorgeneigtem Oberkörper stand er da, gekrümmt, gedemütigt. Sein Anzug war zerknittert, der Bart mehrere Tage alt. Er wirkte dünn, mitgenommen. Er hatte nichts gemeinsam mit dem selbstzufriedenen Mann, den Katja und Thorsten vor seinem Heim in München kennengelernt hatten.

»Guten Tag, Herr Lorenz«, sagte Katja, noch ganz außer Atem. Sie schaute ihren Partner an und steckte die Pistole weg. »So sieht man sich wieder.«

KAPITEL 36

»Hier«, sagte Ina Wuttke auf dem Revier. Holger Lorenz hatte sich nach seiner Verhaftung wenig kooperativ gezeigt, so dass sie seine in Erfurt zurückgelegten Wege mühevoll rekonstruieren mussten. »Volltreffer! Lorenz residiert im *Pullman*. Fünf Sterne hat der Herr gebucht.«

»Wusste ich's doch.« Katja war zufrieden mit dem raschen Ergebnis.

»Er hat unter falschem Namen eingecheckt. Obwohl Lorenz Peters kein wirklich gutes Pseudonym ist.«

»Dafür«, sagte Katja und neigte sich über den Vernehmungstisch, »verrät es ein erstklassiges Motiv. Lorenz Peters ist in Erfurt, um Peter Lorenz zu rächen, seinen ermordeten Stiefsohn. Nicht wahr, Herr Lorenz?«

Der Mann schien auch jetzt nicht gewillt zu reden.

»Was wollen Sie hören?«, fragte er.

»Die Wahrheit?« Thorsten klang gereizt. »Sie waren doch derjenige, der die ganze Zeit so überzeugend behauptete, er habe kein Kind.«

»Hab ich auch nicht«, schnappte Lorenz. »Aber Rita hat ein Kind. Und das kann man nicht einfach ungeschehen machen, indem man es ignoriert.« Nachdem er sich für einen Augenblick zu alter Größe aufgerichtet hatte, sackte er nun wieder zusammen. »Glauben Sie mir, es hat eine Weile gedauert, bis ich das kapiert habe.« Er schwieg.

Die beiden Ermittler hatten dem nichts hinzuzufügen.

»Haben Sie was zu trinken für mich? Was Stärkeres wäre gut.« Lorenz hob den Kopf und sie sahen, dass er es ernst meinte. Vermutlich trank er schon seit Tagen.

»Meinen Sie nicht«, fragte Katja, »dass Ihre Frau Sie jetzt braucht?«

Er fuhr auf. »Was glauben Sie, für wen ich das alles mache?« Er fuhr sich mit den Fingern durch die Haare. »Doch nur für Rita.«

»Glauben Sie, dass Ihre Frau das wollen würde?«

Er hob den Kopf. »Da bin ich mir aber verdammt sicher. Scheiße noch mal, was würden Sie wollen, wenn Sie die Mutter wären?«

Katja dachte an Peter Lorenz' gebrochenes Becken und ihre damalige Frage. Konnte eine Vergewaltigung so brutal sein? Was würde sie wollen, wenn das ihrem Kind geschehen wäre?

»Dass er lange leidet.« Es war Thorsten, der an Katjas Stelle antwortete. Er bekräftigte seine Antwort mit einem Nicken. »Ich kann Sie gut verstehen.«

Katja lehnte sich zurück und ließ ihn machen.

Lorenz legte den Kopf zurück, hob die verschränkten Arme in den Nacken und atmete durch.

»Haben Sie Kinder?«, fragte er.

»Eine Tochter«, log Thorsten prompt.

Fehler, dachte Katja. Der Mann hat keine Vatergefühle. Aber sie blieb still.

»Ich nicht«, erwiderte Lorenz. »Vermutlich habe ich mir deshalb nie vorstellen können, wie es ist, eines zu verlieren. Und sie hatte eingewilligt, ihn zurückzulassen, verdammt, sie hat immer eingewilligt, wenn ich etwas wollte. Ich hatte mir nichts dabei gedacht. Ich hatte …«, er tippte sich mit dem Finger an die Schläfe, »ich hatte es gut überlegt.« Er schaute sie an.

»Sie wollten einfach nur raus«, bestätigte Katja.

»Ohne unnötiges Risiko.« Er nickte. »Dafür macht man schon mal was, was nicht ganz sauber ist.«

»Aber wieso Born? Brinkmann verstehe ich. Aber wieso der Direktor?«, fragte Thorsten.

Lorenz setzte sich zurecht und faltete die Hände, wie ein Anwalt vor dem Plädoyer.

»Er wusste davon«, fing er an. »Von dem Missbrauch, von Brinkmanns Verfehlungen. Auch von Peters Tod. Er hat es mir gestanden, als ich ihm ein wenig zusetzte. Die ganze Geschichte. Als hätte er nur darauf gewartet, sie erzählen zu dürfen.« Für einen Moment unterbrach er seinen routinierten Erzählfluss. »Im Übrigen schien mir der Mann schon ein wenig mitgenommen, körperlich wie seelisch. Wenn Sie mich fragen, dann hatte er schon vor mir Besuch.«

Das musste Marcel Degenhardt gewesen sein, dachte Katja. Er hatte Born besucht, wie er später Brinkmann besuchte. Um ihn unter Druck zu setzen, genau wie bei

Brinkmann. Nicht um ihn zu töten. »Weiter«, war alles, was sie laut sagte.

Holger Lorenz zuckte mit den Schultern. »Born hat damals Brinkmanns Taten vertuscht. Er hat Peter als vermisst gemeldet und für den anderen Jungen einen falschen Verlegungsbeleg ausgestellt, falls der noch mal auftauchte. Es war diese Zeit der Wirren kurz vor dem Mauerfall. Danach ... es ist nie etwas passiert.« Er seufzte. »Ich wollte ihn dazu bringen, das zu gestehen, damit Brinkmann angeklagt werden konnte. Aber er weigerte sich hartnäckig.« Lorenz legte seine gespreizten Finger auf den Tisch. »Wir schieden im Dissens.«

»Sie haben ihn erschlagen.« Thorsten tippte auf ein Dokument. »Die Waffe, die Sie zu Brinkmann mitgebracht haben, passt zu den Wunden von Born, sagt unsere Gerichtsmedizinerin.« Das war eine halbe Lüge. Nguyen hatte in der Kürze der Zeit nur eine vorläufige Einschätzung geben wollen. Aber Katja war sich sicher, dass er mit der Behauptung recht behalten würde.

»Wenn Sie es schon wissen.« Lorenz wirkte gleichgültig.

»Sie geben es also zu?«

»Müssen wir wirklich dieses ganze Spiel spielen?«, fragte der Mann müde.

»Wie es sich gehört«, erwiderte Katja. »Also bringen Sie es zu Ende.«

Er fuhr sich mit allen zehn Fingern durch die Haare, holte Luft und begann: »Sie haben meine Frau gesehen«, sagte er. »So wie jetzt war sie immer wieder in den letzten Jahren. Mal in der Klinik, mal draußen. Mal ging es ihr sehr schlecht, mal nur ein bisschen. Aber gut ging es ihr nie. Am allerschlimmsten war es, wenn sie mir zuliebe versuchte, normal zu sein. Eine gute Ehefrau, die Gattin eines Geschäftsmannes, glücklich.« Seine Stimme drohte zu kippen. »Und ich hab das auch unbedingt glauben wollen. Also haben wir uns gegenseitig die heile Welt vorgespielt. Bis ich dann im Keller diese …«, er suchte nach dem richtigen Wort, »… diese Sachen entdeckte. Ich wusste gar nicht, dass sie sie mitgenommen hatte.«

»Peters Spielzeug«, präzisierte Katja, die an den kleinen karierten Koffer dachte, den Frau Lorenz bei ihrem Besuch im Präsidium mitgebracht hatte. An den Kasper in Folie mit den gespenstischen Augen.

»Ja.« Mehr brachte Lorenz nicht heraus. Er brach über dem Tisch zusammen und weinte.

Katja und Thorsten betrachteten den zuckenden Rücken. Nach einer Weile, als wäre nichts geschehen, richtete Lorenz sich wieder auf.

»Ich bin schon seit einem Jahr an der Sache dran. Zählte eins und eins zusammen. Ein Privatdetektiv hat den Rest erledigt.«

»Muss ein guter Mann gewesen sein«, konnte Katja sich nicht verkneifen zu sagen.

Lorenz zuckte mit den Schultern. »Im Grunde wussten wir es doch, oder? Ein Kind wie Peter, das lief nicht einfach weg. Ein Bettnässer und Angsthase mit einer Beatmungsmaske.« Lorenz schnaubte. »Nein, er nicht.«

Nein, dachte Katja. Zumindest nicht schnell genug. Das mit dem Weglaufen war nur Marcel gelungen.

»Weiter«, sagte sie.

»Weiter? Nichts weiter. Ich bin hergekommen, als klar war, dass meine Frau reinen Tisch machen wollte. Sie hielt es nicht mehr aus. Und wissen Sie was? Sie hatte recht. Ich habe Born getötet. Ich habe … ich hätte Brinkmann getötet. Und ich habe mein Geld an die Degenhardts gegeben. Ende der Geschichte.«

»Herr Lorenz, wo befindet sich Ihre Frau?«

Er schnaubte. »Im Hotel. Was dachten Sie? Sie gehörte nicht dorthin, zu all den Irren. Sie gehört zu mir.«

Katja schob ihren Stuhl zurück und stand auf.

»Sie wissen schon, dass es nicht so einfach zu Ende ist, oder?«

Er lachte. Wahrhaftig, diesmal lachte er, auch wenn in seinen Augen Tränen standen.

»Nein«, gab er zu. »Im richtigen Leben kommt am Ende immer noch der Papierkram.« Dann wurde er wieder ernst. »Würden Sie es bitte meiner Frau erklären? Ich habe es doch nur für sie getan.«

»Glauben Sie, das hilft ihr?« Thorsten hatte bisher gestanden. Jetzt setzte er sich neben Katja. »Dass Sie ihretwegen gemordet haben?«

Lorenz fragte mit der Naivität eines Kindes: »Was glauben Sie?«

KAPITEL 37

Minh Nguyen öffnete die Tür, hinter der sie Stefan Fink vermutete. Und sie hatte recht. Seit einiger Zeit, seit er sich auch verstärkt um Wilhelm bemühte, war ihr aufgefallen, wie oft er Marga Engel besuchte. Auch jetzt stand er an ihrem Bett und kämmte ihr liebevoll die grauen Haare. Der Zopf, den er flocht, war am Ende dünner als ein Rattenschwanz. Er legte die Bürste zurück auf das Sideboard. Dann betrachtete er die Bilder, die darüber hingen.

Minh trat einen Schritt vor.

»Das sind Sie, nicht wahr?«, fragte sie. Schnell machte sie noch zwei, drei Schritte und stellte sich neben ihn. »Das da. Und das.« Sie deutete auf die Schnappschüsse eines etwa zehnjährigen Jungen, der in der Öffnung eines Scheunendaches hockte und mit den Beinen baumelte. Es sah aus, als würde er gleich springen. »Das muss Spaß gemacht haben.«

»Es war die beste Kindheit.« Er drehte sich zu ihr. »Die Allerbeste.«

»Sie sind Marcel Degenhardt«, stellte sie fest. »Aber warum?«

Er wandte den Blick nicht von ihr ab.

»Ich war irgendwann einmal Marcel. Dann wurde ich Maik Engel«, sagte er. »Ich wurde es gerne. Eine Weile war alles gut. Die Albträume wurden weniger. Aber dann starb Vater, ich haute ab, es kamen die Drogen, der ganze Mist.« Er lächelte trübselig. »Ich hing mit den falschen Leuten ab, nahm das falsche Zeug. Dann hab ich einen Entzug beantragt. Damit ich mich traute, hab ich einen Kumpel von der Straße überredet, es mit mir gemeinsam zu tun: Stefan Fink. Stefan bekam einen Klinikplatz, ich nicht.«

»Also beschlossen Sie, erneut die Identität zu tauschen.«

»Bei mir kam es doch nicht mehr drauf an, oder?« Er wandte sich dem Bett zu. »Mutter war eh schon hinüber. Sie kriegte es gar nicht mehr mit. Ich tat keinem weh. Also half ich mir selber, wurde Stefan Fink, wurde clean, brachte Mama hier unter. Und seitdem läuft alles gut.«

»Aber Stefan?«, warf sie ein. »Er war doch Ihr Freund?«

»Ach, Stefan. Er wollte den Platz doch gar nicht wirklich haben. Hat ihn hinterhergeschmissen gekriegt. Er hat noch getönt, dass er ihn meistbietend versteigert. Da habe ich zugegriffen. Hundert Euro hab ich ihm für seinen Pass bezahlt. Nicht viel Geld für ein Ticket in die Freiheit. Ich brauchte nicht mal das Bild auszutauschen; wir waren uns so ähnlich damals: fettige lange Haare, blaue Augen, hageres Gesicht voller Drogenakne.« Er strich sich über seine heute so gepflegte blonde Tolle. Sein Ton wurde härter. »Und seien wir ehrlich: Der Gute hat mehr als ein Problem. Ob die Reha ihm überhaupt geholfen hätte, ist fraglich. Er hätte jedenfalls nie das daraus gemacht, was ich geschafft habe.« Er hielt inne. »Aber jetzt hat er ja auch mal Glück. Anwaltseltern, das ist doch der Jackpot.«

»Sie haben Born umgebracht.«

»Nein!« Zum ersten Mal in ihrer Unterhaltung wurde er laut. »Das habe ich nicht. Ich war da, aber ich habe nur mit ihm geredet. Na gut«, fügte er hinzu, als er ihr Gesicht sah, »gestritten. Ich hab ihm ein paar gelangt, und er hat mich gekratzt. Da.« Er zog seinen Kittel am Kragen beiseite und zeigte ihr die Schrammen an der Schulter. »Ich wollte, dass er endlich zu dem steht, was er Peter und mir angetan hat. Ehrenbürger, Pension, das durfte doch alles nicht wahr sein.«

»Verstehe.«

»Er hat noch gelebt, als ich ging.«

Sie betrachtete ihn.

»Sie glauben mir nicht.«

Sollte sie ihm von Lorenz' Verhaftung erzählen? Ihm gestehen, dass der Mordverdacht vom Tisch war? Nein, dann würde er am Ende gar nichts mehr sagen. Also schwieg sie.

»Aber das ist die Wahrheit.«

Minh schwieg weiter. Sie beschloss, den Druck auf ihn noch ein wenig aufrechtzuerhalten. Sie wollte, dass er ehrlich zu ihr war.

»Wäre Ihnen geholfen, wenn ich mich stelle?«

»Ja, das wäre es.« Sie musste beinahe lachen, als sie sein Gesicht sah. Er hatte das nur im Eifer des Gefechts gesagt. In Wahrheit hatte er nicht vor, sein Inkognito und sein neues Leben aufzugeben. »Bei Brinkmann war aber Ihr Freund, um ihn zu verprügeln«, sagte sie. »Das verstehe ich nicht. Es ist doch nicht seine Geschichte.«

»Stefan, Entschuldigung, Marcel heißt er ja jetzt, war mein bester Kumpel. Lachen Sie nur. Wir hatten gute Zeiten. Er hat sich meine Träume angehört, den ganzen Mist, der in meinem Kopf war, all die Ängste. Vermutlich, weil er ähnlich empfand. Er ist schizo, das werden Sie noch rausfinden. Mit Verfolgungswahn und allem. Vom Feinsten. Aber genau deshalb war er auch der einzige Mensch, der mich verstand. Ich hab ihm erzählt. Von Peter, vom Heim. Nicht alles, aber das, woran ich mich im Lauf der Zeit erinnerte. Er nahm es auf und baute es in seine Visionen ein. Er schrieb Texte, malte Bilder für mich. Für uns. Er konnte das alles so viel besser ausdrücken als ich. Es waren meine Erlebnisse, aber er fand die Worte dafür. Es wurde so auch zu seiner Geschichte. Ich glaube, manchmal verschwammen schon damals für ihn die Grenzen zwischen uns beiden. Dafür waren die Drogen ja da, dass man aus seiner Identität flüchten konnte. Verstehen Sie, wir haben gespritzt und in unserem eigenen beschissenen Grimms Märchen mit all den bösen Wölfen gelebt. Wie Brüder. Oder wie ein und dieselbe Person, wenn Sie so wollen.«

»Nur wollten Sie diese Person irgendwann nicht mehr sein.«

»Er hat mir davon erzählt, dass er Peters wahren Namen auf den Grabstein gesetzt hat. Ich fand das typisch für ihn, melodramatisch. Nicht meine Art Geste. Aber okay.« Er machte eine Pause, dann gab er sich einen Ruck. »Als ich allerdings hörte, dass Born tot war, bekam ich es mit der Angst zu tun. Angst, dass mein Freund etwas noch viel Melodramatischeres getan und diesen alten Sack umgebracht haben könnte. Ich wollte mit ihm drüber reden.« Er zeigte die Zähne in etwas, das ein Grinsen sein sollte. »Er hat abgestritten, bei Born gewesen zu sein. Ich weiß nicht, ob das stimmt. Aber meine Frage hat ihn wohl auf die Idee gebracht, zu Brinkmann zu gehen.«

»Sie haben nicht zufällig Ihren Kumpel zu Brinkmann geschickt, um selber sauber dazustehen?«

»Nein, das habe ich nicht.« Er sagte es energisch und klar. Als er sah, dass sie gehen wollte, hielt er sie an der Schulter fest. »Sie glauben mir doch?«

Sie tat ihm nicht den Gefallen, das zuzugeben.

»Hören Sie«, fuhr er in beschwörendem Ton fort. »Ich habe Maik, ich meine Marcel …«

»Sie meinen Stefan Fink«, verbesserte sie ihn kalt. »Marcel sind Sie selbst.«

Er seufzte.

»Ich meine meinen Freund«, sagte er. »Ich war ihm gegenüber nicht immer fair, okay? Ich habe ihn vor Jahren beschissen. Aber jetzt, jetzt hat er da etwas wirklich Gutes. Eltern, die ihn lieben und alles für ihn tun werden. Die können ihm erstklassige Ärzte besorgen und ein Heim. Die setzen sich für ihn ein. Alles, was er nie gehabt hat. Alles kann noch gut werden.« Seine blauen Augen waren weit aufgerissen. »Wenn Sie schweigen, würden Sie das nicht für mich tun. Sie täten es für ihn.«

»Die Sache ist nur …«, sagte Nguyen. »Sie haben Mist gebaut. Sie haben DNA bei Born hinterlassen. DNA von einem Kind der Degenhardts, wie schon offiziell nachgewiesen wurde. Und wenn Ihr Freund jetzt zu Marcel Degenhardt erklärt wird …«

»… geht er für den Mord an Born in den Knast?«, ergänzte der Pfleger ihren Satz. »Scheiße.«

Sie verzichtete darauf, seine Fehlannahme richtigzustellen, und ging zur Tür. »Sie haben Ihrem Freund keinen Gefallen getan.«

»Wo gehen Sie hin?«, fragte er. Sein Ton war ratlos.

»Ich hole meine Ausrüstung und nehme eine DNA-Probe von Ihnen. Dann sehen wir weiter.«

Er schluckte. »In Ordnung.«

Als sie wiederkam, stand er neben dem Bett und betrachtete das schlafende Gesicht der Frau, die seine Mutter gewesen war. Er wehrte sich nicht, als sie ihn aufforderte, den Mund zu öffnen, und die Probe nahm. Er war tatsächlich bereit, sich zu stellen, das Geheimnis seiner Existenz offenzulegen, damit sein Freund nicht fälschlich angeklagt würde. Minh war sich jetzt sicher, dass er keine selbstsüchtigen Motive hatte. Er hatte ihr die Wahrheit gesagt. Wie bei dem Mitoxantron.

»Marcel?« Eines wollte sie noch wissen, ehe sie ihn aufklärte, dass der Mörder von Born gefunden war. Dass weder er noch sein Freund sich in Gefahr befanden.

Er wandte den Kopf nicht. Seine Kiefermuskeln arbeiteten. »Ja?«

»Wollen Sie sie denn gar nicht kennenlernen? Die Anwälte? Ihren Vater und Ihre Mutter?«

Er gab einen Laut von sich, der ein Lachen sein konnte.

»So toll können sie ja wohl nicht sein«, sagte er. »Schließlich haben sie mich verloren, oder? Und nie wiedergefunden.« Er schaute sie an und bemerkte das Erstaunen in ihrem Gesicht. »Ist kompliziert«, gab er zu. »Und vermutlich unfair, das weiß ich heute ja. Aber so habe ich es als Kind empfunden. Meine Eltern hätten mich beschützen müssen und haben es nicht. Was sollten die beiden mit einem Sohn, der ihnen nie wirklich verziehen hat?«

Er ist bereit für die Details von Borns Ermordung, dachte Nguyen. Er ist nicht verbittert. Er ist ehrlicher mit sich selbst als die meisten von uns. Auch sie sollte ehrlich mit ihm sein.

»Peters Vater ist gestern verhaftet worden.« Sie spürte förmlich den elektrischen Schlag, der durch den Mann ging.

»Peter.« Mehr brachte er nicht heraus.

»Holger Lorenz hat den Mord an Born gestanden. Sie sind nicht mehr in Gefahr. Keiner von Ihnen wird ins Gefängnis gehen.«

»Ja«, sagte er, es klang mechanisch. »Das ist gut.« Man hörte, was er eigentlich dachte: Peter.

Minh Nguyen holte tief Luft.

»Ihr Freund musste in der U-Haft eine DNA-Probe abgeben. Das ist Standard in Mordfällen. Ich werde diejenige sein, die die Auswertung vornimmt.« Sie sah, wie er den

Kopf wandte. Sie sah, wie er begriff. Es würde offenbar werden, dass der Verhaftete kein Kind der Degenhardts war. Keine Zukunft als Anwaltssohn würde auf ihn warten. Sie kam den Fragen zuvor und hob das Röhrchen mit dem Abstrich. »Gut, dass wir alles haben, was wir brauchen. Damit bleibt Maik Marcel. Von Ihnen wird niemand erfahren.«

Er wagte es nicht, ihr Lächeln zu erwidern.

»Danke.«

Sie begnügte sich mit einem Nicken.

»Danke«, wiederholte er. Es lag alles darin, was er meinte.

KAPITEL 38

Radek ging mit verdächtig steifen Schritten zu der Eckbank hinüber. Er wird alt, dachte Schlichthorn. Die kalte Jahreszeit stand bevor. »Ich habe beschlossen, ein wenig mehr für mich zu sorgen«, sagte er möglichst unbekümmert. »Deshalb wird in diesem Haushalt ab sofort gekocht. Ich würde mich freuen, wenn du heute mein Vorkoster wärst.« Damit stellte er einen Teller vor Radek hin, an dem dieser erfreut schnupperte.

»Um was handelt es sich?«, fragte er.

»Um eine familienspezifische Abwandlung der Currywurst«, erwiderte Schlichthorn. »Katja hat sie mit dreizehn erfunden. Nennen wir es Currywursteintopf mit diversen Fleischresten.«

»Duftet köstlich.«

»Nächsten Mittwoch versuche ich Gulasch. Bist du dabei?« Schlichthorn tunkte den Löffel in seinen eigenen Teller. Eine warme Mahlzeit pro Woche. Das war das mindeste, was er versuchen konnte, um Radek zu helfen. Mehr wagte er nicht. Es könnte dem schlauen Freund auffallen. Und es würde ihn beleidigen.

»Bin dabei«, bestätigte Radek, der bereits kaute. Nach einigen Löffeln sagte er: »Wie ich höre, bist du der Held eines Falles, der tief in unsere unselige Vergangenheit geführt hat.«

»Ach was, Held«, wehrte Schlichthorn ab. »Ich bin immer noch dankbar, dass meine Tochter einen Bericht gefälscht hat, damit man mich nicht wegen Beihilfe zur Flucht eines Tatverdächtigen drankriegt.«

»Schau an«, sagte Radek und löffelte.

»Vielleicht«, begann Schlichthorn, »gehört sie doch nicht zu den Hundertprozentigen.«

Radek neigte den Kopf und schaute ihn an.

»Warst das nicht eher du?«, fragte er. »Das mit den hundert Prozent?«

»Jetzt mach mal halblang«, erwiderte Schlichthorn und wurde rot. Verlegen griff er zum Bierglas. »Auf die Currywurst«, schlug er vor.

Radek erwiderte die Geste.

»Auf abwesende Freunde«, sagte er. »Auf Marcel.«

»Wie geht es ihm?«, erkundigte sich der Detektiv. »Hast du noch Kontakt zu unserem frischgebackenen Anwaltssohn?«

Radek schnaubte. »Sie haben ihn in eine Klinik gebracht. Ist ja vielleicht keine schlechte Sache. Aber ich hoffe doch stark, dass sie dem Jungen sein Genie nicht austreiben. Für den Geist«, fuhr er fort und hob die Stimme zu dem Predigerton, den Schlichthorn nur zu gut an ihm kannte, »gibt es kein gesund oder krank. Nur originell oder unoriginell.«

Zustimmend hob Schlichthorn sein Glas ein Stück höher. »Mögen wir stets auf der richtigen Seite stehen.« Sein Blick wurde verschwommener. Er dachte an den Strauß, den er Minh Nguyen geschickt hatte. Sein zweiter Versuch, ein Kavalier zu sein. Ob sie ihn inzwischen bekommen hatte?

Es klingelte. Er sprang so schnell auf, dass er beinahe den Suppenteller umgestoßen hätte. Sollte tatsächlich Minh vor der Tür stehen?

»Katja!« Er war so erstaunt, dass er einfach beiseitetrat und sie hereinkommen ließ.

»Radek.« Sie nickte ihm zu. »Immer noch dabei, die Welt nicht zu verändern, sondern bloß zu interpretieren?«

Er erwiderte den Gruß. »Auf meine eigene bescheidene Weise.« Er hob den Löffel. »Allerdings bin ich im Moment dabei, im Leben deines Vaters für ein wenig Veränderung zu sorgen.«

»Currywursteintopf«, stellte Katja fest. Sie wandte sich ihrem Vater zu. »Ich wusste gar nicht, dass du den kannst.«

»Kann ich auch nicht.«

Sie schwiegen.

»Setz dich doch.«

Er lief zur Küchenzeile und holte einen Teller. Einen von den angestoßenen mit dem Blümchenmuster. Wusste der Teufel, wo die her waren. Er füllte ihn bis zum Rand und stellte ihn vor seine Tochter hin.

»Iss.«

Näher kam er einem Dankeschön an diesem Abend nicht.

Katja nahm den Löffel und starrte auf den rotbraunen Brei.

»Riecht gut«, sagte sie. »Wirklich, riecht nicht schlecht.«

Im Pflegeheim saß Dr. Dr. Minh Nguyen am Fenster. Sie hielt die Karte in Händen, die im Blumenstrauß gesteckt hatte. Nach einer Weile legte sie sie auf den Tisch neben ihren Laptop. Dann klingelte sie. Es dauerte keine zwei Minuten, bis Stefan Fink in der Tür stand.

»Hier«, sagte sie und nahm den Strauß. »Der ist für Ihre Mutter. Wenn ich mich recht entsinne, liebt sie Chrysanthemen.«